蕙馨斋 著

贾赵传

下

北京出版集团
北京出版社

图书在版编目（CIP）数据

贾琏传：全2册 / 蕙馨斋著. — 北京：北京出版社，2021.2
ISBN 978-7-200-16066-6

Ⅰ.①贾… Ⅱ.①蕙… Ⅲ.①《红楼梦》人物—人物研究 Ⅳ.①I207.411

中国版本图书馆CIP数据核字（2020）第239992号

责任编辑：张晨光
装帧设计：思梵星尚
责任印制：宋　超

贾琏传（下）
JIA LIAN ZHUAN

蕙馨斋　著

*

北　京　出　版　集　团
北　京　出　版　社　　出版

（北京北三环中路6号）
邮政编码：100120

网　　址：www.bph.com.cn
北 京 出 版 集 团 总 发 行
新　华　书　店　经　销
北京汇瑞嘉合文化发展有限公司印刷

*

889毫米×1194毫米　　32开本　　19.5印张　　548千字
2021年2月第1版　　2021年2月第1次印刷
ISBN 978-7-200-16066-6
定价：80.00元（全2册）
如有印装质量问题，由本社负责调换
质量监督电话：010-58572393

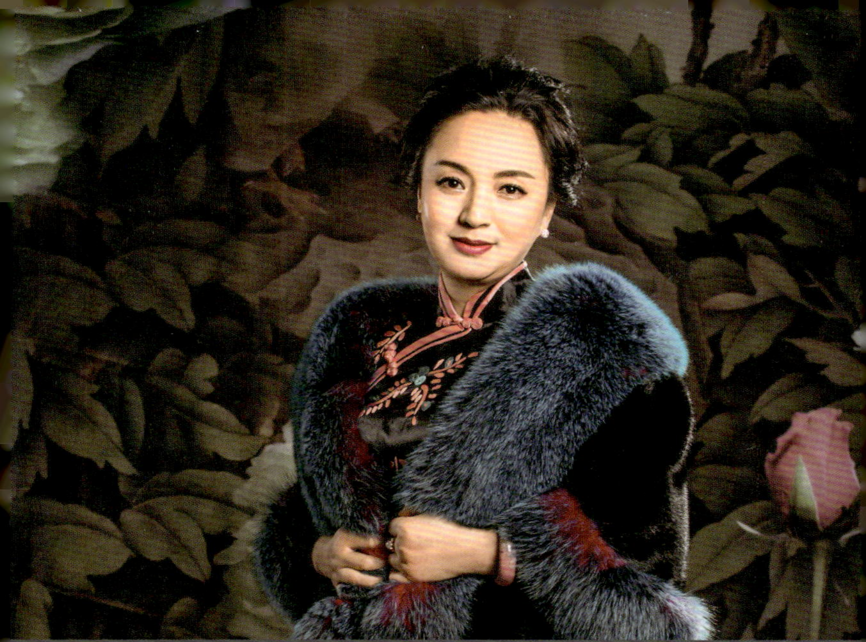

作者简介

蕙馨斋，原名程静，现旅居法国，已出版《漫品红楼》《一丈红绫》《万丈红尘》《探春传》等作品。

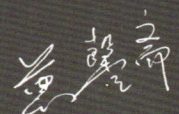

第二十八回

翻旧账薛文龙入狱
游故地三美人感怀

薛姨妈与宝钗、岫烟用完早饭正坐在炕上闲话家常，莺儿慌慌张张地进来道："跟大爷的小厮来报，大爷在锦香院被官府拿了去了。"薛姨妈等人闻言大惊。"快叫那小厮进来回话。"薛姨妈道。宝钗与岫烟避至里屋。小厮进来，跪下磕头行礼。"嗨，快说到底是怎么了？"薛姨妈催道。

"回太太话，大爷正在锦香院里喝酒，便有一队官差冲进来拿人。大爷同他们分辩，领头的官差说是大爷从前在金陵的事发了，如今冯渊族人进京告了御状了。"

"啊？"薛姨妈惊呼道，"什么？"里头宝钗听见了，插言道："快去请二爷家来说话。"小厮一溜烟跑去找薛蚪去了。宝钗和岫烟出来，赶紧安抚薛姨妈。

一时薛蚪到了,进来见过礼,薛姨妈垂泪道:"我的儿,如今可怎生是好啊?照理那孽障便不该管他,由他生死,只是你伯父只这一支独苗留下,我又岂能不管呢?!"

"婶娘莫急,此事且先容我去仔细打听。"薛蚪沉思道,"那冯家只冯渊一人,并无父母兄弟,且此事已过了这许多年,如今竟有人唆使他族中之人来翻旧账,必有他谋。"

"薛蚪说得对。妈,"宝钗道,"你先别忙着哭。咱们先弄清对方究竟想要做什么,然后再做决断不迟。"

"啊呀!只恐迟了你哥哥在里头吃亏啊!"薛姨妈哭道。

"事隔许久,想必对方也并非要取大哥性命。"岫烟道,"且待官人去打探清楚再说,婶娘莫急。"

"最了不得吃顿板子,也没什么大不了的,便由他去吧。妈,你别急坏了自己。"宝钗道,"薛蚪,你便去吧,如要使银子,不争多少,都由着他们,只别叫人受苦便是。"又转脸对薛姨妈道,"妈,赶紧过去同姨妈说此事。姨父此刻尚在丁忧,想必也在家中呢。"

"是是是,我竟急忘了。"薛姨妈抹泪道,"我这就去。"

薛蚪自去,薛宝钗同邢岫烟便陪了薛姨妈坐了一驾马车前往荣府。见了王夫人,才知贾琏、凤姐、宝玉皆被带走了,这才真正慌了神。众人坐着说了会子话,种种猜测皆不得要领。到了晌午,王夫人留饭。薛姨妈想众人聚在一处,心中还相互有个倚仗,便留了下来。一顿饭吃得索然无味,谁也无心茶饭,不过略动了两下筷子便端下去了。

宝钗见薛姨妈同王夫人皆是不停拭泪,便道:"姨妈同妈妈且先莫急,天大的事总有个话来回复。你们二老务必要保重身体才是,倘或此时你二人再有个三长两短,可怎么好呢?"

薛姨妈点头道:"我哭得头有些晕呢。咱们先回去吧。"

"你既是头晕不适,也不必急着回家,便在我这里歇会儿再走。"王夫人道,"我也是头晕目眩,支撑不住。"

"既这样,妈便同姨妈先去歇会儿。"宝钗道,"我同岫烟过去看看大太太去,等你醒了咱们再家去。"

王夫人同薛姨妈皆年过半百,遭此巨变,身心俱疲,浑身酸痛。二人皆有些支撑不住了,于是丫鬟们扶着去里间炕上躺下休息,小丫头上来捶着。二人昏昏沉沉,哪里睡得实?不过是闭目养养神罢了。

宝钗同岫烟坐了车过到贾赦别院,一院的丽姬美妾皆围着邢夫人哭个不已,搅得邢夫人心烦意乱,也无心同她二人叙话,不过嘴上敷衍了几句。宝钗同岫烟也难再坐下去,便起身告辞了。见时候尚早,宝钗便道:"咱俩顺道看看平儿去吧。凤姐姐同琏二哥如今都回不来,只她一人领着巧姐儿呢。"岫烟答应了。二人来到凤姐处,门口也无人守候。二人进了院,才有个小丫头子看见了她们,忙上前行礼,进去通报。平儿迎了出来,两眼哭得桃儿一般。巧姐儿奶妈子正哄了睡中觉,三人悄声聊了几句,也无非是些无关痛痒的安慰之语,事未定论,亦是难说正题。宝钗、岫烟略坐了坐,便告辞出来。二人心内皆愁闷不已,宝钗道:"咱们这会子回去,妈和姨妈肯定都还没起呢,不如园子里头转转去吧。"

正是初冬时节,满目的残花败柳,满径的落叶枯草,二人不由皆长叹了一声。

"唉!"宝钗道,"宝玉走了,也不知袭人等却如何了？"

"姐姐既牵挂，咱们便过去看看吧。"岫烟道。

二人到了怡红院，却见袭人、碧痕等人皆蓬头垢面，掩面哭泣。宝钗见了心里亦是着实难过，坐了会子，白劝了几句，便告辞了。岫烟道："此处离稻香村不远，咱们顺道去看看大嫂子可好？"

"大嫂子如今陪兰哥儿在娘家读书，并不大回来住了，想必今日亦不在，否则用饭之时她岂有不来侍奉的？"宝钗摇头道。

"这样啊，我因饭时未见大嫂子，心里还以为她许是病了呢。"邢岫烟道，"此处离栊翠庵也不远，要不咱们去瞧瞧妙玉如何？"叹了口气又道，"唉！这园子，想必她也待不久了！"

"我却有些乏了，先回姨妈那儿歇歇去。"宝钗略一沉吟，"你与她乃是故交，这会子横竖也没什么事，便看看她去吧。"

"好吧。"邢岫烟略一犹豫，"姐姐先回去歇着，我去去便回。"二人分手，邢岫烟自往栊翠庵而去。到了门口，大门紧闭，邢岫烟上前敲门。一个小尼应声开了门，见是岫烟忙进去通报，不一时便出来请岫烟进去说话。

岫烟进得院来,却见院内依旧是花木繁盛。几个幽尼女道寂静无声在院内洒扫,见了岫烟皆稽手行礼,却并不见妙玉出来相迎。岫烟心中暗叹:"如今处处都在裁人,独她这里,一应礼遇丝毫未减,皆因这一班幽尼女道均系当日娘娘所赐,故不曾动到她这里,她却竟还是这般张狂,他日若失势可怎么处?!"面上却不动声色,进到内室,才知妙玉有些不适。那妙玉虽在庵内,府内消息却也有所耳闻,近日听说宝玉亦被传唤,不禁心内焦躁,又不好出言打探,因此身上一直不大快活,此刻斜在榻上,见岫烟进来,起身下榻行礼。岫烟道:"既不适,便躺下歇着吧,何必多礼?你我故人,无须见外。"

"我今日亦好多了,你来得正好,便同你出去转转吧。我也躺了几日了。"贴身的老尼听见说她要出去,早拿了件水田棉马甲过来,替她穿上。二人出门随性往凸碧山方向缓步而行。转过山坡,看见"凹晶溪馆"匾额,妙玉不禁想起那日与黛玉、湘云联诗之事来,便抬脚进了馆内,但见残荷满塘,一派凋零。二人不由自主皆一声长叹,恰听得假山背后竟也传来一声长叹。二人大惊，同假山后的人不约而同问道："谁？"二人转过假山，竟是史湘云同翠缕在山石背后。几人见了礼，湘云道："我在家听说府里出了多少事，放心不下，过来看看。小丫头子说太太歇中觉呢，我便进园子里来逛逛，再不曾想竟遇着你二人。"

"到底是为着何事，竟带走这许多人？"妙玉忍不住问道。

"若知确切，便不着急了。"邢岫烟道。

"唉！急也无用。"史湘云淡淡道，"这慢刀子杀人也好，好歹叫人心里有个防备，总好过凭空惊雷，一无所措，只能是引颈就戮、任人宰割强呀。"妙玉同邢岫烟听她这样说，皆不便接茬。湘云自顾接着道："先是我们史家，接着便是王家，这会子轮到贾家，若非当今圣上的主意，谁能有这样的能耐？"

"史大妹妹慎言！"邢岫烟道。

"连你我闺阁女子，在这深宅大院里头说话，都须慎言了，可见这世上哪里还有容身之处？"史湘云冷笑道。

邢岫烟一时语塞，顿了顿道："我也该回去了，想必太太同我们太太也都该醒了。"

"姨太太也来了？"湘云道，"那宝姐姐可来了？"

"自然也来了。"岫烟道。

"那我方才去太太处怎地没见着你俩？"

"许是我同姐姐去看大太太去了，所以同你岔开了。"邢岫烟笑道。

"既是这样，我同你一道走吧，我瞧瞧宝姐姐去。"湘云急道。二人别了妙玉，便回王夫人处去了。妙玉独自一人在馆内坐到太阳西下，小尼拿了披风过来催了，方才披上披风回庵去了。

邢岫烟和史湘云回到王夫人房中。王夫人同薛姨妈、薛宝钗正坐着喝茶说话，见湘云来了，心中都十分高兴，问了几句卫若兰如何。见湘云一副心满意足的样子，众人也替她高兴。只是人人心事重重，面上也难欢喜起来。坐了一会儿，小丫头来问晚饭如何备。王夫人便留薛姨妈等人晚饭，薛姨妈起身道："来了这一日，我得赶紧回去了，也不知虬儿跑了这一日可有些眉目了。"王夫人便也不再强留。湘云这才知道薛家也出事了，本来心里还想跟着宝钗一起去她家里玩玩，此时也只得起身告辞回家去了。

薛姨妈一行回到家中，恰薛虬也才打外头回来，薛姨妈忙问打探得如何了。薛蚪道："姨娘莫急，我已上下使了银子，先保大哥哥在里头平安。"

"那人呢？人何时才得回来呢？"薛姨妈哭道。

"这人一时半刻恐难回来。我打听得仔细，此事事隔这许多年又被重新提起，恐是那贾雨村的对头要寻他的不是，才将大哥哥此事又翻了出来。只怕雨村之事没个定论，大哥哥的事也难有眉目。"

薛姨妈听了忍不住放声哭道："我这是造了什么孽啊？这把年纪却还叫我来操这等子心啊！"宝钗、岫烟听了亦忍不住滴下泪来。

"姨娘且宽心，大哥哥至多也就是遭些皮肉之苦，想必并无性命之忧。"薛蚪宽慰道。

"你怎知没有性命之忧？"宝钗忧道，"既是那贾雨村的对头要害他，又怎会顾及哥哥这样的小人物生死？"

"姐姐，你想啊，当年打死冯渊并非大哥哥亲手所为，便是偿命亦不该叫大哥哥偿命，至多判个管教不严，纵奴行凶罢了。"薛蚪道，"咱们待雨村之事稍定，便去寻冯家族人。我想那冯家人如今来进京告状，必也是受人所迫，情非得已，否则断不会拖了这许多年平白跑来告这一状的。所以雨村之事不定，咱们便是去寻冯家人，亦是无用。"宝钗听了连连点头。"待事定咱们去寻冯家人，许以金银，他们撤了状子，此事便也就了了。若他们不肯撤状，非要抵命，那时咱们再寻个人出来顶罪，多许金银替他善后即可。横竖伤不了大哥哥性命的，婶娘和姐姐只管放心便是。"

"我的儿，亏你沉着冷静，思虑周全。"薛姨妈握着薛蚪的手道，"你大哥哥的性命便全都交与你手上了。"

"人呢？难不成这一家子都死绝了不成？"几人正说着话，忽听得外头夏金桂一路哭叫着嚷了进来，"没得儿子都下了大狱，明日便要拖出午门砍头去了，这一家子竟是不惊不动，什么混账人家啊？"小丫鬟尚不及进来回禀，夏金桂已一脚踏进门来，一见薛姨妈等人俱在，越发来气，指着薛姨妈道："往日里常说我不懂规矩，不知礼数，如今我男人被下了大狱，竟无一人来问我一声短长，你们一窝子却聚在这里说笑，你们家这是什么规矩啊？"一句话气得薛姨妈浑身颤抖，说不出话来。

"嫂嫂请慎言。"邢岫烟皱眉道。

"慎什么言啊？"夏金桂哭道，"弟妹，我难道不知道像你一样装出一副贤良淑德的样子才能哄男人爱呀？只是我嫁的是个什么东西啊？将我们主仆二人哄上手，如今腻味了便撒手往边上一扔，看得马棚风一般。这一家子谁又曾来向我嘘个寒问个暖？这又是个什么人家啊？弟妹你如今叫我慎言，你且教教我如何慎法？我今日便撂句话在这儿，十日，我便与你们十日期限，十日之内要么他人回来，要么你们便去寻着他给我一纸休书，我自回娘家过活去，横竖待在这里也是守活寡。"

邢岫烟被她噎得满脸通红，言语不得。

"嫂嫂你这不是强人所难么？一场人命官司岂有十日可了的？"宝钗道。

"你们家不是有的是银子么？拿银子出来砸呀！"夏金桂冷笑道，"这世上岂有银子摆不平的事呢？若是舍不下银子，直说便是，何必拿我当个蠢人糊弄呢？"

"嫂嫂，此时尚不是使银子的时候。"宝钗忍气道，"大伙儿这不是正在想法子嘛。"

"姑娘，此时不是时候，何时是时候呀？等人死了？"夏金桂冷笑道，"姑娘，你也不必担心银子叫你哥哥使完了，你将来没了像样的嫁妆。真到了那一步，我情愿将我的陪嫁拿出来供姑娘使用。如今只求姑娘发句话，救救你亲哥哥，别叫我守了寡才好。"说着"扑通"一声跪到宝钗脚下，磕头不止。她的大丫头宝蟾见状，立刻也跟着跪了下来，一样磕头不止，嘴里也一般嚷着："求姑娘救救我们大爷！"

宝钗又羞又急，紫涨了脸一句话亦说不出来。邢岫烟、莺儿等慌忙来拉，夏金桂、宝蟾见众人来拉越发赖在地上不肯起身。薛姨妈见状气得一口气上不来，顿时昏了过去。薛蚪一见慌忙来扶，大声叫道："婶娘，婶娘。"众人闻言忙撒开夏金桂主仆，转身来顾薛姨妈，屋内顿时乱作一团。薛姨妈的丫头同喜、同贵赶紧上前，将薛姨妈抱到炕上。

夏金桂偷眼看了看，见薛姨妈直挺挺躺在炕上，众人掐人中的掐人中，薰艾草的薰艾草，哪里还有人顾得上她?！便悄悄起身扯了宝蟾，溜了出去。

第二十九回

夏金桂任性枉送命
夏老太衔恨暗筹谋

夏金桂回到自家，摔东掼西、打狗撵鸡地闹了一通，家中仆从皆吓得不敢沾边，连宝蟾亦吓得躲在门外听信。夏金桂闹得累了，一个人坐着寻思了一会子，越想越来气，高声叫道："宝蟾，宝蟾。"宝蟾慌忙进来伺候，夏金桂怒道："你死哪去了？我叫了这半天。"宝蟾见她正在气头上，也不敢犟嘴，只低头侍立待命。

"去，叫人备车，我要回娘家。这家我是一刻也待不下去了！"夏金桂怒气冲冲道。宝蟾欲待分辩，被夏金桂瞪了一眼骂道："还不快去？我都走了，你还赖在这里做什么？别妄想着我走了，便是你的天下了，做梦！"宝蟾听她这样说，气得扭身便出去吩咐人备车。二人收拾了几件换身的衣裳，也不梳洗，蓬着头脸便上了车。

看她二人绝尘而去，小厮们方才赶紧跑过薛姨妈那边去报信。

薛姨妈好不容易才缓过劲来，正躺着歇息，小厮进来报与薛蚪。薛蚪大惊道："这大晚上的，便是要走也须天明再走啊。"

"嗨，二爷又不是不知道，我们那位大奶奶一向是说在嘴里便要拿在手上的，哪里等得及明日？"

"你们怎不劝阻？"

"二爷，便是大爷在亦从未曾拦得住她过，"小厮委屈道，"小的们却如何劝阻得了她？"

薛蚪想想也是，便又问道："都谁跟了她去？"

"不让人跟着，只她同宝蟾，还有个驾车的老王头。"

"啊呀，这如何了得？快牵了马来，同我去追她们。若能劝回最好，若实在不肯回来，也须将她送至娘家方妥。等大爷之事完了，再去接她回来不迟。"薛蚪道。小厮们忙牵过马来，一行四五个人策马去追。

南门外不远处一座老大的庄园，周围种着几十顷地的桂花，便是夏金桂的娘家。这车夫老王以为晚来无事，便多饮了两杯，正蒙眬间被人叫了来套车赶路，一时迷糊竟走错了方向，一径奔北门而去。彼时城门尚未关闭，马车出了北门。过了桥，眼见得越来越偏僻，老王头揉了揉醉眼，但见四下里月黑风高，耳畔只听得鬼哭狼嚎，心里有些发虚，不禁扬鞭策马。那马吃了痛，飞奔起来，全不顾道路坎坷。将车内的夏金桂和宝蟾颠得身软骨散。夏金桂刚欲开口责骂，便被颠得咬了舌头，疼得作声不得。

宝蟾紧握着窗框往门前挪动，高声叫道："老——老——老王头，你——你——这老杀才，是——是——疯——疯了——吗？慢——慢点儿。"话音未落，只听得"扑通"一声，车子停了下来。

老王从怀里掏出火镰子，打着，举着捻子四下里一照，直吓得魂飞魄散，原来马车坠入了一片苇塘之中。

眼下正是初冬时节，那苇子里水倒不深，只是皆是淤泥堆积，马陷其中，越挣陷得越深，难以脱身。夏金桂同宝蟾此时也探出头来，四处张望了一番。马车乃是从一座年久失修的桥上坠落，正落在苇塘中央，四处不靠。那马不停地挣扎，将车子拖得越陷越深。主仆三人皆吓得魂不附体，夏金桂与宝蟾早已哭将起来。那老王头到了此时也顾不得夏金桂同宝蟾了，跳下马车，拼了命地扯着些枯苇杆子往岸上爬去。宝蟾见状，也学着老王头的样跳下马车，打算爬出泥坑。夏金桂急忙跟着跳下车，一把扯住宝蟾的衣裙。宝蟾想要摆脱她，却哪里能够？二人头脸上抓挠得满是淤泥，如同泥猪一般揉在一处，撕扯着越陷越深，直至没顶。那老王头拼了命爬上岸，回头眼看着夏金桂主仆二人慢慢陷了进去，吓得烂泥一般瘫倒在地。

薛虮等人快马加鞭，一路狂追，直追至夏家门前也未见夏金桂一行的踪影，不得已上前拍门，有家僮来开了门，见是薛虮，忙进去报知老太太。夏老太太年老，早已睡下，听见薛虮求见，昏昏沉沉地披了衣裳出来。薛虮跪下行礼，将事情原委一五一十说与夏老太太。那夏老太太听说女儿负气回家，大惊失色道："啊呀！她何尝回家来？莫不是你们家将我女儿怎么了，如今却叫你三更半夜跑来糊弄我这老婆子？"薛虮亦大惊道："亲家太太这是哪里话？实在是大嫂带了宝蟾同着家中老仆车夫老王一起回娘家来了，家中诸人皆可作证。"

"混账东西，想是你家欺我夏家没人，信口雌黄。"那夏老太太怒道，"你速速与我去寻了人来，不然我老婆子定叫你家地踢土平。不是我老婆子说话狂，宫里的一应陈设盆景皆是我家贡奉，便是御状，我老婆子也是告得的。"

"亲家太太且请息怒，大嫂实是坐车回来了。"薛虬道，"许是我骑马跑得快，跑在她们前头了亦未可知。我这便回去寻她们。"

夏老太太想了想，觉得薛虬所言也有几分道理，便叫了四个家仆跟着薛虬一起去寻。一行人沿着来路又细细寻了一遍依旧不见人影，众人皆焦虑不堪。有个小厮突然道："二爷，晚上那老王头喝了两杯，我去叫他时便有些迷迷糊糊的，会不会迷路了呢？"

"糊涂东西，怎不早说？"薛虬顾不上训斥小厮，"快家去，多喊些人来。"

"小人也是才想起来的。"

回到家聚了二十来人。"快快快，咱们兵分三路。"薛虬道，"一路往东门，一路往西门，我带人往北门。"夏家仆人便一路跟了一人去，另外两人跟了薛虬往北门而来。不料城门已关，薛虬再三央告守城士兵，又许以若干银两，然并无一人敢擅开城门。不一会儿，往西门、东门的两路人马亦汇至北门薛虬处。薛虬摸出怀表看看已近卯时，也不回家了，只在城门口候着，只待卯时一到，城门一开便出城去寻。

好容易熬到开了城门，一行人在北门外苇塘边看见了瘫在地上的老王头。那马被马车所累，挣不出泥潭，眼下累得倒在泥水中奄奄一息。老王头见了薛蚪，跪倒在地，又惊又怕又是寒冷，浑身筛糠一般抖个不停。薛蚪叫人拿了衣裳与他换上，叫将详情快说个明白。听了诉说，薛蚪叫人搬了许多土块石头，又寻了许多柴草来，硬生生从岸边铺了一条路到苇塘中央。好容易寻着夏金桂主仆，将二人从泥潭之中拖了出来，伸手一探，二人早已气息全无。

夏家仆人见状，上马飞奔回去报信去了。薛蚪只得让人将夏金桂同宝蟾担在马背上，运回家去。薛姨妈等人见了，惶恐惊惧不必细说。宝钗道："妈妈先别忙着哭了，想必夏家人一会子便该上门来兴师问罪了。咱们赶紧替大嫂和宝蟾梳洗干净了，也免得她家老太太见了更加伤心。"

"姐姐说得是。"薛蚪道，"那夏家老太太独自一人支撑着偌大一份家私，亦不是个好相与的。若见了她姑娘如此模样，焉能不恨毒咱们？"

薛姨妈连连点头，宝钗忙吩咐丫头老妈子将夏金桂挪进屋去洗漱。薛家这里刚将夏金桂和宝蟾收拾妥当，夏老太太便坐着马车赶来了。此时天已放亮。薛姨妈赶忙迎上前去。夏老太太并不理会薛姨妈，搂着女儿尸身号啕大哭。哭罢，带着家人坐车扬长而去。薛姨妈等人面面相觑，并无一毫办法。

那夏老太太并不回家，而是直接去寻着内廷主事夏太监，哭诉了女儿惨状，又奉上银两。夏太监道："老嫂子你放心，别说咱们本是同宗，便是陌生人遭此横祸，我亦没有坐视不管的道理。那薛家原本不过是仗着王家和贾家的势，现如今王子腾下了大狱，贾家当家的二爷同他们那能不够的二奶奶也皆下了狱，两家皆自顾尚且不暇呢。"夏太监冷笑一声，拿帕子掩了掩口，"我一会便先去回禀了掌官戴内相，先叫他老人家知道知道此事。"夏太监瞥了一眼桌上的银子笑道，"你这点心意我自然替你转呈与他老人家。"

夏老太太闻言忙道："这本是孝敬您老的，如今既要劳烦戴内相，我便叫人家去再取去。"

"哎！"夏太监笑道，"咱们自家人，不必如此客气。"

"或者这些你老先奉与戴内相，我这就叫人家去取。"夏老太太咬牙道,"如今只剩我孤老婆子一人,守着这银子何用?不论花多少,我定要为女儿报仇。"

"我今夜当值,老嫂子你且先回去,明日晌午过后来听信便是。"

夏老太太离了夏太府,低头想了想,命人将马车往家赶。贴身的老仆菊妈妈奇道:"老太太怎么不再去看看小姐么?"

"哼,我这会子去做什么?无非是见了伤心,再掉些眼泪。他们薛家见我去了,自是要替自家辩白,编排出一堆我金桂儿的不是来。"夏老太太恨声道,"我如今一步也不踏入他家大门,他薛家便不敢轻易将我女儿发送了。便叫金桂儿在他家堂屋里多躺几日,他家急了,自来寻我。"

果然不出夏老太太所料,薛姨妈见夏家无人来,忙差了薛蚪再来相请。夏老太太只说被气病了,如今卧病在床,不能见客。薛蚪亦无法,只得怏怏而回。薛姨妈听说急得不住地落泪,一家人守着两具尸身束手无策。薛蚪想了想道:"咱们不如还是先做起道场来,边备丧事边等事情转机,明日我再去夏家请亲家太太。"

"薛蚪说得对,这些事情横竖早晚都要做。"宝钗道,"咱们把礼数做得周全些,兴许也能多少消了亲家太太些许怒气。"

"事到如今,也只能如此了。"薛姨妈道,"唉!真正是冤孽啊!我必是前世里造了什么孽了,方遭此报应啊!"说着又哭了起来。

翌日一早,夏老太太便坐了车赶至夏太府门前候着。直至将近晌午,夏太监方坐了轿子回家来了。见了夏老太太,夏太监不快道:"哎呀!我这累了一夜了,你也不叫我歇歇。"夏老太太连忙满口里赔不是。"得了,进来吧。"夏太监摆手道。

二人落了座,有小太监奉上茶来。夏老太太一摆手,老仆菊妈将一大包银子送至夏太监手旁的桌案上,轻轻打开了包袱皮。夏太监一看皆是五十两一锭的白银,顿时笑道:"啊呀,老嫂子,你这就见外了不是?"

"叫你老费心了,这点散碎银两让你老喝杯茶缓缓精神罢了。"夏老太太赔笑道。

夏太监呷了口茶水,又拿帕子拭了拭嘴角,这才缓缓道:"你的事呀,昨儿我便回禀了戴内相。他老人家说了,这事本不算什么,放在平时,不论你要他家谁来偿命皆不过是一句话的事,可如今有许多大事同这小事暗地里牵着呢。详情呢，我也不便同你细说，只是这节骨眼上，万不能节外生枝。且等大事定了，你这小事自然跟着也就结了。"

"那我金桂儿难道就这么白白死了不成？"夏老太太急道。

"嗨，你急什么？！那薛家既与朝廷里的大事牵扯到了一处，岂有善了的？常言说得好。'君子报仇，十年不晚'，你又何必急在一时呢？"

"你老说的，我何尝不知？只是老身哪里还有十年可等啊？"夏老太太哭道。

"你看你，我何曾说了非要你等十年了？只不过叫你且莫急在一时罢了。"夏太监笑道，"戴内相说了，必不叫你失望。你有着在这儿同我哭，眼面前儿的倒不如上薛家哭去，先叫他家赔你些银钱再说别的。"说着站起来伸了个懒腰，"先就这么着吧。我也真是乏了。"夏老太太只得含泪起身告辞，上了车，想了想道："去薛家。"

薛家将夏金桂主仆风光大葬，薛蚪将夏金桂的嫁妆一一清点了，又拼凑了整一万两白银一并抬了送至夏家。夏老太太得了这一万两白银，原封不动叫人抬了，亲自送至夏太府。见了夏太监，奉上银子，跪倒在地，磕头道："请务必转告戴内相，务要还小女一个公道。"那夏太监见她下这样血本，忙离座将其扶起道："老嫂子请放心，我这就去见戴内相，叫他务将此事挂在心上。"

第三十回

山雨欲来各寻出路
大厦将倾在劫难逃

如今且说贾政在家如坐针毡，度日如年。这日晚间，正在书房内徘徊沉思，小厮来报说东府里珍大爷来了，贾政便叫进来。不一时，贾珍走了进来，身后还跟了个人来。那人上前行礼，贾政方才认出竟是北静王府的长史官水木。那水木一身寻常衣衫，贾政慌忙请坐了，叫小厮看上茶来，复又屏退左右。水木这才开口道："王爷同少妃怕家里着急，所以差下官过来知会一声。"

"多谢王爷和少妃娘娘关爱，"贾政道，"惶恐惶恐啊。"

"政老爷不必见外，连日来我们王爷一直在万岁爷跟前下功夫呢，只是未得准信，因此未敢来报。"水木道，"今日刚有了点眉目，便赶紧叫下官来了。"

"多谢多谢！全仗王爷周旋！"贾政与贾珍异口同声拱手道。贾政问道："究竟如何呢？"

"政老爷莫急，此事须慢慢道来。"水木道，"此事的根源，还须追到府上王家舅老爷身上。忠顺王爷一向同王舅老爷乃是政敌，此事朝野皆知，如今此事背后便是忠顺王爷撑着呢。"

"啊？"贾政、贾珍虽早有心理准备，亦忍不住皆大吃一惊。

"本来此次边关出事，圣上传王都检回京亦不过是一时之怒，只是忠顺王爷暗使人查了贾化之事。那贾化行事狠辣，为帮赦老爷夺几把扇子，便弄得人毁家败业。这都是小事了，又贪得无厌，大事小情车载斗量，于是便又牵出了伙同平安节度使、兴邑县等人与赦老爷贩卖军资之事。"

"啊？"贾政、贾珍大惊失色，"这便如何是好？"贾政恍然大悟道："怨不得琏儿托人带话说：'虽不能回家，人却平安，平安。'原来是此意！"

"事儿还没完呢！"水木摆手道，"琏二爷是替他们跑腿经办的，自然逃不脱干系。只是这琏二爷的事还不只这一桩，府上内宅的一应机密兵部的孙绍祖竟皆知根知底。"

"什么？"贾政、贾珍皆奇道，"不能够啊?！他却如何知晓？"

"王爷同下官亦想不明白呢！"水木微微一笑，"他虽说曾是赦老爷的女婿，可知道得那般详尽实属异事。宝二爷调戏母婢致死，琏二爷国孝、家孝两重在身期间纳妾之事，乃至后来琏二奶奶逼死所纳之妾以及从前打死房中之人，诸般事宜他皆细知端的。"

贾珍听得冷汗直冒："这些俱是深宅大院里头的事情，便是二门外的小厮们亦不能知道详情，他却从何得知？"

"这个却须府上自省了。"水木道，"这一来便连同着察院亦被牵了出来，再将府上家仆几人弄了去。一顿板子，方才知道琏二奶奶非但逼死小妾还欲杀人灭口，更将琏二奶奶许多勾连着府衙揽事包讼之事一一皆扯了出来，连长安县的云光亦被拖了进来。"

"那琏儿媳妇不过一闺阁女子，她怎能指使得了察院与长安节度，"贾政疑惑道，"敢不是弄错了？"

"千真万确。"水木冷笑道，"你们那位琏二奶奶本事大着呢！她自然是指使不动察院与长安节度，不过她可以拿着琏二爷的名帖,打着王都检的旗号啊!她插手的事后头牵着好几条人命呢!"

"啊呀!真正是妇人误国啊!"贾政跌足道,想了想又道:"那薛蟠想必是因为查贾雨村的事无意中被扯出来的了?!"

"那是自然。薛公子的事不过是'搂草打兔子',顺带便的小事,不值一提。"水木道,"倒是珍将军要提前做个准备呢。"

"啊?这里头能有我什么事啊?"贾珍惊道。

"眼下自然还没有,只是覆巢之下,焉有完卵?欲加其罪,何患无辞?"水木淡淡道,"何况珍将军居丧期间斗叶掷骰,放头开局,弄得临潼斗宝一般,这都中谁人不知,哪个不晓?此事若是别有用心者上奏朝廷,说那些不过是掩人耳目之举呢?下官亦不过是提醒将军早做绸缪罢了。"

贾珍听了,默默点头。贾政道:"只不知如今圣意如何呀?"

"虽然我们王爷在圣上面前多番周旋,但赦老爷贩卖军资一事,实在是罪无可赦,恐难回旋。"

"单凭王爷一人,恐难与忠顺王府抗衡啊!"贾珍试探道,"南安王爷难道便一句话也不曾替我们说么?"

"哼!"水木冷笑一声,"将军不提南安王爷,下官本也不打算提及的,既然将军说了,我便一并说了吧。府上三小姐替锦云郡主代嫁一事,圣上已知,大怒,只是此事关乎和番大计,圣上才隐忍不发,因此南安王爷如今正闭门思过呢!自顾尚且不暇,还有闲心管他人瓦上之霜?!"

贾政、贾珍听了,皆作声不得。

"周贵妃的父亲如今官拜大司马,他又同忠顺王爷素来交好,周贵妃眼下圣眷正浓。因此我们王爷虽一力周全,只怕王都检同琏二爷夫妇死罪可免,活罪却难逃。倒是宝二爷,或可拿些银子折罪。至于那薛公子么,活命却也非难事,无非是多搭上些银子罢了,只是他家那皇商恐是做不成了。"水木道,"该说的,也就是这些了。最后我们王爷叫下官叮嘱政老爷,赶紧写篇请罪书。举荐不当、治家不严,政老爷看着写便是了。写完交与下官带走。明日一早,王爷便进宫设法面呈圣上,好歹能保一个是一个。"

贾政连连点头,坐到桌前。贾珍磨墨,贾政略一沉吟,一挥而就,也不及再仔细斟酌润色便交与水木带走。贾珍送水木出府，贾政坐着想了一会儿，回到内书房将王夫人请了出来，如此这般交代了一番。王夫人赶紧叫人将李纨唤来，叫她领了贾兰，赶紧回娘家去多住些日子，家中若安定下来，即刻便差人去接她母子回来，不接千万不要回来。李纨答应了，心中暗自思忖："到底是父母亲大人思虑周全有远见啊！"

贾珍送走水木回到家中，将尤氏和贾蓉夫妇皆唤至跟前。此时，贾蓉媳妇已身怀有孕，贾珍叫贾蓉速速收拾金银细软，送她媳妇回娘家暂避听信。尤氏与贾蓉一听皆慌了神，贾蓉道："父亲既送媳妇子回娘家，何不让儿子陪她一处呢？"

"混账东西，你道我不想叫你同她一处？便是我自己此刻亦恨不得跑了拉倒了，只是我身上有爵位，你娘有诰封，你亦捐了个五品龙禁尉，你我三人却往哪里去躲？"

贾蓉闻言跌足道："哎呀！早知如此，要那个一无所用的虚衔做什么？"

"如今说那些没用的话有何用？"贾珍道，"还不赶紧送你媳妇走？！"

贾蓉走后，尤氏坐着落了会泪，便也起身回房，到了房内，想了想，将金银细软尽皆收拾了，叫来心腹之人，将东西悄悄送至小花枝巷尤老娘处，叫她收好。原来当日三姐死后，尤老娘悲痛万分，一病在床。及至凤姐来接二姐，那尤老娘知道女儿心中一心想要进府方是了局，否则千好万好终究是不得见天日，深恐误了女儿前程，况那样深宅大院岂有携了老母亲一同进去做小的道理？！故只叫二姐随了进去，自己在小花枝巷内衣食无忧，又有现成的仆从伺候，不料后来凤姐因要圆谎，在贾母面前只说二姐是"家中父母姊妹一概死了"，故此后皆不便出头，反挪至宁府将息。及至后来二姐死后，贾琏并贾珍父子皆心中有愧，便依着那尤老娘之意将小花枝巷内的那处宅院送与了她，将其供养在内。如今那尤老娘一心指望着尤氏过活，接了她的话自然是一一遵从。

不几日，一道圣旨下来，贾政、贾珍一应爵职皆遭削免，其妇王氏、尤氏并贾赦之妻邢氏亦皆褫夺诰封，宁、荣二府皆遭查封，所有人等全都暂押有司衙门，听候判决。官差押着贾政等人往外走，但见孙绍祖带人骑着马外里走。此时，孙绍祖经忠顺王爷举荐，补了五城兵马司副指挥使之职，亲自领兵查抄宁荣二府。那贾环远远看见孙绍祖来,高兴地大声呼喊:"二姐夫,二姐夫,是我,是我呀!"赵姨娘亦高兴不已。贾政看见不禁心中一动,想起北静王府水木之言。岂知孙绍祖跨在马上,斜睨了贾环一眼,"哼"了一声道:"照着名册,仔细查对,一个也不许漏掉。"

官差们最爱干的差事之一便是抄家搜宅院,一声"得令"立刻逗开了英雄。一时间鸡飞狗跳,哭声震天。孙绍祖今日方算是出了一口恶气。正趾高气扬间,忠顺王府长史官来到。孙绍祖忙下马相迎,长史官笑道:"孙指挥使威风八面哪!"

"啊呀!叫老大人见笑了。"孙绍祖躬身道,"若非王爷与老大人栽培,下官焉有今日?!老大人何故亲临这乱哄哄的场地?有什么事叫人来通知下官一声便是了。"

长史官悄声道:"有两处地方,王爷怕这些大头兵手脚太重,又不识货,怕碰坏了好东西,特叫我过来看看。"

"明白,明白。"孙绍祖笑道,"可是一处赦老儿的别院,一处那茶盏子的藏身地?"

"孙指挥果然聪明。"长史官笑道。

"便是老大人不来,下官亦预备亲自去这两处的。"

"如此孙指挥一同前往便是,我们王爷对那些金银珠宝是半点兴趣也无。"

"那是那是。王爷府里现放着金山银海皆用之不尽呢,等闲俗物岂能入得王爷法眼!"

二人说着往贾赦的别院而去。一屋子的珍玩,长史官只取了两枚小小的印章而已。孙绍祖道:"这么些东西,竟都入不了大人的眼?"

"哼,我若搬个这玩意儿回去,岂不笑掉王爷大牙?"长史官随手指着条案上的梅瓶冷笑道。

"是是是。"孙绍祖赔笑道,"那咱们再去另一处?"二人出得门来,孙绍祖略一沉吟道:"我去把那贾环提来带路如何?顺便路上再问问他别处可还有什么好东西。"

"也好,叫上他吧。"

不一时,士兵领了贾环到来。贾环此刻也不敢大呼小叫了,上前行礼嗫嚅道:"二——二姐夫。"

"啊呀!三弟,来来来,方才乱纷纷一团我竟不曾瞧见你,叫你受委屈了。"孙绍祖大步上前笑道,正打算要叫贾环过来给长史官行礼,却见长史官略摇了摇头，忙岔开话题道："走走走，我正要到你们家那省亲大院子里去瞧瞧去，便劳烦三弟带个路了。"

"好好好。"贾环连声道，"请随我来。"

几人进了大观园，非但孙绍祖看得瞠目结舌，连长史官亦摇头赞叹不已。可惜此刻园内也早已是大哭小喊，满园子的莺莺燕燕无不花容失色，举止慌张。长史官道："咱们便直奔那地方去吧。"

"是，大人。"孙绍祖转脸对贾环道，"你便领我们直接往你们家那什么庵去吧。"

"栊翠庵。"贾环道，说着便领着众人往栊翠庵而去。一路上孙绍祖又套了贾环几句，问他哪儿有好东西。贾环哪里知道他们说的好东西是什么。在他眼里，满眼皆是好东西，只是他有些疑惑，他们既要去寻好东西，却为何单往那姑子庙里去？忍不住问道："二姐夫，咱们到那栊翠庵能寻着什么呀？还不如去怡红院呢，什么好东西全都尽着他们那儿摆呢。"

"叫你领着去栊翠庵，便去栊翠庵。"孙绍祖冷冷道。

贾环偷眼看见孙绍祖二人面露不快，灵机一动道："栊翠庵倒是有件活宝贝呢！"

"什么活宝贝？"孙绍祖道。

"我亦并不十分确切知道。"贾环见他较真，又吓得有些心虚了，"我只是听我娘说起过，里头那个姑子原先是我珠大哥定下的娃娃亲，后来没成，长得不比咱们家里几个姑娘差。"

"哦，是吗？"孙绍祖笑道，"那咱们待会子可得好好看看了。"

第三十一回

栊翠庵妙玉陷泥垢
狱神庙囚徒无贵贱

孙绍祖一行人说着话便到了栊翠庵门前,只见山门紧闭,士兵上前擂门,一个小尼姑刚将门开了一条缝,士兵早已一脚踹开了大门,站在门口躬身请孙绍祖一行进去。早有七八个尼姑闻声出了禅房,跑到院内,一见一队差兵冲了进来,吓得又尖叫着忙不迭往回跑,逗得孙绍祖等人哈哈大笑。

正殿内妙玉早已听见外头动静,皱眉对身边的贴身老尼道:"什么人在外头如此喧哗?"

"我这就看看去。"老尼话音刚落,大殿之门早被孙绍祖一脚踹开,一行人鱼贯而入。老尼吓得一声惊叫躲到妙玉身旁,伸手护住妙玉。妙玉端坐佛台前,并不回头。孙绍祖大怒,正欲发作,长史官扬手止住,上前略施一礼道:"惊扰师太了。下官等奉命行事,还望师太见谅。"妙玉听他说话语气和缓，便淡淡道："此处虽是庵堂，却也是侯门深处，外头匾额乃是贵妃娘娘手书，岂是寻常人等闲可以涉足之处？"

孙绍祖听了忍不住冷笑一声："哼！师太还做着梦呢吧？如今宁荣二府皆被查封了，你待在这世外桃源怕是还不曾得着信呢吧？"

"什么？"妙玉大惊，忍不住回头问道。这一回头，孙绍祖和长史官皆看了个真切。那妙玉一张素颜，眉目如画，清丽绝尘。二人不禁皆愣了一下。妙玉扶着老尼站起身来，那一副袅娜情状我见犹怜，"你说什么？贾府怎么会被查封呢？"孙绍祖看着妙玉口中对贾环喃喃道："这便是你说的活宝贝了？！"长史官亦愣了好一会子，方回过神来道："朝廷上的事，师太就不必过问了。"

"那府里的人呢？"妙玉道。

"除了收监的，余者今日皆要按名册暂行收押。"孙绍祖道。

"敢问谁被收了监？"妙玉又轻声问道。

"大老爷、琏二哥两口子、宝玉哥哥都被收了监了。"贾环一旁插嘴道。

"什么?"妙玉大惊,"宝玉怎么竟也被收了监了?不是说只是传去问个话么?"

"哼!"长史官冷笑一声,"这许多人收了监,师太独对那贾宝玉上心啊!我等今日可不是来替师太答疑解惑的。闻听师太有几只喝茶的杯子,可否拿出来让下官见识见识?"

"哼!"妙玉闻言亦冷冷一笑道,"请问阁下是哪一位呀?"

"休得无理!"孙绍祖喝道,长史官不及阻拦,"这是忠顺王府的长史官大人。"

"请问长史官大人,我为什么要将我的东西拿与你看呀?"妙玉道,"贾府犯了事,你们自去查封他家财物,我却并非贾府之人,又未犯法,你又凭什么来指使我呢?"

长史官闻言转脸问孙绍祖:"她果然不在名册上么?"

"这许多人,我却记不住。"孙绍祖怀里拿出名册道,"下官这便核查,老大人稍候片刻。"又问妙玉,"你叫何名?"

妙玉扭头看向别处,并不理会孙绍祖。身旁老尼见孙绍祖欲怒，赶紧答道："我家师太，法号妙玉，乃是府里正式下了帖子请来的。"说着忙起身进内室去寻当年王夫人所下请帖。

孙绍祖翻看了两遍名册，皆无妙玉之名："大人，果然不在册。"此时那老尼亦寻了请帖出来，呈与长史官。

"好，甚好。"长史官接过帖子仔细看了，笑道，"这便容易得多了。来人啊，给我进去仔细搜。"

"你们要干什么？"妙玉惊道，"我并未犯法，你们凭什么搜我的东西？"

"师太敢是忘了方才自己说的话了。"长史官笑道，"此处虽是庵堂，却亦是侯府深处，敢问师太这侯府是什么府，难道不是贾府吗？既是，我等奉命来查抄，怎么就不能搜你的东西？况师太乃是出家之人，四大皆空，怎么会有自己的东西？岂不笑煞旁人？"说着话，兵士们早从内堂搜出几只茶杯来。妙玉见了，心内焦急，却有一众士兵环伺左右，哪里敢动？长史官拿起搜出的杯子，看一只旁边有耳，杯上镌着"瓟斝"三个隶字，后有一行小真字是"晋王恺珍玩"，又有"宋元丰五年四月眉山苏轼赏于秘府"一行小字，另一只形似钵而小，也有三个垂珠篆字，镌着"点犀䀉"，再有一只九曲十八环一百二十节蟠虬整雕的湘妃竹根的大海，另外还有一只绿玉斗。长史官拿在手上细细看了，点头赞道："果然都是好东西。"妙玉看见他以手轻抚自己日常所用的绿玉斗，心里恨不得自己即刻便死了才好。长史官转脸看了看妙玉，笑道："这几个杯子连同这师太，我都带走了。"

"好。我这就叫人包好，送大人出去。"孙绍祖对那几只杯子倒是无所谓，只是心里着实有些不舍得妙玉，但官大一级压死人，何况忠顺王府的长史官？因此嘴上只得满口应承。

忠顺王府的长史官将妙玉同那几只稀世罕见的杯子一同献于王爷驾前，忠顺王爷大喜过望，重赏了长史官，随即便宣布纳妙玉为妾。无奈那妙玉抵死不从，李纹、李绮姐妹二人自从进了王府专宠至今，忽来一妙玉，姐妹二人又素知李纨心内对妙玉厌恶之极，因此怎肯容她？二人在忠顺老王面前日夜撒娇撒痴，只要撵了妙玉出去。那忠顺王见妙玉自视清高，动辄以死相胁，只是不肯依顺，本来心内已自不耐烦，被李氏姐妹一撺掇，不由得心头火起，一声令下，叫人将妙玉送到这世上最下作之处生受去，看她还清高什么？！长史官叫来孙绍祖,叫他将妙玉送走。

孙绍祖领命将妙玉捆了出来,一乘小轿抬了送至烟花柳巷,丢与龟公,看了看桌上放着的妙玉的卖身银子,将银子复推至老鸨跟前。见老鸨不解,孙绍祖笑道:"我知道你们有的是手段收拾她,凭她什么贞节烈女,到了你们这儿都说不得了。这些银子便算是我下的定金,调教好了,头一个通知我,我必要来尝这个鲜的。"

"既是这样,大爷又何必将她送来这里?"老鸨不解道,"何不索性将她抬回家去,难道大爷这样的人物还降不住她这么个弱女子?"

"你懂什么?我若将她抬回家去,王爷知道了如何交代?送她来此处,是王爷自要罚她。"孙绍祖道,"你只给我记住了,我是不爱那些个残花败柳的。调教好了,第一个便是要通知我。"

"这个您尽管放心,一行有一行的规矩,我既收了您的定金,自然是头一个请您过来尝鲜。"老鸨子笑道。

且不说妙玉在那淫门之中如何煎熬,如今只说这宁荣二府近千号人,有司衙门哪里有这许多的地方容纳?城外三十里有一座狱神庙,墙高院深,香火已断了多年,有人回禀了督察院,督察院遂请示了上意,将贾府未定罪的一干人等尽皆移至狱神庙内临时看管。没过两天，宝玉、薛蟠、凤姐等人亦被挪至狱神庙内。原来王子腾府上、平安节度府上皆被查抄了，因此宝玉、薛蟠之类可有可无的所谓人犯根本在狱中无容身之处了，一股脑儿地都被拖到了这城外的狱神庙内关押。

贾芸、贾蔷、薛蚪几人听着信，忙约了来探。到了庙外，见有官兵把守，因不知事情轻重，塞银子亦无人敢接，几人急得团团转。贾芸忽然想起那街坊"醉金刚"倪二来，同贾蔷和薛蚪说："此人素来在江湖上混些三教九流之辈，或许能认识个把小吏亦未可知，不如去求他来试试如何？"他二人听了皆点头赞成。

贾蔷道："小泥鳅翻大浪，兴许他真能有招呢？不妨一试。"薛蚪亦道："眼下别无良策，姑且死马当作活马医吧。"三人计议已定，打马回城去寻倪二。那倪二见他三人来寻，亦觉面上有光，又见他三人言辞恳切，当下笑道："承蒙三位爷不嫌我倪二卑微，看得起我，将这样大事来托我，倪二必尽心竭力。我倒是真有两个兄弟现做着狱吏，只不知他们眼下却在何处当值。几位爷不过是想见见人罢了，应该不是什么大事，我且去寻我那两个兄弟，便是他二人不在狱神庙当值，当值的也必有他二人的相识要好之人。最迟明日给几位爷个准信如何？"三人忙作揖相谢。

贾蔷袋内摸出一包银子道："这里有二十两纹银，倪二哥且请先拿了去打点，不够我明日再带了来。"

"蔷爷这是做什么？小事一桩，不值什么。"倪二推让道，"况且不过是见个面罢了。倘若到了拿银子捞人的时节，他们自然有话递出来。眼面前用不着这个，些许小钱我自有。"贾芸、薛蚪皆劝道："倪二哥不必客气，怎能叫您出力再搭钱呢？"倪二见推让不过，便收了银子。

果然是"县官不如现管"。第二天傍晚时分，倪二便带了信来寻贾芸。贾芸如今盘下了他母舅卜世仁的香料铺子，贾蔷、薛蚪都聚在他的铺子里等信呢。倪二说此刻便可前去，三人一应东西早已备好，闻言便欲出门。一直躲在帘内的小红与茜雪出来道："我们也要跟你们去。"原来茜雪因枫露茶之事被撵出府来，机缘巧合竟嫁与倪二做了续弦。

"你一个妇道人家去那儿做什么？"贾芸道。

"此刻也顾不上了。"小红道，"好几百口子皆圈在那一座庙里头呢，还分什么男女啊！二爷、二奶奶照应我们夫妻一场，宝二爷又是爷您寄名的干爹，这会子若不教我去看看，如何安心？"

"既是这样，便叫她们一同去吧。"倪二道，"难得奶奶一片孝心。"

"好吧。"贾芸道，"外头冷，你们多穿点，再戴顶风帽。"

"不需爷嘱咐，我们早有准备。"茜雪笑道。

一行人到了狱神庙，天已尽黑，又飘起了雪，旷野之中隐约晃动着几条野狗来回游荡的身影。

倪二先下了马前去交涉，不一时领了个差官小头目打扮的军汉过来："这是我马兄弟，现任着这儿的队长，这几位便是贾府的亲眷。"贾芸、贾蔷、薛蚪皆上前行礼，小红、茜雪亦在马车边上福了一福。

那马队长见完礼道："人太多，我亦记不住那许多，你们谁要见谁，再同我说一遍。"贾芸上前一步，握了马队长的手，将一锭十两的银子递到他手中，赔笑道："天寒地冻，马队长买壶酒暖暖身子。"马队长见他出手豪阔，立时满脸堆笑，转脸朝倪二笑道："这位爷是？"

"芸爷。"倪二道。

"芸爷客气了。不过见见人罢了，不必如此。"马队长推让道。

"既是芸爷与你，你便收了吧。"倪二一旁笑道。

"那多谢芸爷了。"那马队长袖了银子笑道，"芸爷要看的是哪位啊？"

"不知贾琏、贾玑是否在此处看押啊？"

"贾琏不在此处，不过他媳妇王熙凤倒是在这里，贾玑亦在此处。"马队长道。

"那有个叫平儿的丫头吗？"小红插嘴道，"她应该会带着个孩子，叫巧姐儿。"

"哦，这是拙荆。"贾芸忙道，"她说的巧姐儿是贾琏的女儿。若见不着贾琏，看一眼那孩子也好。"

马队长点点头，转脸问贾蔷、薛虬："你们两位爷呢？"贾蔷上前道："在下贾蔷，我想见见贾珍与贾蓉，不知他二人可在此处？"马队长道："他二人皆在此处。"贾蔷大喜，伸手递了十两银锭与马队长道："如此有劳了。"马队长喜得眉开眼笑，连忙假意推让道："蔷爷不必多礼，方才芸爷所赏已尽够了。"贾蔷笑道："这个留着马头儿打赏士卒吧，务必莫叫里头的人遭罪。多谢多谢！"

"蔷爷放心，"马队长笑道，"那是自然。"说着袖了银子。

薛蚪见贾芸、贾蔷二人事妥，这才上前道："不知我家哥哥薛蟠可在此处？"马队长道："有这人。"薛蚪亦递了一锭十两的银子过来道："如此薛蚪先谢了。"马队长接了银子亦客气道："薛爷太客气了。"薛蚪拱手道："拜托拜托。"马队长亦拱手谢了，这才领着一行人进了狱神庙，到了东边偏殿门口，高声叫道："贾玑、薛蟠、贾珍、贾蓉，都出来。"

所有男丁皆关在一处，只不过于大殿神像后另辟了一个角落将贾珍、贾玑、贾蓉、薛蟠几人单独看押着。不一会儿，贾珍、贾玑、贾蓉、薛蟠几个蓬头垢面地挪了出来。薛蟠眼尖，一眼瞧见薛蚪，一下子便扑了过来，哭道："薛蚪，好兄弟，你快想法子把哥哥弄了出去，这地方我是一刻也不想待了。"薛蚪搂着薛蟠一番安慰，又道："哥哥，你饿坏了吧？我给你带了只烧鸡来，没敢多带，怕不让。"薛蟠忙道："快快快，拿来。"站在廊下便迫不及待地撕了条鸡腿吃了起来，一边大嚼，一边嘟囔道："怎不再拿些酒来？"薛蚪道："哥哥且将就着些吧。"

那边贾蔷一见贾珍忙跪下行礼，贾珍一把扶住，哭道："好孩子，我再不曾想到，你竟会来看我！"贾蔷亦哭道："叔叔怎会如此看我？"贾蓉过来，一把抱住贾蔷，只是哭，竟是一句话亦说不出来。贾蔷抹了抹泪道："我亦带了些肉食来，叔叔同哥哥将就着吃点儿吧。"贾蔷转脸四处看了看，将贾珍扶至廊下的石砌美人靠处，袖内摸出一方帕子，好歹擦了块地方，又将帕子铺了，请贾珍坐下，撕了条鸡腿递与贾珍。贾珍伸手接了，顾不得体面大嚼起来，贾蓉便亦立于廊下拿手抓着肉吃了起来。

贾珍吃了几块肉，精神也足了些，招手叫贾蔷近前，附耳道："倘或罪不至死，可用钱财消灾，你便去蓉儿媳妇家去寻她媳妇，所有细软皆存于她手中。"贾蔷听了连连点头。

这里贾芸、小红、茜雪看见宝玉出来，皆激动不已，迎上去行礼。宝玉却一脸茫然道："不知二位是谁？却如此有心来看我。"贾芸道："宝叔，怎地连我也认不出了？我是芸儿呀！"想了想推了小红上前道，"宝叔可还记得她们么？从前你屋里的小红、茜雪。"宝玉忙对二人施礼道："啊呀，罪过罪过，竟是连姐姐们也不记得了。姐姐们既是从前在我屋里，不知如今却在何处啊？"小红与茜雪见他这样，忍不住皆哭了起来，转脸对贾芸道："留些吃食与他，我们且看看二奶奶去吧。"贾芸将带来的肉食递与宝玉，见他身上单薄，便解了自己身上的披风替他披好，这才请马队长领着去看女犯。

一应女犯皆囚于西偏殿内，马队长在门口高声叫道："王熙凤、贾巧姐、平儿，都出来。"不一时，平儿牵着巧姐出来了，见是贾芸和小红等人，忙上前行礼。贾芸道："二奶奶呢？"平儿拭泪道："二奶奶金尊玉贵，何尝遭过这样的罪？早病得起不来了。"小红拿出吃食，递给巧姐儿道："姐儿莫嫌弃，快吃点吧。"又对平儿道，"姑娘你也赶紧吃点吧，留着这些一会子带进去给二奶奶。"平儿谢了，接过拿了一小块喂到巧姐儿嘴里。

马队长过来道："就这样吧，里头关着的不只是你们几家的人，时辰久了恐不妥，万一有个什么事我却担待不起。没吃完的带进去吧。"众人只得依依惜别。那薛蟠含着满嘴的东西，口中含混着嚷道："好兄弟，你赶紧想法子啊！你回去就赶紧想法子啊！"薛蚪答应着，洒泪而别。

马队长将几人送至门外，雪下得越发紧了，外头已是白茫茫一片。

薛蚪道："不知马头儿可否行个方便，叫他几个单独关押？"贾芸、贾蔷听了，皆道："是啊！若能将他们单独关押，好歹也少遭些罪。"马队长犹豫了一会道："正殿后头倒是有两间厢房还空着，只是忒小了点，且若想一人一间是万不能够的，若是男一屋、女一屋或可商量。我亦可替他们安排些铺盖，好歹强似眼下睡蒲草。"薛蚪略一沉吟道："马头儿，可否容我们商议片刻？"马队长道："还请几位爷作速议定，毕竟小的公务在身。"

薛蚪、贾芸、贾蔷三人议定，每人再给这马队长五两银子，便是男一屋、女一屋好歹亦强过眼下几百人哄在一处百倍千倍。于是几人复又进了庙内，眼看着马队长将贾珍、贾蓉、贾玑、薛蟠、凤姐、平儿、巧姐儿几位挪至正殿后的空房内，几人这才看见凤姐，两个差役一副单架抬了出来，形容枯槁，蓬头垢面，骨瘦如柴。凤姐见了贾芸等人，亦无力言语，不过是眼神之中凄怆感沛、聊表心意而已。

第三十二回

了尘缘神瑛归赤瑕
断凡念绛珠返太虚

自从贾珍等人挪至正殿后面，贾芸等人又结伴去了几趟，每回皆带些吃喝并铺盖、衣物之类，又花了些银子，将邢夫人、王夫人和尤氏亦挪了同凤姐等人一处。贾政却并未一处关押，想必与贾琏等人在牢狱之中另行羁押。小红见凤姐病势沉重，便同贾芸商量了，想要送些汤药与她。那马队长道："这个却使不得，不是我信不着二位，实在是有明文规定，不得与在押人员擅自用药。且忍一忍吧，按惯例，年前想必该有个定论，若能接回家去，再慢慢调理吧。"贾芸与小红只得作罢。

两间厢房内无论男女，尽皆日日唉声叹气，以泪洗面，听说年前能有个定论，不禁又是欢喜又是害怕。

是夜，那甄宝玉独自倚在床头，望着窗外一弯月牙儿发呆，不一会儿众人皆陆续入睡。甄宝玉暗自思忖道:"纵使我逃过这一劫,同他们重回贾府,却又有什么意趣?我一门亦是几百口子人,妹妹那一身病体,哪里禁得住挫磨,必是早已香消玉殒了,如今只剩我孤零零独自一人,如此苟活又有何意?不如死了拉倒,说不定还能一家子骨肉相聚在某处。"如此想着,便四下里转了一周,一眼瞧见那窗棂的木条看着甚是结实,便轻手轻脚地走了过去,解下腰间的汗巾子搭了上去,打个结,便将脖子伸了进去。正恍惚间,忽见一僧一道走了进来。那僧人癞头跣足,那道士则跛足蓬头。二人进来看见甄宝玉挂于窗棂之上,不禁笑道:"痴儿,当真混沌若此!"那道士招招手,甄宝玉身不由己便到了他跟前。那道士笑道:"当真玩够了,便随我们回去吧!"甄宝玉心中诧异却是口不能言。那僧人伸手推了他一把道:"走吧,还愣着做什么?"那道士拉了甄宝玉的手,两人一拖一推拥了甄宝玉往外便走。甄宝玉眼看着门口的差兵森然排列却无一人有反应,人人皆目中无物,仿佛根本瞧不见他三人。

甄宝玉随了那一僧一道,走着走着,脚下发飘,也不知过了多少村庄都市,只听得耳畔风响,眼前迷雾茫茫,忽地脚下一顿,似踏着了什么实处,定睛一看,却是个朱栏白石、绿树清溪的好去处，回头再看那一僧一道，已非方才面目，却是骨骼不凡、丰神迥异，当真是得道的高僧、羽化的真人。

甄宝玉惊道："我师，此是何地？汝等又系何人？"那道士解下腰间葫芦递与甄宝玉道："喝一口。"甄宝玉疑疑惑惑接过葫芦抿了一口，甘甜清冽，便又喝了一大口，前尘往事顿时历历在目。僧、道二人皆笑道："神瑛使者，别来无恙？"

"啊呀！惭愧惭愧！"神瑛笑道，"茫茫大士、渺渺真人，二位师兄别来无恙？二位且与我同回赤瑕宫畅饮三日。"

三人相视大笑，神瑛道："但不知石兄何时归来？"茫茫大士笑道："那蠢物孽缘未了，且得过一阵子呢！"

"哈哈哈哈。"三人大笑而去。

却说次日清晨，贾珍最先醒来，隐约看见宝玉站在窗前，便道："宝兄弟，大清早的，你且站在那儿做什么？"见他不作声，便又提高了些声音叫道："宝兄弟，起得早啊！"贾蓉闻声也醒了，坐起来，揉了揉眼睛，仔细一看，惊得大叫一声："妈呀！"连滚带爬冲了过去，将宝玉从汗巾子上取下。贾珍也慌忙近前来看，伸手试了试,身上早已凉透了,慌忙大叫道:"来人哪!快来人哪!"薛蟠闻声也惊了起来,见了宝玉尸身,不禁放声大哭。

外头差役进来看了赶紧跑去禀报,不一时那马队长同仵作一道来验了尸,做了笔录,报了上去,次日方才通知贾芸来将尸身领了出去。贾芸和小红既不敢声张,亦不敢擅做主张,一口棺材装了先停于铁槛寺内再说。

王夫人听了哭得是哀哀欲绝,人人皆谓老来丧子焉得不痛,殊不知王夫人实是想起了贾宝玉,如今冷暖不知,未来生死不明,眼看着甄宝玉惨死狱中,怎不哀痛?消息传至西偏殿内,人人悲伤。别人犹可,独袭人当时便昏死过去。

北静王水溶闻讯大惊,急忙进宫面圣,恰周贵妃喜结龙胎,合宫欢庆,龙心大悦,见水溶来见,便叫留在宫内饮宴。水溶只得将贾府之事暂且压下不提,陪着圣上欢饮达旦。

那林黛玉留在府内等了一夜不见水溶归来,左思右想,虽明知死的不是贾宝玉,乃是甄宝玉,只是倘若有一天贾宝玉归来却又怎生处?这替身已死,贾宝玉又如何还能归来?他以何面目、以何身份归来?又想这王府之中，虽然太妃怜惜，可毕竟老矣，时日无多。王爷宠爱，可因这宠爱惹了多少闲愁幽怨？王府姬妾无不视自己如眼中之钉、肉中之刺，王妃更是明里一盆火，暗地一把刀，只哄得王爷、太妃蒙在鼓里傻乐，以为妻贤妾恭，无一不称心如意呢！又想起自己与贾宝玉青梅竹马，实指望此生别无他求，唯得一知心人白首到老足矣！现如今却天各一方，杳无音讯，自己已为人妇，纵使相逢又便如何？！前思后虑，一夜未眠，看窗外渐渐地东方泛白，林黛玉忽然警醒，却是怪事，怎地悲了一夜，竟是一滴眼泪也无？再细看手里的帕子，两面皆干干爽爽，并无半点泪痕。黛玉点点头，自语道："人都说'泪流干了'，不料竟真有此事！想我打从记事起，这泪便不曾干过，自从进了贾府为了他更是流了不知多少莫名之泪，冬流到夏，夏流到秋，如今到底是流干了。既如此，我还留于这世上何意？难道要等着有朝一日春残花落，红颜老尽，只落个花落人亡两不知么？罢罢罢！不如趁着这尚自明媚鲜妍之际，自寻了断最好。只是却怎么个了断法呢？他素日常说女儿是水做的，我亦曾对他说这天下的水总归一源，我出不了这深宅大院，可是我若投了水，他如今身在南方，那里有的是小桥流水，焉知那水便流不到他身边？"想到这儿，心里忽地舒畅了许多，起身走到书桌前，寻出旧日所题诗帕，掷于火盆内，看那火焰升腾起来，将帕子慢慢化为灰烬，复又暗淡下去。黛玉望着那炭盆出了会子神，起身坐到妆台边，对着镜子略拢了拢头发，便出了房门。外头紫鹃见她未睡，也不敢歇，在外头坐着守了一夜，见她出来，忙上前道："姑娘，不睡会？"

"我到后头花园里转转去，你去歇会子吧，不必跟着我。"黛玉道。

"昨夜下了一夜的雪，这一早上后园里冷，姑娘你这样出去可怎么得了？我去给你拿件大衣裳，再披个斗篷，姑娘略等我一等。"紫鹃说着进屋去了。

"不必了。"黛玉见她已进屋去了，便径自往后花园而去。一路上静悄悄，只那些打粗的婆子早起忙着预备早膳。有三两个往各房里送热水的看见黛玉皆心里诧异，嘴上亦不敢多问，只行礼问安，待黛玉走过便各忙各的去了。

天尚未透亮，西边天上依旧挂着一轮残月，轻薄苍白。黛玉一径来至荷塘边，满满一池子水，池塘中间的残荷上积着雪，衬着池塘中央的映日轩，俨然一幅水墨山水图。池塘边上一圈微微地有些薄冰，黛玉便往映日轩而去，一只躲在映日轩檐下过夜的白鹤听见有人走近，戛然一声从廊下飞了起来，往池塘对面去了。黛玉见了一怔，不禁想起那日与湘云、妙玉三人联诗的中秋之夜，惨然笑道："果然是'寒塘渡鹤影，冷月葬花魂'，不意竟一语成谶了！"言罢从九曲桥上纵身跃入荷塘。一点灵性，早往放春山遣香洞太虚警幻仙姑处销号去了。

池塘对面紫鹃寻来，远远看见黛玉纵身投了湖，吓得愣了愣神方惊醒过来，赶紧回身大叫道："来人啊！快来人啊！救命啊！"顿时有人闻声跑了过来，急问紫鹃："怎么了？怎么了？紫鹃姑娘怎么了？"

"快，快快快。"紫鹃指着映日轩方向颤声道，"姑娘，少妃——少妃投湖了。"

里头正忙着七手八脚地下去救林黛玉，北静王水溶回府了，进门便有人来报："不好了，王爷，少妃——少妃投湖了。"

"什么？"水溶大惊，"在哪儿？"

"听说就在映日轩那边儿。"

水溶一路飞奔冲进花园，众人已将黛玉捞了上来。

"王爷来了。"跟班的小厮跟在水溶后头跑着叫道。

众人忙闪开,水溶近前一看,见黛玉只穿了件白绫掐象牙边的小袄,系一条白绫子裙,挽着家常发髻,躺在一片洁净的雪地上,浑身湿透,一缕青丝垂在脸上,如玉雕的一般。水溶心痛得仿佛叫人摘取了心肝一般,跪到黛玉身边,将脸上的青丝拂开,握住黛玉的手,那手早已冰凉坚硬得亦如同玉石一般。此刻王妃并府中几个姬妾亦闻讯而来,俯身道:"王爷贵体要紧,务必节哀。"

"是你。"水溶夜饮达旦,此刻眼中充血,转脸怒视王妃等人道,"一定是你们。必是你等妒我宠爱于她,暗地里整治她,才逼得她投了水。"

"啊呀,王爷何出此言?!"王妃吓得跪倒在地,"真正是冤枉煞妾身了!"

水溶也不理她,捧起黛玉尸身便回房去了。

那水溶发了几天的火,有心责罚众姬妾,终究是怜香惜玉之流,不是那等心狠手辣之辈,到底下不去手,又细问了紫鹃缘由,虽说黛玉平时暗中也吃了不少哑巴亏,但事发前夜却并无纠纷,因此只能气得将自己关在黛玉房中,任凭众姬妾在外讨饶,一概不见。太妃闻讯，心中亦猜测是王妃等姬妾所为，因此也不相劝，由着王妃领着众姬妾在雪地里跪着自罚。

那水溶闲在黛玉屋内无事，便随手翻看黛玉遗物，见她书桌边的小匣子内放着些小物件，便拿出来一一端详，一眼便认出其中一串鹡鸰香的念珠正是自己赠予贾宝玉的，想必是他将此物又转赠了黛玉，再看见床边墙上挂着的那两套蓑衣、斗笠与木屐，本以为自己与林黛玉实乃是佳偶天成，谁料想如今却落得只影孤灯。又想她投水之处的映日轩乃是自己与她初见之地，她选了那一处自然是缅怀眷念之意。唉！那水溶越想越悲，越悲越想，然最终也只能是将黛玉装了棺，风光大葬了事。难得那紫鹃不舍黛玉情义，竟一头撞死在黛玉灵前。水溶便将她葬于黛玉之侧，让她主仆长相厮守。

第三十三回

念旧情宝钗救忠仆
感时艰平儿怀故主

水溶将对黛玉的一段相思皆转至贾府事宜之上，竭力周旋，终得从轻发落。这日，圣旨下，贾赦与平安节度、兴邑县、张如圭一干人等皆判斩立决，所有家财、僮仆皆罚没入官；王子腾、贾化判刑二十年，流放三千里，所有财产罚没入官；贾琏为王子腾、贾赦、平安节度、兴邑县倒卖军资案帮凶，判刑十年，流放千里，所有家财一并罚没入官；王熙凤念其闺阁女子，无心犯错且重病缠身，着其家人罚银五千两为其赎身；贾珍世承圣恩，不思进取，平日里常欺男霸女，居丧期间更斗叶掷骰，放头开局，无视法纪，祸乱纲常，着削去所袭爵位，判刑七年，流放千里；其子贾蓉所捐职衔亦予以追回。贾政治家不严，教子无方，念其素日勤谨，向无过失，故削职查看，闭门思过；贾玑调戏母婢，逼死人命，其已负罪自戕，免究其责；宁、荣二府田舍房产皆收归国有，留待日后封赏有功之臣；大观园因系贤德妃昔日省亲所建，圣上体恤，念其一门无处可栖，着其家人可于其中的梨香院内暂居，听旨待宣，择日搬出，回原籍本分度日。另有薛蟠着户部去除皇商之名，罚银了事。其余人等皆不予追究。宁、荣二府的丫鬟僮仆，有家人来赎的皆可归家，还其自由之身，无人来赎者皆罚没入官。

众人听旨哭的哭，笑的笑。薛虮一早便候在府衙外，等着接了薛蟠回家，却见邢夫人先走了出来，便上前行礼，问其所往。邢夫人有心随了薛虮去，却又想自己如今身无长物，去薛家实非长久之际，且薛姨妈又是王夫人胞妹，邢岫烟与薛虮如今皆是寄居薛家，实在不宜前往，于是谢了薛虮回娘家去了。她娘家有个三妹子姑老在家，一直不曾嫁人，从前一应用度皆是靠她接济的，又想嫡亲姐妹总比旁人贴心，谁知她妹子见她孤身来投，将素日怨恨尽皆翻了出来，恨她当日出嫁将全副家私席卷一空，害得自己没法嫁人，反倒厚着脸皮凡事皆要看她的陪房王善保家的脸色行事。邢夫人恨她三妹妹刻薄转而去寻她二妹妹，她二妹妹亦怨她将家私带走,害自己没有好妆奁以致不得嫁与良人,她兄弟一家如今都指着薛虮夫妇过活呢,心内本就深怨于她,今日见她这样,哪里会有什么好言语相对?几人日日相讥,最后竟逼得邢夫人一根绳索上吊自缢而亡了。

王夫人经了这一场巨变,到家便病倒在床。薛姨妈同宝钗前来探望,姐妹二人相对而泣。薛姨妈见只有周姨娘在床前伺候王夫人,不快道:"怎地不见赵姨娘?"

王夫人叹息道:"她也是一把年纪的人了,回来也躺倒了,如今跟前只有环哥儿伺候着呢。"

宝钗沉吟道:"姨妈这里没个人实在难行,咱们那儿如今也拨不出人手来,圣上既然许可拿钱赎人,不如拿几个钱赎出几个得力的来,不过是几个奴才而已,想必也用不了许多银子。"

王夫人便又叹息道:"如今真正叫身无长物,拿什么去赎人?"

薛姨妈忽道:"这一场浩劫,唯有珠儿媳妇竟避开了,如今你们家来,她怎地没回来探望?"

"唉!"王夫人叹了口气,"她只将兰儿看好了便是大功一件了。她寡妇失业的,又在娘家屋檐之下,哪里指望得上她?"

薛姨妈同宝钗对视了一下，宝钗道："姨妈想想，从前哪一个是得力的，咱们便去赎了他出来，好歹先将日子过起来。"正说着，巧姐儿蓬头垢面地走了进来道："太太，我饿了。"

薛姨妈惊道："大姐儿怎地竟糟蹋成这样了？"说着将带来的糕点拿了些递与巧姐儿，"对了，凤丫头呢？都忘记问她了。"

"唉！"王夫人又是一声长叹，"罚银五千两，没交银子她哪得回来？"

"啊？"薛姨妈惊道，"这便如何是好？琏哥儿还不知道呢吧？"

"他知不知道的打什么紧？"王夫人冷笑道，"他人没出来，休书倒是让人送家来了。"

薛姨妈、宝钗闻言皆大惊。薛姨妈道："那凤丫头尚不知这等变故呢吧？"

"谁知道呢？这休书是官差送与王仁的，说不准也送了一份与凤丫头去亦未可知。"王夫人喘息道，"唉！这可真是雪上加霜啊！我如今才知道这许多事，这凤丫头的胆子实在是太大了，也实在是怨不得琏儿生气。"

薛姨妈安慰道:"琏哥儿这会子气头上呢,过一阵子气消了也就好了。"

"平儿呢?"宝钗打岔道,"她因为什么事没得回来呢?"

"她身在奴籍,也等着银子去赎呢!"王夫人道。

"既是这样,咱们先把平儿赎出来吧。"宝钗道,"巧姐儿还小,实在是离不了人。平儿一出来,巧姐儿好歹有个人照应着了,闲时也能帮着照料照料姨妈、理理家务。"宝钗见王夫人和薛姨妈皆点了点头,便接着道,"一并再赎个小厮出来吧,总得有人跑跑外头啊!钱的事姨妈不用愁,我同妈回家想法去。两个奴才花不了几个钱。"王夫人知道薛家亦是元气大伤,但眼下除了她们也指望不上别人,沉吟了一会道:"既如此,我也便不同你们客气了,小厮是要赎个把出来的,只是赎谁,待我同老爷商量了再做决定。"

"那好,姨妈便先歇着吧。我明日叫薛蚪过来听信,即刻便去赎了来。"宝钗道,"妈妈咱们先回去吧,说了这么一大通话,让姨妈也歇会吧。"又对王夫人道,"姨妈先躺会,我回去便叫薛蚪请了大夫过来。"王夫人感激道:"好孩子,难为你想得周全。只是我这病怕不是汤药治得了的，别白瞎那个钱了。"

"姨妈莫说这样的丧气话，我回去便叫人来。"宝钗、薛姨妈告辞去了。王夫人叫周姨娘请了贾政过来。见周姨娘领着巧姐儿退出，王夫人垂泪道："老爷，我知道老爷落到今日这步田地，皆是受那孽障所累。"王夫人边咳边喘息，挣得脸红脖子粗的。"只是我怕是熬不过年去了，老爷你打算叫那孽障在外头躲到什么时候？难道我死前都见不上他一面了吗？"贾政见她这样说，心下亦是万分难过，坐到床前道："如今岂是我说了算的？那甄宝玉已身死狱神庙内，你叫他现在回来却如何回、以何身份回？"

"唉！"王夫人长叹一声，双目流泪，"看来我有生之年是与他再难相见了！"

贾政安慰道："太太不必过于忧心，无论如何，他毕竟是活在这世上呢！"

王夫人想想也是，总好过甄宝玉命赴黄泉啊！"老爷，方才宝丫头说打算替咱们赎两个奴才出来好用，我想着把平儿赎出来。那孩子十分稳当，她出来巧姐儿也有人照看了，等咱们将银子备齐，凤丫头回来她也能一并伺候了。"贾政点点头道："便依你所言。"

"我想再赎个小厮出来好跑腿,老爷觉着赎谁好呢?"王夫人道,"依着我的心,我亦想将袭人一并赎了出来,只是不好开口。"

"袭人便算了吧。咱们自己手里又没银钱,便赎个平儿,再赎个小厮足矣。"

"那小厮赎谁呢?"

"自然是昭儿。"贾政说完想了想道,"知道那孽障行踪的除了同他一处的李贵,便是昭儿了。"

"老爷说得是。"王夫人连连点头,接着便握着胸口一阵猛咳。贾政忙坐近替她捶背,口内唉声叹气。

第二天,薛蚪带了银子到衙门里去赎人,一看名册才知道有不少人已都被家人赎出了。赖大夫妇、赖二夫妇、林之孝夫妇,以及那些素日有些头脸的早都已经赎了自由身,脱却了奴籍,欢天喜地回家去了。再看各房的大丫头们,竟只剩下平儿、鸳鸯二人无人来赎,有名姓的小厮们亦走得七七八八了。薛蚪心中不禁一阵感慨,问了昭儿可还在。衙役查了,说还在,进去叫了出来。昭儿本是个孤儿,打小便跟了贾琏,再不曾想今日竟是薛蚪来赎他,忙跪地给薛蚪磕了个头道:"薛二爷,我们家二爷呢?他怎地便不要我了?"

"傻孩子，你家二爷判了流放千里，哪里还顾得上你啊？"薛虬道，"你如今跟我回去，且将你家老爷、太太、大姐儿先照料好了，等你家二爷刑满归来，自然记得你的好。"说着话，平儿也出来了，见了薛虬亦是叩拜不迭。几人回到梨香院，见过贾政、王夫人，平儿与巧姐儿抱头哭了一气。不一时，薛姨妈同宝钗、岫烟也来了，王夫人便留饭。薛姨妈见王夫人高兴，便答应了。薛虬知趣，即刻便领了昭儿和自己的贴身小厮一道出去采买，又关照昭儿遇着难事便到店铺来寻自己。薛家经此一劫，手里的店铺折损得只剩下一家当铺和一家生药铺子，薛虬平时便大多在这两处店铺里待着，昭儿一一记下。

薛姨妈、宝钗、岫烟几个皆围坐在王夫人床前闲话，平儿、莺儿、同喜、同贵皆去灶下忙活，周姨娘便留在屋内端茶递水。不一时，薛虬等人拎了许多酒菜并现成的吃食回来，收拾了摆上桌来，请出贾政，也顾不得许多了，男男女女一桌坐了，将贾环也叫了来一起坐下。贾政道："蟠儿呢？怎么不见蟠儿？"

"那个孽障，不提也罢。"薛姨妈眼中泪光一闪，"咱们吃咱们的，他可饿不死。"原来薛蟠出来，听说夏金桂和宝蟾都死了，伤心了两日也就过去了，至于罚银是如何筹集来的，丝毫不放在心上，仿佛那银子皆是自行生长出来的一般，自觉在里头这许多时日实在是吃了大亏了，必得加倍玩耍方能弥补回来，因此流连在外，终日不归。贾政听见薛姨妈这样说，又看她如此情形，心中亦猜着八九，便也不多说，只举杯道："咱们这也算是顿小小的团圆饭，来，这一杯都饮了。"众人依言皆一饮而尽。平儿和莺儿将酒满上，贾政又举杯道："虮儿，来，我单敬你一杯。好孩子啊！可惜你父亲去世太早，否则若是看见你今日这般为人行事必定心中大慰啊！"薛虮慌忙离座，躬身举杯道："姨爹言重了，薛虮可受不起啊！"

"来，干了。"贾政不禁想起宝玉，"我这心中好生羡慕你父亲啊！"说罢将杯中酒又是一饮而尽。薛虮赶紧举杯也一口干了。众人苦中作乐，强颜欢笑。正说话间，昭儿进来道："老爷，赖大爷、赖二爷、林大爷、周大爷、吴大爷他们都来了。小的已将他们都请到书房里候着去了。"贾政听了十分高兴，便叫薛姨妈她们继续，自己已吃好了，放下碗箸，便往书房去了。众人皆起身相送，平儿泡了几杯茶，端到书房门口，递给昭儿送了进去。赖大、赖二、林之孝、周瑞、吴新登几个看见贾政进来,皆赶紧起身行礼。贾政道:"都坐吧。家里都还好?"

"托老爷的福,都好,都好。"几人忙答道,并不敢坐下。贾政道:"坐吧,如今我一介布衣而已,你们都是些老人儿了,不必拘礼,都坐吧。"林之孝道:"老爷跟前到什么时候也没有我等的座位,这是规矩,乱不得。"周瑞亦笑道:"正是正是。不知老爷、太太身子可都还好?我家里的原本是要同来拜见太太的,怎奈在里头受了些风寒,回来便躺倒了,挣扎了半天到底没起得来。"

众人你一言我一语,无非是说些在里头的艰难,如今落下的种种烦恼与病痛,末了又客气道:"老爷倘有什么吩咐,只管差人去叫,随喊随到。"贾政明知他们如今都已自赎其身,皆脱了奴籍,此番前来便已是不忘旧主,一番情义了,又怎肯将难处说与他们?因此嘴上"唔"了两声勉强敷衍了,聊了几句也便打算端茶送客了。不料平儿携了巧姐儿一步跨了进来,往当间一跪。众人吃了一惊,想要扶起又不便伸手,只得异口同声道:"姑娘这是做什么?折煞我等了。"贾政见了亦不解道:"平儿,你这是做什么?"

"老爷,"平儿朝上叩了个头,"奴婢有几句话,求老爷容我说了。"

"你且起来,有话好好说。"贾政道。

"老爷,几位管家大爷,"平儿依旧跪在地上,"我们二奶奶至今尚关在那里头熬着,等着家里拿银子去赎人。老爷和太太皆是仁德之人,如今是两袖清风,一无所有,虽心有余却力不足,几位管家大爷如今的身家皆是老爷、太太并我们二爷、二奶奶所赐,求几位大爷看在我们姐儿的面上伸把手,救救我们二奶奶。"巧姐儿听见平儿这样说话,不禁也跟着哭了起来。

"平儿,胡闹,赶紧带姐儿下去。"贾政呵斥道。

赖大等人相互交换了一下眼神,林之孝道:"平姑娘说得是,不知二奶奶的赎金是多少啊?"

"五千两。"平儿伏地叩首道,"还望几位大爷救救我们二奶奶。"巧姐儿亦跟着跪下磕头道:"救救我娘吧。"吓得赖大等人忙不迭跪倒在地,磕头道:"求姑娘快带姐儿起来吧,姐儿您可折煞奴才们了。"平儿这才忙长身将巧姐儿扶了起来,自己依旧跪在地上。

林之孝道:"姑娘也快请起来吧,且容我等回去商量商量,便是砸锅卖铁,亦必设法将二奶奶弄出来。"

平儿又磕头谢过了,这才起身领着巧姐儿出去了。

贾政一旁看了,又羞又愧,却又无可奈何,脸上红一阵白一阵,赖大等人也便告辞走了。

第三十四回

得月楼王仁遇贾芹
梨香院赵氏欺凤姐

赖大等人出了梨香院，站在外头计议了一番。赖大叹息道："我等能有今日实在皆系府中所赐，此时若不伸手也的确是说不过去，只是这五千两银子确实是非同小可，如何筹措呢？"林之孝等人闻言，皆点头叹息不已。独周瑞对赖大等人笑道："你们几位还跟我这儿哭穷？便是叫你们一家拿五千两也难不倒你们。不比我，一样是太太的陪房，偏巧我今日也不知打哪儿想起来的，竟跟着你们几位大爷同来，赶上这样的事，便是把我这把老骨头拆巴了零卖也换不来五千两银子啊。"

"你这老砍头的，惯会哭穷装孙子。"赖大笑道，"谁不知道你女婿是做古董行的，那行当岂是仨瓜俩枣弄得了的？"赖二等人听了皆附和起哄，笑话周瑞哭穷。周瑞急道："谁哭穷谁是这个。"说着拿手比画个王八,"女婿他自姓冷,他的钱却如何到得我的口袋里?"林之孝见他急了,便笑道:"这样可好,我四个一人一千两,你那一千两呢,你自去寻吴兴、郑华他们几家陪房,设法凑齐,不过来旺家我劝你就别去了。"

"那是,他家如今自家一屁股屎尚且擦不干净呢。"周瑞点头道。赖大等人见林之孝已说出了一家一千两这话,也不好辩驳,相互都是知根知底的,因此便都应承下来,约好三日后将银子送到梨香院。周瑞见他几个各应了一千两,自然也不好意思再啰嗦,分手后也不回家,径自去寻吴兴等人。

三日后赖大等人如约而至,赖大、赖二、林之孝、吴新登身后都跟了几名小厮,各带了一千两银子来。贾芸同小红也跟着来了。周瑞约齐了吴兴、郑华、来兴在京的几家陪房,一家备了二百五十两银子,也一齐来至梨香院。昭儿进去回禀了,先见过贾政。王夫人听说了,挣扎了起来,叫几人进去,隔着帐帘道:"难为你们不忘旧情,我替凤丫头先谢了。"几人听了皆跪地道:"太太言重了,我等身家性命皆系府上所赐,这点子事不过分内之事,不足挂齿。太太还是多多保重贵体,早日康复才是。"王夫人答应了,平儿又给众人重新郑重叩了个头,口中感谢不尽,又叫巧姐儿亦给众人行礼致谢。昭儿领着众人到外头,小红这才单独上前重又给王夫人磕头行礼。王夫人叫进贾芸来,握了他二人的手,含泪道:"好,好,都是好孩子。"二人又问候劝慰了王夫人几句,这才告辞退出。

外头几人计议了一番,林之孝牵头,抬了银子奔府衙而去,平儿同巧姐儿坐了小红的车,也跟着去了。到了府衙,交了银子,狱卒抬出人来,撂在地上。平儿、小红、巧姐儿皆扑了上去。看那凤姐面色蜡黄,瘦得只剩下一把骨头了,众人皆伤心不已,七手八脚将凤姐搭上马车,簇拥着回家去了。贾芸拨转马头,赶紧去请大夫。大夫诊完脉,摇摇头道:"形神俱伤,沉疴已久,只恐是大罗金仙亦难有回天之力,还是预备后事吧!"众人听了无不唏嘘叹息,伤心落泪。然天命如此,也只得瞒着凤姐和王夫人悄悄预备起后事来。

话说那凤姐嫡兄王仁,事发至今,唯恐牵扯自身,吓得边都不敢沾,如今听说尘埃落定,凤姐又回来了,且又有从前的几大管家出手相助,心想:"这常言说得好,'瘦死的骆驼比马大',还是去看看他们吧,保不齐还能有点什么好处。"于是买了两包点心,骑了头骡子来到梨香院。进去先见了贾政和王夫人,然后才去见凤姐,一看亦是吓了一大跳,惊道:"啊呀!妹子,你怎么成这样了?"

凤姐见了胞兄来到,心中甚慰,强笑道:"吓着哥哥了?我没事。"

"这怎么能是没事呢?"王仁咋呼道,"这他们难道没替你延医问药?我寻他们说理去。"

凤姐一把拉住道:"吃着药呢。"

"哦,那就好!"王仁重又坐实,"挑好药吃,不怕花钱。"凤姐闻言苦笑道:"这赎身的银子还是他们几个凑的呢。"王仁听了"噗嗤"一声笑道:"我说妹子,我可是你一娘同胞的亲兄弟,都这时候了,你还跟哥哥我耍心眼子?"凤姐急得连咳了好几声。平儿忙捧了茶水让她呷了一口,凤姐这才缓过气来,气道:"难道有人情愿待在那里头也舍不得银子么?"王仁忙赔笑道:"你看你,这就急了。我就那么随口一说罢了。"想想不死心,便又试探道:"那贾府是被抄了,可是你从前放了那许多的印子钱不是都在外头么?总不成亦被抄了去吧?"平儿见凤姐气得嘴唇直颤,忍不住插嘴道:"舅爷,抄家的时候所有的字据凭证皆抄了去了,官家是毁还是怎么了，一概不知，只是我们如今无凭无据同谁去讨要银子去？"

"啊呀，是啊！"王仁一听跌足拍腿道，"可惜了了！可惜了了！"又转脸问凤姐道："那如今妹子你却有何打算呢？"

"自然是先将身子养好再说呗。"平儿道。

"那是那是。"王仁点头道，"论理呢，这贾琏将你休了，我这当哥哥的该接你回娘家才是。"

平儿急道："舅爷。"凤姐早瞪大了眼睛看着王仁，王仁却自顾沉吟道："只是哥哥我的情形你也尽知，并没个正经的营生，不过是守着些祖产勉强度日罢了。所以我想啊，反正那贾琏充军去了，也不能回家来撑你，何况还有太太在呢，不怕，你便在他家好好养着吧。"平儿叫道："舅爷。"王仁抬头看了看，不解道："怎么了？"平儿悄悄摆手不让他再说下去，王仁却笑道："平姑娘你别怕，我王仁也是一条汉子，汉子一条，断不会眼看着你们娘儿们受委屈的。先叫你家二奶奶，哦，不对，不能再叫二奶奶了，姑娘，先叫你家姑娘好好养病，他们贾家若有一个敢龇个牙说半句不好听的，你只管来告诉我，我来同他们算账。"凤姐早已憋得喘不上气来。

平儿上前左手抱起凤姐的头,将左腿跪上床去支了凤姐的腰,右手忙替她揉心口,嘴里气得哭道:"舅爷,难道你是来催命的吗?快别说了!"

"怎么了?怎么了?"王仁茫然道,"这是怎么了?"

"舅爷您回吧,让二奶奶歇会吧。"平儿道。正好巧姐儿走了进来,平儿便道:"姐儿,你送舅爷出去吧。"巧姐儿答应了,上前先给王仁行了个礼:"舅舅好。"

"哎,好,好,姐儿好。"王仁点头笑道,"有些日子没见了,姐儿又长高了,这是长成大姑娘了。"

"舅舅这边请。"巧姐儿将王仁送了出去。王仁出了二门,昭儿见了随口道:"舅爷这就走啊?不吃了饭再去?"

"不了,我家里还有事。"王仁随口应道。出了门想想不对劲,气道:"怎么我这舅爷上门连顿饭都不留?"转念又一想,自己摇摇头道:"罢了,这都写了休书了,就不同他们计较这个了。我自己去寻吃喝吧。"骑了骡子,往城内繁华之处而去,一路上仰着脖子眯缝着眼，睃着街边子上高高挑起的各式招牌，心里琢磨着吃点儿什么好呢？一眼瞥见"得月楼"三个字，心里话："得，今儿就是它了。"下了骡子，伙计接过缰绳。王仁进去，有伙计接了，安置坐下，奉上茶水，才要点菜，听见后头一阵驴喊马叫。王仁听声有点像自己那头大青骡子的叫唤之声，便问伙计怎么回事。伙计看了来回："爷，您的骡子和旁边拴着的一头大叫驴踢上了，没事，他们正拉着呢。"王仁"哦"了一声正要点菜，就听见后头有人骂道："哪个混账羔子的骡子，敢踢爷的大叫驴？！"王仁一听火了，冲到后头指着那人也泼口骂道："哪儿来的王八羔子，也敢在大爷跟前撒野？"那人闻言猛一回头，正要开骂，一看是王仁顿时软了下来，上前一步行礼道："原来是舅爷。"王仁定睛一看，瞅着有些眼熟，却又想不起来姓甚名谁，犹豫道："恕我眼拙，你是？"

"舅爷，我是贾芹啊。"那人笑道，"从前帮着府里管和尚道士的。咱们在东府里曾会过的，舅爷不记得了？掷骰子比大小，舅爷还赢过我十两银子呢！"

"哦，想起来了，想起来了！"王仁一拍脑袋，"这真是'大水冲了龙王庙，一家不认一家人'了。你也来吃饭?"

"是啊,刚坐下。都说是打南边儿新请来的厨子,今儿来尝尝鲜。"

"二位既是老相识了,要不要并一桌?"伙计见状忙笑道。

王仁和贾芹听了皆愣了一下,随即都笑道:"好好好,并一桌,并一桌。"

二人推杯换盏,越说越投机。伙计见二人都喝得差不多了,怕都喝醉了没人结账,便过来问道:"二位爷,还要添点儿什么吗?"二人皆摆手道:"不要了,不要了,今儿就这样了。"

"那二位爷谁结账啊?"

王仁和贾芹都住了口,悄悄抬眼看了看对方,正好对方也正瞧着自己。二人都有些尴尬,好在都有酒盖着脸呢。王仁想了想道:"贤甥,这一顿舅爷我请你了。"贾芹忙笑道:"怎好叫舅爷破费?理应我孝敬舅爷才是。"嘴里说着,人却坐着未动。王仁看在眼里,心中暗骂不已,深悔不该与他啰嗦,只好自认倒霉,怀里掏出银袋,付了酒菜钱。贾芹说了一堆客气话,将王仁扶上骡子,笑道:"改日我请舅爷。"王仁坐在骡背上,心里不想理他，便假装喝多了，往骡背上一伏。那骡子识得回家的路，自驮了他"得儿得儿"地去了。

贾芹回头牵过自己的大叫驴，拿手抚了把驴背，自语道："只怕再过几天爷也用不了你了，实在是撑不下去啦！"说着话骑上驴背，往家里走。一路上，心里对这雇来的大叫驴依依不舍，不一会便回到家中。他老娘周氏见他回来，摇头咂嘴道："哎呀，你知道么？小鹊要去扬州了。"

"哪个小鹊？"贾芹边拴驴边问道。

"便是从前赵姨娘屋里的那个小丫头子。她娘前些日子将她赎了出来，可巧便有扬州来的人牙子，说是要买几个女孩儿回去做什么瘦马。本来嫌小鹊年纪大了些，可是见了面，却一眼便相中了，说到底是侯府里头出来的，通身的气派瞧着便不一般。"周氏说着忍不住撇了撇嘴，"切，这起子没见过世面的。那小鹊从前在府里哪排得上号啊？！"

"她这娘老子也是够呛，专以卖儿卖女过活呢。"贾芹不屑道。

"这俗话说'人穷志短'，你也别站着说话不腰疼了。这再过些时日，你若还寻不着个营生，家里没个进项,就这么着坐吃山空,你便是想卖儿卖女也没有呢!"周氏道,"对了,还有一事,你可听说了?"

"什么事?"

"从前宝玉屋里的那大丫头袭人今儿成亲了。"

"你怎么什么事都知道啊?赶上那《邸报》了。"贾芹笑道。周氏啐了一口道:"扯你娘的臊,这都城就这么屁大点儿地方,又都是府里出来的,怎么就不能知道?你可知她嫁与谁了?"周氏并不需要贾芹回答,自顾接着道:"她嫁了个忠顺王府出来的戏子,叫个什么琪官的,说是却也有些家当呢。"

"娘,咱别管人家的闲事了。"贾芹道,"我今儿喝了点酒,这会子乏得很,我先去睡了。"贾芹说着进屋睡觉去了。周氏一人犹在院内边收拾那驴边唠叨:"还要这玩意儿做什么?白费粮草,明儿赶紧还了得了,死要面子活受罪。"

回过头来说那王熙凤,听了王仁的话才知道贾琏早已一纸休书将自己给休了,气得浑身打颤,好半天缓过劲来对平儿道:"我要强了这些年,临了他给我来这么一下子,真真是个混账东西!良心叫狗给叼了。"平儿也不敢接茬,只是一味地求她不要动怒,保重自个儿的身子要紧。凤姐却是咽不下这口气,犹自喘息着"烂心烂肺"地骂不绝口。忽听外头贾环高声叫道:"二嫂子,二嫂子,二嫂子在屋里吗?"

"他来做什么?"凤姐道。平儿道:"我瞧瞧去。"出来一看,贾环扶了赵姨娘站在门口。见平儿出来,赵姨娘笑道:"姑娘可好?"

"姨娘身上不快,不在屋里歇着怎地出来了?"

"我这些日子好多了,才去给太太请过安,顺便过来看看二奶奶可好些了没。"赵姨娘自谓眼下不同以往了,宝玉没了,王夫人、凤姐皆重病在床,自己有贾环在侧,将来这一屋子的人还不都得看自己脸色行事啊?!因此嘴里说着话并不等平儿接茬便往屋里走,平儿也不好强行拦她,只得侧身由她进去了。贾环便坐在门口的台阶上候着。

屋内茶壶里的水没了,平儿便去厨下添水,顺便倒了两杯茶端来,一杯递与贾环,一杯端了进去,预备给赵姨娘。一进去却见凤姐指着赵姨娘,嘴唇直颤,好容易迸出一个字来:"滚!"平儿大惊,忙放下茶盘,上前扶住凤姐,让她呷了口茶水。凤姐怒道:"你这贱人,我便是死,也要拉你做个垫背。绝不会放过你,滚!"

赵姨娘冷笑一声道："好啊，我便等着你做了鬼了来寻我。"说着起身往外走，半道却又回头笑道："对了，你若真死了，却埋在何处啊？我们贾家的坟茔里可没你的地儿。"说罢风摆杨柳地走了。

凤姐看着赵姨娘的背影，恨得咬牙切齿，随即伏在平儿怀中哭道："都是这个短命黑心的，害得我竟叫这淫妇看笑话。我只望着他死在流放途中才解气。"

"奶奶快别说气话了。"平儿道，"二爷不过也是一时气愤罢了。等他刑满回来，自然还是夫妻团圆。"见凤姐气略消了些，又道："说实在话，也不怪二爷生奶奶的气，从前那些事没有一件是他知道的，如今却一总皆算在了他头上，岂有不生气的？"凤姐听了默然无语，平儿又道："奶奶且先保重好自己的身子，等二爷回来了，奶奶好好赔个不是，二爷的气自然也就消了。"凤姐道："我乏了，想睡会，你出去吧。"平儿扶她躺好，盖严了被窝，掩了门出去，到前头忙晚饭去了。

凤姐躺在床上，前思后想，多少陈年旧事历历在目，末了自己长叹一声道："唉！自打当了这家，家里家外不知做了多少恶人！我这心不曾有一刻敢放下过，日日悬着，唯恐有个不周到处，现如今却是机关算尽，落了个这等下场！人人皆可耻笑于我，我还有何面目活在这世上？我再活在这世上又有何趣？"想一会哭一会，门关得严严实实，却有一阵寒风吹来，顿时毛骨悚然。耳畔忽听有人唤道："婶婶，别来无恙啊？"定睛一看，却是秦可卿立于床前。凤姐惊道："你不是蓉儿媳妇么？你不是死了许久了么，怎地在此？"

"是啊，是我呀。"秦可卿含笑道，"我来接婶婶啊！"

"你来接我？接我去哪儿？是回咱们金陵老家么？"

"到了你自然就明白了。"秦可卿笑道，"婶婶做了这些时候的脂粉队里的英雄，还不累么？该歇歇了！"秦可卿边说边往外走，边走边回头对凤姐招手。凤姐下了床，恍恍惚惚地便跟在她身后。下了台阶不过十来步路，院子里有一眼水井，秦可卿在那井台边立定，又对凤姐招了招手。凤姐眼一错神，她便不见了。凤姐一个激灵，回过神来，心想："都说人若是要死了，便会有家里的死鬼来引路，看来我这是真该死了。只是蓉儿媳妇并非投井而亡啊，她却为何将我引至这井边子上呢？"又一转念，豁然开朗："从前太太房里的金钏儿却是跳井没的,那丫头与我是一天的生日。"一念及此,自己点点头:"这就是了。"

"啊呀!二奶奶,你怎么出来了?"平儿惊道,"一个人站在这井边子上吓我一跳。快进去。"

"你快去拿件衣裳我披披,我冷了。"

"快先进去吧!"

"你赶紧拿去吧,想冻死我呀?!"

平儿拗她不过,忙往屋里跑去。凤姐待她一转身,便往井里一头栽了下去。平儿惊觉,想要去拉,哪里来得及!吓得拼了命地叫了起来:"不好了,二奶奶跳井了,快来人哪!"

第三十五回

赵姨娘母子得报应
贾巧姐主仆遭算计

那边赵姨娘回到房内,想想方才出的那一口恶气,直觉得浑身上下无处不通泰,往日的病痛似乎皆一扫而光,靠在床头将自己如何讥讽凤姐,凤姐又被气得如何浑身打颤、上气不接下气一遍又一遍地学与贾环听,直听得贾环不耐烦道:"二嫂子可是个厉害茬,你这么招她,等她好了看不收拾你?到时候你自己惹的事你自己扛,可别拖累上我。"

"呸!你这下流没刚性的东西,半点也不像是从我肚子里爬出来的,那浪淫妇姑侄俩哪个也未必活得过年去,将来指着你顶门立户呢,你竟还是这等没用!且怕她个半死人做什么?!"赵姨娘气道。贾环气得扭头便走,赵姨娘道:"我白说两句,你便不耐烦了。你去哪?"

"我前头看看饭好了没有。"贾环边说边往外走,"二嫂子那样人便是死了也是个厉鬼,哼,你且等着吧。"赵姨娘还想骂他,贾环早出了屋去了。赵姨娘一个人靠在床头,回想起方才凤姐气得怒目圆睁、眼窝深陷的样子,心内不禁有些后怕,不由自主打了个寒噤。忽听外头平儿嚷了起来,说是凤姐跳井了,吓得顿时打了个哆嗦,直觉得一股寒气由顶门心直贯下来。耳听得外头众人一片声地嚷嚷着救人,赵姨娘吓得躲在屋里,缩在床上,拿被子紧紧裹着,不敢露头。

昭儿跑去叫薛蚪带了一帮子人来,众人将凤姐尸身打捞上来。小小梨香院,有事想瞒也瞒不住,王夫人本来病入膏肓,听说凤姐竟跳井自尽了,哪里还扛得住?两腿一蹬,跟着也便去了。贾政、平儿、巧姐儿哭得死去活来,亏得有薛蚪帮着打点张罗,买了两口薄棺,将王夫人和凤姐装殓了,送往铁槛寺内暂存。出殡那日,贾政、薛姨妈母女和邢岫烟、李守中夫妇、李纨母子、王仁夫妇、薛蟠兄弟、贾芸夫妇、贾蔷并几个管家和几家陪房的都来了。史湘云一身重孝也来了,原来那卫若兰到了军中,一心想要立功,好替湘云讨要个封赏,不料被乱箭所伤,亡于军中。冯老将军着人将尸身送回,因并无寸功,朝廷不过赏了些抚恤之银也便罢了。如今湘云带了翠缕同几个卫家旧仆守着些现成的田产过活。

　　赵姨娘和贾环亦跟着众人一起扶灵送出城外。众人陆续散去,赵姨娘、贾环母子二人一辆车,跟谁也搭不上话茬,便落了单走在最后。那车子是薛蚶租来的,车夫见日已西沉,马儿还懒懒地跑不起来,便扬起一鞭抽在马腹上。只这一鞭,那马突然便惊了,扬蹄摆尾地跃了起来。赵姨娘和贾环皆被掀倒在车厢内,赵姨娘吓得骂道:"混账东西,你要死啊,连个车也赶不好!"车夫顾不上答言,拼了命勒住缰绳,不料那马挣得厉害,"嘣"的一声缰绳竟断了。那马撒腿狂奔起来,疯了一般,不往城里反向城外奔去。赵姨娘、贾环皆惊叫不迭。那车夫一看拢不住马,吓得赶紧跳车逃命。赵姨娘、贾环有心想跟着跳下去,却哪里敢跳?母子二人吓得抱在一处,哀嚎不已。车夫跟在马车后头追了一阵子,哪里追得上?眼看着那马车绝尘而去。

　　那马拖着赵姨娘和贾环一路狂奔,边奔边甩,竟甩脱了套在身上的马车。那马车却一时难以停下,顺着坡道一头倒栽进了一个庄子外的大粪坑里。那粪坑里结着些薄冰,那马车一时之间并未立刻便沉下去。赵姨娘和贾环被摔得四脚朝天,急切之间哪里转得过身来?眼看着那屎尿慢慢地渗了进来,赵姨娘和贾环吓得魂飞魄散,想要呼救,扭曲着身子却发不出声来。

待那车夫领着薛蟠、薛虮、贾芸、贾蔷等人寻了来,但见车身早已深陷粪坑,赵姨娘和贾环唯有两颗头颅半露在车门子边上,满头满脸皆是屎尿,瞪着眼,张着嘴,那些屎尿业已结冰。众人掩着口鼻,围着粪坑转了两圈,无从下手,只得踢了那车夫两脚,骂了几句,悻悻而归。那车夫白挨了几下打骂,好在无人深究,也算是不幸之中的大幸了,哪里还敢有半句言语?众人到家,一一告知贾政。贾政掉了一回泪,也只能作罢。

众人哭哭啼啼、悲悲切切熬过年来,官府通知贾珍、贾琏正月十六便要启程。家人如要送些衣物的,可于西门外十里长亭内候着。尤氏、薛蟠兄弟、贾芸、贾蔷得了信赶紧备了些银钱衣物、酒菜,平儿带了巧姐儿,几人一早便候在长亭之内。天近晌午,方看见两个差官押了两名犯人走来。近前一看,正是贾珍与贾琏。众人抱头痛哭,塞了些银钱与差官,求路上照看则个,又另置酒菜请他二人别处吃喝,这才请贾珍、贾琏坐下吃喝。

贾珍环顾一周，不见贾蓉，不快道："你们几个都来了，怎么不见蓉哥儿？"众人哪里敢将实话告诉他？只说贾蓉得了伤寒，实在下不了地，因此才未来。实际上贾蓉出来便去他岳父家里寻他娘子，讨要从前所藏的钱财，谁知他岳父见财起意，存心要昧下这笔钱，于是日日只哄着他吃酒，只字不提所存之物。贾蓉问得急了，一家人矢口抵赖收了这笔钱财。那贾蓉年轻气盛，又急等着钱使，心里恨他媳妇也跟着昧良心，全不念半点夫妻情分，仗着酒气竟失手将他媳妇给掐死了，因此出来没几天便又被关入了死囚牢。官家问他杀人情由，如何敢说实话？只说是酒醉失手误伤人命。眼下官司尚在纠结之中。

贾珍听说贾蓉病了，心下却也担心，便嘱咐尤氏好生照看，又叫贾蔷得空了常去陪他说说话，尤氏和贾蔷皆一一答应了。那平儿见了贾琏，哭哭啼啼说了家中之事。贾琏听了亦泪流不止，嘱咐平儿好生看待巧姐儿，安心等候自己刑满归来。众人说不完的话，流不尽的泪，终究还是挥手道别。

贾珍到底是年岁大了，又早被酒色掏空了身子，在牢狱之中又关了这些时日，再加上那日清晨见了宝玉之死,吃了惊吓,便时常噩梦连连,夜不能寐,因此半路上便一病不起,死在了途中。两个差官便在野地里挖了个坑,埋了拉倒。贾琏趴在小土堆上哭了一气,也只得继续赶路。一路上少不了风餐露宿,好不容易熬到了流放之地,原以为要有一顿杀威棒吃,不想却有人领进内衙,沐浴梳洗,换了上好的衣衫出来,引至内堂,内有一桌酒席早已置备妥当。贾琏心中正在纳闷,忽从屏风后转出一人来,笑道:"二爷,我等你多时啦!"

贾琏定睛一看,竟是赖尚荣,原来赖尚荣乃是此地的父母官。"二爷快请坐。"赖尚荣将贾琏让至上座,贾琏如何肯坐?二人推让一番,赖尚荣坐了主位,贾琏坐了客位。"啊呀,二爷,北静王爷的信使早已递了话来,说是你同珍大爷都到我这儿来服刑,我便日日盼着你们到来,谁承想大爷竟没能熬到地方。"赖尚荣说着落下泪来。贾琏也忍不住滴泪道:"可怜大爷便如同花子一般埋在了荒郊野地里了。"

"唉!日后倘有机会,再去将大爷的骨骸起出来送回老家去吧。"赖尚荣拭泪道。

"重起骨骸怕是不能够了,哪里去寻?"贾琏亦拭泪道。

"天幸二爷一路平安,到了此地啊!"赖尚荣道,"且慢说伤心事,二爷赶紧先好好吃一顿,补补精神,咱们有的是时间说话。二爷在我这儿,只管宽心养好身子,待刑满之后,我自打发人送二爷回京。"

二人边说边聊,百感交集,笑一阵,哭一阵,唏嘘几句,又感慨数语。

话说平儿送别贾琏,领着巧姐儿回到梨香院,进去回禀了贾政。贾政正为贾环之死伤心,周姨娘在旁劝慰,听平儿说了贾珍和贾琏之事,不免又洒了一回泪。正说着话,昭儿进来回说王仁来了,贾政便叫请进来。王仁进来行了礼,平儿和巧姐儿也上前见了礼。王仁道:"如今太太和我妹子都没了,妹夫流放在外,回不回得来还是两可,老爷年岁日高,姐儿尚且年幼,我这个当舅舅的岂能袖手旁观?因此我想接了姐儿家去养活,不知老爷意下如何?"平儿心里不愿意,却不好插言。

贾政心中暗自思忖,王仁乃是巧姐儿的嫡亲娘舅,自己不过是叔伯的爷爷,自然是隔着一层。如今她娘舅来接,合情合理,断无阻拦之理,况且王仁那里怎么也比自己眼下的境况要强得多了,巧姐儿过去生活上也能过得滋润些。于是一手扶着头半眯着眼道:"难得舅爷热心,既如此,姐儿便跟了家去,倘过不惯,抑或想家,便叫人接去,横竖都在都中,相距也不甚远。"又对平儿道:"你也跟了去吧,姐儿还小,离不得人。"平儿没法,只得收拾了几件行李跟着一同去了。

到了王家,刚进了院门便有个人上来行礼:"姐儿安!平姑娘安!"平儿吃了一惊,定睛一看,原来是贾芹。平儿道:"这不是芹四爷吗?你怎么在这儿?"

"我来给舅爷请安。"贾芹笑道。平儿心中纳闷,正想多问几句,却见有两个陌生男女转过影壁走了进来,便住了口,牵了巧姐儿的手要往里走。贾芹却忽然道:"姐儿一向可好?"巧姐儿只好站住了答道:"多承四哥牵挂,都好。"贾芹又道:"姐儿平时在家都做什么呀?"巧姐儿刚要答话,平儿却一眼瞥见那两个陌生男女正上下打量着巧姐儿,心中不免生疑,一把拉了巧姐儿往里便走。王仁跟在后头道:"急什么?仔细绊着了。"说着紧走两步,在前头带路,将平儿和巧姐儿引入内堂见了他媳妇,叫他媳妇好生安置巧姐儿和平儿。

平儿觑着王仁媳妇和巧姐儿说话,偷偷溜了出来,迎面看见有个十来岁的小丫头子手里拿着个空茶盘子走过来，认得是从前时常陪着王仁媳妇进府请安的小丫头莲儿，便上前笑道："莲儿妹妹，你家老爷呢？我们姐儿有块帕子落在方才的马车上了。"

"哟，姑娘那你可得快着点儿，那车子是临时租来的，我们老爷在厅里和四爷他们说话呢。"莲儿拿手一指客厅方向。

"你们老爷怎么和四爷这么熟啊？"平儿假装不经意道。

"谁知道啊？！就这些天，四爷连着来找我们老爷好几回了，从前并没见着往来。"

"哦！"平儿点点头，笑道，"你忙去吧，我这就过去。厅是在那边么？"

"哎，就是那儿。"莲儿拿手一指，"要不我带姑娘去吧？"

"不用了，我自己去就行。"平儿笑着摆摆手往客厅而去。到了门口，悄悄探头看了看，见里头王仁、贾芹，还有方才那对陌生男女，都坐着说话呢。平儿敛气屏息贴在门口听里头说话，只听那男的道："最多一千两，我们就没出过这么高的价。"

"就是,领回去我们还得花钱请人调教她呢,我们可不是那秦楼楚馆,是个姑娘,来了就能挣钱的。"那女的道,"况且你们姐儿岁数也略微有些大了,调教起来都有些费劲了。"

"但我们姐儿那可是正宗的侯门千金啊!"贾芹道,"小鹊那样的你们都给了三百两银子呢。"

"爷,要不是冲着这'侯门千金'几个字,凭什么要多出两三倍的价来呀?"那男的笑道,"二位爷要是没想好,那就算了,反正我们也已收了两个女孩儿了,这趟京都也没白跑。青山不改,绿水长留,买卖不成仁义在,二位爷哪天去我们扬州玩,小的必尽地主之谊。"说着站起身作势要走,那女的见状便也跟着站了起来。王仁一见急了,忙道:"哎,我们四爷就这么一说罢了,两位急什么?我是姐儿的亲娘舅,现如今她爹妈都不在了,我说了算。"

"既是这样,那敢情好。"那男的笑道,"这是二百两,算是定金,今儿晚间我们来接人,剩余八百两一手交钱一手交人如何?"

"啊,今晚?这么快?"王仁有些吃惊。

"嗨,越快越好!"那男的笑道,"免得夜长梦多。"

"对对对,速战速决最好。"贾芹笑道。

平儿在外头听了唬得是魂飞魄散,又听见里头那男人道:"夜里子时,我们一准到。"几人说着话往门口走来,平儿吓得赶紧跑开,躲到山墙后头,看见王仁他们一行往外去了,这才赶紧回内室去寻巧姐儿。

王仁媳妇显然并不知情,已将巧姐儿安置到后面一间客房内,见平儿回来,便对平儿道:"地方小,委屈姑娘就在姐儿床对面这张榻上歇吧。"

"一个奴婢,哪里歇不得?多谢舅奶奶了。"平儿忙道,"舅奶奶只管忙去,我帮姐儿把东西拾掇拾掇。"

第三十六回

势败偏遇歹毒狠舅
家亡又逢爱钱奸兄

那王仁媳妇到前头寻着王仁,贾芹送了那两人去了,王仁正独自坐在厅内出神。"想什么呢?"王仁媳妇道,"你脑子进水了不成?你把姐儿接了家来我也无话可说,怎么还将平姑娘也弄了来家供着?她这非奴非主的,我是使唤呀还是不使唤呀?不使唤吧,平白多张嘴出来;使唤吧,万一那贾琏再回来了,见了面好说不好听呀!"

"你这混账老婆,叨逼叨逼烦死个人。"王仁道,"你懂什么?二老爷叫她跟了来,难道我说不让?再说了,今夜姐儿就送走了,难道她明日还赖在这儿不成?"

"姐儿今夜要走?"王仁媳妇奇道,"去哪?"

"嗨!你别管。没你事。"

"不行,你得跟我说实话,不然我今夜不睡觉,偏要看个究竟。等我自己看出来了,要是你不对路子,你别怪我坏你的事。"王仁媳妇道。王仁一想,早晚反正也得知道,不如告诉她得了,因此小声道:"前几日他们三房的老四贾芹来寻我,能否去寻几个从前王府、史府、贾府里出来的小丫头子,说是有两个扬州的人牙子来京都采买瘦马。"

"什么叫瘦马?"

"这你就别管了。反正就是从小买了去调教,教成了便大价钱卖与那些富户享用。"

"那不就跟娼妓差不多嘛!怎么叫作什么马呢?"

"屁话一堆。你到底还听不听了?"王仁不耐烦道。

"好好好,你说你说。"

"我听了他的话,便道:'这如何寻去?我哪知道那些个人牙子要什么样的人?'他便对我说:'可还记得从前赵姨娘房里的小丫头子小鹊?'我想了想却也仿佛有些印象。他便同我说那小鹊的爹娘将她赎出来又转手卖给了那两个扬州人,卖了三百两。"

"卖了这些钱?"

"就是啊。我一想,如今咱们也没个进项,这倒也是条财路！"王仁见他媳妇连连点头，便接着道，"只是我出去转了两天却开不了口，这事我这样身份如何问得出口？"

"那贾芹他自己怎不去问，却叫你上前？"他媳妇撇嘴道。

"他何尝不想自己上前？"王仁得意道，"也得有人认他呀？他算哪根葱啊？！"

"那你可寻着谁了呀？这是什么时候的事，怎么都不曾听你说起过啊？"

"你哪来那么多废话？"王仁不快道，"我出去转了两趟，实在抹不下这个脸来，又不甘心，回来想了两日，想起了咱们巧姐儿。"

"什么？"王仁媳妇吓得脸色都变了，"你将巧姐儿接家来，难道是想卖了她？"

"呸！你这婆娘，怎么说话呢？什么叫卖？不过是人家想着咱们将女孩儿养了这么大，亦是花了一番心血的，因此拿几个辛苦钱买他们自家心安罢了。"

"可是这巧姐儿并非咱们自家姑娘啊！咱们又何尝养过她？"

"屁话。咱们自家若有姑娘岂不自便？你何尝有本事生出个一儿半女来?"王仁媳妇被他一句话堵得哑口无言,"咱们是不曾养过她,可养她的娘老子难道不是我亲妹子、亲妹婿么?我不是她亲舅么?怎么这点子主我竟做不得了?"他媳妇被他这番歪理说得一时竟找不出话来辩驳,"原本她娘每年都对咱们有些帮衬,如今她娘没了,她也大了,替她娘尽些心意难道不该么?"王仁越说底气越足,心下越安。他媳妇怔了半日方道:"只是你竟不怕她爹日后来寻你么?"

"一会子你将平儿喊你屋里做针线,不叫她知晓,只瞒过她便好。那贾琏有没有命回来还两说呢!便是他回来了,只说我做主将她女儿嫁到扬州去了,他又有何话可说?"他媳妇听了长叹了一口气道:"唉!你既打定了主意,我也拦不住,日后有事你自担着。"

"你这混账老婆,自古夫妻一体,这才哪到哪?你便要与我分道扬镳了,难不成得来的钱财我一个人花?"王仁骂道,"快去厨下吩咐,好好弄点儿吃的,到底是我亲外甥女儿,只当她今夜便出嫁了,好生打发了。"他媳妇答应着自去了。王仁坐着想起贾芹,平白分他一百两银子,心中越想越懊糟,禁不住唉声叹气许久。

一时小丫头来禀，说饭菜备好了，太太问几时开饭。王仁吩咐去请巧姐儿："这就开饭吧。"小丫头答应了一声，去了。王仁先到了饭厅，坐着等了一会，见他媳妇慌慌张张地进来道："人没了！"

"什么人没了？"

"巧姐儿，巧姐儿没了。"

"平儿呢？"

"也没了。"

"会不会到别处转转去了？"

"你见鬼了吧？"他媳妇道，"你当这是她们家的大观园啊？咱们就这么点子地方，前后各屋我都找遍了。"

"她们的包裹还在么？"王仁忽地起身道。

"这个我却不曾留心。"

"快快快，快去看看她们的包裹还在不在？"王仁说着大步流星往巧姐儿的屋里去，他媳妇跌跌撞撞后头一路小跑紧跟着。二人到了屋里仔细一搜寻，见几个包裹都打开了放在床上、榻上，想必是将要紧的东西都挑出来拿走了。王仁一屁股跌坐在榻上，跺脚捶胸道："坏了，必是平儿听着了什么！方才我出前厅，看见山墙边有个人影子闪了一下,因正同他们几个说着话便不曾上心,必是平儿无疑。"又坐着想了想,"不怕,她们并无别的去处,无非是回梨香院去。我这就去寻,便当着二老爷的面把话挑明,只说是替姐儿寻着了个婆家,他也不能拿我怎样。"说着自己点点头,"对,就这么办!还省了日后万一她爹再回来了,也是个事。"说完,出去骑了大青骡子直奔梨香院。

昭儿出来见是王仁,笑道:"舅爷,您这会子怎么来了?"

"姐儿她们可曾来家?"王仁笑道。

"舅爷您说笑了。"昭儿笑道,"姐儿今儿才跟您家去,哪能这就又家来了?"

王仁看昭儿的样不像是撒谎,心下不免有些发慌,也不敢说实话,只得支吾道:"哦,我没同她们一起家去,半路上遇着个熟人,吃了两盏茶,聊了些事情,这会子家去路过此处顺便过来看看,就只怕姐儿住不惯使性子又家来了。"

"瞧您说的,我们姐儿也不是小孩子了,哪能这么不知轻重?使性子也不看看这都是什么时候了?还使性子!"

"你说得是。我这就家去看看去。"王仁说着骑上骡子走了。心中暗自思忖,平儿和巧姐儿能去哪儿呢?突然想起贾芹来,"对啊!不能叫他不疼不痒便得了银子,该操心得操心啊!"于是转往贾芹家而去。贾芹听了也吓得不轻,惊道:"这可怎么好?"两人正愁苦间,贾芹他老娘周氏躲在里屋偷听,这会子见他二人焉头耷脑没了章程,也顾不得回避了,在帘后道:"那平儿和巧姐儿皆是打小大门不出二门不迈的,便是跑了出来也不认识道路,且她二人在这京中又有什么亲朋故友,若是不曾回家,也只有去了芸哥儿处。那小红从前同平儿熟识,别无他处可投。"王仁和贾芹听了皆拍手赞成,贾芹笑道:"还是老娘想得周全。"

"别待着扯你娘的臊了,赶紧寻去吧。"周氏道,"她二人不认得路必得一路问询,十有八九是寻到芸哥儿那铺子里去了。"

贾芹、王仁听了赶紧出门,贾芹的大叫驴已还了回去,只得跟在王仁的大青骡子后头一路小跑。二人到了贾芸的香料铺子,却见早已关门打烊了,便又转去了他家里。贾芹上前敲门,有个小丫头子出来应门,贾芹报了名姓。不一时贾芸出来,见他二人同来,心内诧异,迎上去行了礼便往院里让,一边嘴里问他们可曾用饭。贾芹道:"二哥,今日家中有客啊?"

"没有。只家里三口,正吃饭呢,您二位怎地有闲踏我这贱地?若不曾用饭,舅爷别嫌弃,便和老四一起在我这儿用个便饭吧。"贾芸笑道。

王仁听了边拱手边笑道:"贤侄说哪里话?一家子骨肉,什么嫌弃不嫌弃的?"

"既如此,快请进。我这就叫小红再去添两道菜来。"

王仁和贾芹皆欲进去看个究竟,便跟着进了堂屋,小红听见脚步声便避进了里屋。王仁进去见贾芸老娘起身相迎,忙上前行礼道:"老嫂子一向可好?"卜氏答应着回了礼,贾芹亦上前行礼道:"五婶婶好,芹儿给您请安了。"卜氏答应了,叫贾芸快将桌子挪出来。贾芸家的客厅亦是餐厅,此刻饭菜便在中堂条案下的八仙桌上摆着,一家三口便围着桌子坐着吃饭。倘若添了第四个人,势必要将桌子挪出来方好入座。王仁拿眼一扫,桌上三副碗筷,桌边三把椅子,心知贾芸所言不虚,便笑道:"快不必客气,我同老四打这门前经过,老四同我说这便是你们家。我因从未来过,一时兴起，这才敲门进来看看。你们既吃着饭，我们就不打扰了。"

"正是饭时，岂有空腹走的道理？"贾芸客气道。

"都是自家人，不必拘理。"王仁道，"实是家里饭菜也已备好，等着呢。"

贾芹听说也忙帮腔道："实是舅爷今日来约我，要不二哥也同去如何？"贾芸自然不会同去，几人虚让了几句，贾芸将他二人送了出去。回到屋里，小红出来，疑道："他俩如何弄到一处了？几句话说得没头没尾，究竟为了何事？"

"且不管他，先吃饭吧。饭菜都凉了。"贾芸道，"明日我出去打听打听。"说着端起杯子打算要喝，小红忙夺了杯子道："别喝，我添些水，将酒再温温，你且稍候。"贾芸笑道："哪有这般娇气？！"说着将小酒壶递与小红。

王仁同贾芹离了贾芸家，王仁唉声叹气道："这便如何是好？却到哪里去寻？"贾芹道："你我二人别聚在一处了，分头去找吧，没准她二人迷了路在哪条巷子里头转不出来亦未可知。你往南，我往北，两个时辰后，咱们在你家碰面。"王仁想想也只能如此，于是二人分头去寻。转眼两个时辰便过去了，二人灰头土脸地在王仁家里聚了头，皆无所获。正犯愁呢，那俩扬州的人牙子来了，一听说人没了，顿时拉下脸来。

王仁赔笑道："十日，两位再给我们十日，必寻了人来。"

"那可不成！"那女人断然道，"且不说这十日要误我们多少事，只这十日在京都我们俩人连同收来的两个姑娘，客栈里我们还有两个伙计，这一堆人的吃穿用度那得多花多少银子？"那男人见王仁和贾芹再三恳求，心里本也有几分舍不得那巧姐儿，便打圆场道："十日太久，我们等不起。三日，便再给二位三日期限如何？"

"三日便三日。"王仁咬牙道，"三日若还寻不着人，我亦无话可说。"

"那好，咱们便说定了三日后，还是这个时辰我们来接人。"那男人道，"只是有一条，咱得把丑话说在头里，这三日可是二位给我们耽搁的，因此我们一行人这三日的开销可得二位爷负责。"王仁气得直哼哼，却又无可奈何。贾芹同他们讨价还价了好一阵子，终于议定，从巧姐儿的身价里扣掉十两银子充作这三日的开销。

那女人想了想却又说道:"不行,这十两银子您二位得先给我们。三日后,有人,咱们一手交钱一手交货,八百两银子一钱不少;若无人,咱们也不必为这点子小钱再啰嗦,二百两定金我们拿了走人。"见贾芹张嘴想要辩驳,那男人便道:"二位爷也是场面上的人,照理来说,我们付了定金,二位爷若是到临了了没货,那是要双倍返还这定金的。只是我们身在异乡,也不想结这个梁子,只拿回本金便了事。"王仁、贾芹见他这样说,再不好说别的。王仁进去取了十两银子出来,打发了二人走了。

却说这平儿与巧姐儿究竟去了何处呢?原来平儿回到屋里将方才听来的话对巧姐儿一说,巧姐儿顿时便吓哭了。平儿叫她先别忙着哭,赶紧收拾东西逃出去再说。二人拣要紧的包了一包,平儿背在身上,拉了巧姐儿悄悄溜了出去。平儿道:"咱们如今绝不能回梨香院去,舅爷若发现咱们跑了,头一个便是要去那儿寻咱们,倘若他非以娘舅的身份要接你走,便是老爷也拦不住。"

"那咱们可如何是好啊?"巧姐儿哭道。

"咱们不如去寻大奶奶吧。"平儿想了想道,"大奶奶如今住在娘家,她家一样的深宅大院,咱们躲在那里,舅爷却到哪里去寻咱们?等二爷回来了,咱们便谁也不怕了。"二人一路问询,寻至李府,门上的人进去报了。李纨听说平儿一人领着巧姐儿来寻她,心中纳闷,叫人领了进去。平儿一见李纨,便如见着了救苦救难的观世音菩萨一般,倒头便拜。巧姐儿也忙跪下行礼。李纨叫快起来,又叫巧姐儿坐了,这才细问情由。平儿将王仁欲卖了巧姐儿之事一一说与李纨。李纨听了亦是大吃一惊:"天下竟有这样的混账娘舅?!"

"求大奶奶开恩,看在我们死去的二奶奶面上,好歹救救我们姐儿。"平儿复又跪下磕头道。

"你们那能不够的二奶奶整日里千算万算,只怕是再不曾算计到,她才没了这几日家里便反了营了。"李纨听了"噗嗤"一声笑道,"你快起来吧,她的面子在我这儿还不如你的大。"

第三十七回

不舍金银难积阴骘
不忘恩情求报功德

王仁与贾芹疯也似的寻遍了在京的所有他们能想到的亲朋,终究一无所获。三日期限转眼即至,二人忍痛将二百两定金退与那两个扬州人。王仁更是对那赔出的十两银子心疼不已,跺脚捶胸、赌咒发誓必要寻着巧姐儿,将这损失挽回。

待那两个人牙子走后,王仁与贾芹计议道:"如今那两个人牙子既已走了,这俩大活人不能就这么没了!我们如今只说她二人出门闲逛走失了,贴出寻人告示,大张旗鼓地寻人。天长日久,不信寻不着人。"二人计议已定,找人画影图形贴于那闹市之上并街头巷尾。一时间,京都内外,传言纷纷。

消息传至李府,李纨之母将女儿叫到跟前:"儿啊,那贾家的大姐儿你打算叫她在咱们家里住到几时呢?我听说,她娘舅可是在十字街头都贴了告示寻她呢!咱们若是就这么藏着她,知道的说咱们救人急难,不知道的还不定说什么呢!倘或他那舅舅知道了再使个坏,上官府去反咬咱们一口,咱们却如何辩驳呢?"

"那我便将他欲将巧姐儿卖与人牙子之事公之于众,看他有何脸面?"李纨愤愤道,"到那时,只怕贾家京中这些个亲朋故交也难饶他。"

她老娘听了也是忍不住叹道:"世上竟有如此狠心的亲娘舅!"转念又道:"只是姑娘你可曾想到那王仁到底是姐儿的嫡亲娘舅,他要卖姐儿的事情并无实据,不过是那平姑娘一人之词,他如今只说她主仆是走失了,你也到底不是姐儿的亲婶娘,隔着一层呢。若是一味只留着她们不说与她亲娘舅知道,于理不通啊!"见李纨低头沉思,又道:"况这姐儿如今又是犯人之女,常留着她于咱们兰哥儿也大无益啊!"

"只是我怕她回到王家,万一那王仁再起歹心,却如何是好?"李纨犹豫道,"她娘在世时虽是个可恶的,可这姐儿到底还小,我也实在是不忍心看她落入虎口。况且万一日后琏二爷有命回来,知道咱们见死不救,岂有不怨恨的?!"

"儿啊，常言说得好：'各人自扫门前雪，休管他人瓦上霜。'"李母叹息道，"你爹爹官微言轻，自保尚且勉强，你母子这回能躲过此劫，虽有忠顺王爷庇护，但到底还是你孤儿寡母，那忠顺王爷才能有个说辞替你母子辩白。不是为娘的心狠，实在是咱们出不起这个头啊！"李纨听了默然无语，想了一想道："母亲，不如这样，我差人将王仁叫来，将他所行之事明了告诉他，叫他知道'若要人不知，除非己莫为'，你看可好？如此一来，他便是将巧姐儿领回去也不敢轻举妄动了。于咱们来说，并无半点损伤。且这么着，平儿面子上也好看些，不好怪我无情了。"她娘想了想道："如此甚好。"

李纨便差人去请王仁。这里先将平儿和巧姐儿也请了来，同她母亲一唱一和说了诸般难处。平儿听了，句句在理，也无话可说，只得低头垂泪不已。一时王仁来了，进内堂见了李母，又与李纨隔帘问了安。李纨将平儿所述一一说了一遍，王仁听了脸上红一阵白一阵，心中又羞又恼，末了心想，这样丢人的事她既已知晓，索性也不必在她跟前装人了，于是拿出了无赖本色道："大奶奶果然是活菩萨，只是我如今势单力薄，要想养着一大家子也实属不易，况且姐儿也大了，既是她亲娘没了，亲老子又不在跟前，有没有命活着回来尚未可知，我这当娘舅的替她寻个好人家，也没毛病啊？！至于大奶奶说的那一千两银子确有此事，只是并非如大奶奶所说，是卖身钱，实在不过是人家所送的聘礼罢了。这又有何不妥？"

"强词夺理！"李纨怒道，"既是正式下聘，为何不白天送来？既有婚约，可有年庚八字？"

王仁语塞，臊得满脸通红，索性将心一横，冷笑道："大奶奶也不必这么着咄咄逼人，站在说话不腰疼。我便是要卖了自己外甥女儿，又与你何干？您若强要出头，得，我便卖您这个人情。您与我一千两银子，巧姐儿随您，您愿将她放哪儿便放哪儿养着好了，我再不来啰嗦，如何？"

一席话反将李纨噎得面红耳赤，作声不得。李母听了心内暗急，生怕李纨经不住他这一激，一时义愤再允了，可是此刻自己又不便离座，老太太心里一急，呷了口茶水竟被呛了一下，灵机一动，干脆假装老迈，被呛得咳得喘不上气来。丫鬟忙上来捶背揉胸，老太太还是拼命地咳着。李纨在帘内道："快将老太太扶进来躺会儿。"丫鬟扶了老太太入内，李纨、素云、碧月并平儿皆忙上前扶住。老太太一边咳，一边拿手握住李纨的手，眼看住李纨摇摇头。李纨心领神会，只得点点头，她老娘这才由丫头扶着进内室去了。

"老人家年纪大了。"李纨道，"失礼了，让舅爷见笑。"

"不妨，不妨。"王仁随口敷衍道。见李纨不说话，王仁便也不说话，端起杯子喝茶。平儿站在李纨身边，一颗心仿佛要跳出嗓子眼儿来。

李纨顿了一会儿方道："您既是姐儿的嫡亲娘舅，您要接姐儿回家连老爷也拦不住，何况是我？只是有句话送与舅爷：'举头三尺有神明'，凡事不可太过。"

"大奶奶，您这话从前我真信，如今啊我是真不信了。"王仁不屑道，"我从前一向积德行善，可为什么却落到如今这步田地？说句不该说的话，大奶奶您成日里吃斋念佛的，可为什么青春守寡到如今？您那神明他在哪儿呢？"

李纨听他说得不堪，怒道："送客。"

"别介，莫急。"王仁架起一条二郎腿抖着道，"我们姐儿呢？我可是来接人的。"

"请舅爷大门外稍候。"李纨已然气得不想再搭理王仁,便叫丫鬟素云出来传话,送客。

王仁也不敢太过放肆,只得悻悻而去。平儿同巧姐儿哭得泪人一般,李纨见了心下亦十分不忍,只是又实在舍不下那一千两银子,又想贾兰日后用钱的地方还多,于是狠狠心打发她二人去了。

王仁接了平儿与巧姐儿到家,心想反正已然是撕破脸皮了,索性明说了要拿巧姐儿换两个钱使,只说与她找婆家,只看谁给的银子多便是谁的。谁承想来了几个媒婆出去一说,好人家听说是贾琏的女儿皆怕受牵连,谁敢应承?不得已,王仁同贾芹只得到那花街柳巷里去打听,不料京都里的青楼瓦舍谁又不知贾琏之名?谁敢收他的女儿?都只怕是百足之虫,死而不僵。更何况他家眼下在京中并非绝户,焉知哪一门子亲戚会为她出头?因此这王仁与贾芹问遍了京城竟无人敢要巧姐儿,一路将价钱降了一二百两银子也无人接手,都说不是钱的事。二人无法,只得慢慢寻摸着再有外地来的,抑或是本地有胆大的愿将巧姐儿贩到外地去的人牙子。王仁见巧姐儿一时无法脱手,便将家里的一个小丫头子卖了,洗衣浆裳之类的活计皆交与平儿与巧姐儿了。

这日平儿与巧姐儿正在院内井边浣洗，小丫头莲儿领着一人走来道："平姑娘，有人寻你。"平儿抬头一看，竟是刘姥姥，忙起身道："姥姥，怎么是你？"

"啊呀，天神咧！阿弥陀佛！可算见着姑娘了！"刘姥姥拍腿道，"姑娘怎地干这活？"

"嗨，从前什么活儿没做过？"平儿苦笑道，"只是委屈我们姐儿了。"又转脸对巧姐儿道，"姐儿来见过刘姥姥吧，你这名儿还是姥姥给取的呢。"不等巧姐儿行礼，刘姥姥一把托住道："可不敢当，姐儿快别折我的寿了。"又"啧啧"咂嘴道，"真是作孽啊！天神菩萨，姐儿怎能做这样的事啊？！这金枝玉叶的！"

"平姑娘，你们别说太久了，太太只因听说过刘姥姥的名字，才叫我领了来见见姑娘的，若是时候太久了，只怕太太不高兴。"莲儿道。平儿忙道："我知道了，妹子，你自去忙吧，我心里有数。"见莲儿掉头走了，平儿转脸对刘姥姥道："如今哪里还说得这些？！"有心想客气叫刘姥姥坐下说话，可井台边上只有两个自己同巧姐儿坐着浣洗用的小板凳，只得拿了一个无奈道："姥姥且将就着点儿，坐下说话吧。"

"姑娘快不必客气，我站着就行。"刘姥姥忙道，

"我这住在乡下消息来得慢,听说府上出了事也曾叫我女婿进城来扫听过两回,只是那没出息的货两回都没敢沾边儿就被旁人三言两语吓退了。我在家里实在坐不住,腾出空来叫板儿套了车送了我来,却见府上大门早已是被官家封了。"刘姥姥说着抹了抹泪儿,"我不死心啊!叫板儿赶着车子围着你们那两座大宅院绕了一大圈,果然见着有一处院门没封,我便上去打门,没想到出来开门的小厮竟认得我。"

"是昭儿吧?"平儿问道。

"是,他是说他叫昭儿。他见我这么巴巴儿地特为来府上探望,所以将府上之事一五一十地说了一遍与我,是他告诉我姑娘同姐儿如今在舅爷府上住着呢。我听说太太和二奶奶都没了,我也就没敢进去见老爷,将带来的自家地里新摘瓜果留下。心想不能就这么着回去啊,怎么也得同姑娘和姐儿见上一面,这一趟也没白来啊!这才一路打听着寻到这里。"

"多谢姥姥挂念,这个时候还能来看看我们。"平儿感激道。

"嗨,姑娘这话说得我老婆子臊得慌!当初二奶奶和姑娘是怎么对我的?一辈子也不敢忘啊!"刘姥姥道,"如今姑娘、姐儿遭了难,我却没能耐伸手,这心里啊,愧得慌!"回头见巧姐儿在旁边站了一小会无话可说又自去坐下洗浣忍不住道,"这舅爷家里怎么叫姑娘同姐儿做这样粗活?"

"若能太太平平做这样粗活熬到我们二爷回来,便已是菩萨保佑了!"平儿苦笑道。四顾无人,便悄悄将前些日子王仁欲将巧姐儿卖与人牙子之事简单说了几句,唬得刘姥姥目瞪口呆,惊道:"舅爷他怎么敢?"

"哼,有什么不敢的?!"平儿苦笑道,"便是眼下也还四处打听着买主呢!名义上只说是替我们姐儿找婆家,实则不过是想弄几个钱自己使罢了。"

"天神咧,可怎么好呢?!"刘姥姥合掌急道,"啊呀,怎不去求求老爷、大奶奶他们想想法子?"

"唉!老爷如今自顾尚且不暇,日常都靠着姨太太和芸哥儿他们照应着呢!哪里还顾得上姐儿的事?大奶奶若肯救姐儿,上回便不会叫舅爷将我们接了回来了。"

"对啊!姨太太他们不是也极有钱的吗?要不我帮你们给姨太太他们递个信?"

"别。姨太太家一个薛大爷就够闹心的了,何况平时还顾着老爷?"平儿止道,"多谢姥姥了,你老也不必瞎费心思了,听天由命吧!"

"不能啊,姑娘!蝼蚁尚且偷生,凭他怎样总要一试。姑娘你再好好想想,还有谁能救姐儿?你说个人名,我求去。"

"姥姥,快别胡思乱想了,能出得起千两白银的自然有,只是这个时辰,谁肯伸手?各人有各人的打算。我便告诉你姓名,你也到不得那人跟前。"平儿苦笑道,"谢谢你老的热心了。"

"唉,这一千两银子实在是忒多了!"刘姥姥恨道,"便是将我们一家一当全都砸巴砸巴变卖了,也凑不出这些钱来呀!"

"平姑娘,平姑娘!"小丫头莲儿慌慌张张跑了来,"不好了,我们老爷回来了,听见放了外头人进来见姑娘正发火呢。"莲儿话音未落,王仁已一步跨进院来。平儿和巧姐儿忙上前行礼,刘姥姥也只得硬着头皮上前行礼道:"舅爷吉祥!"王仁亦是知道这个刘姥姥的,因王夫人和凤姐在日都曾善待过她,一时间王仁亦不好立时便拉下脸来,只好强笑道:"姥姥身体好?家里都好?"

"托舅爷的福，都挺好。"刘姥姥边笑答边心里算计着，也不知怎地就灵机一动，"舅爷，我才听平姑娘说，舅爷想给姐儿寻个人家？"

"怎么？是有这话，你难道有合适的？"王仁睥睨道。

刘姥姥略一思忖，狠了狠心，红着老脸，仗着胆子道："不知舅爷最少要多少聘礼啊？"

王仁听她这样问，心内暗自发笑，便故意逗她道："你莫不是要替你那外孙子提亲不成？我方才在门外看见他了，问了他两句话，他回说是你的外孙子王板儿，倒是也能说媳妇了。"

"啊呀，舅爷说笑了！他那样的村夫怎么敢妄想这个？没得折他阳寿。"刘姥姥扭捏道。

"那有什么？我同别人要一千两银子，若是姥姥你真有此意，你拿五百两银子来，我便成全了你。"王仁瞅她好笑，便随口道。

"舅爷若真心想要成全我老婆子的心愿，不如将价码再降些。五百两，我便是砸锅卖铁也凑不齐啊！我们庄户人家，这一年的嚼食也不过二十来两银子。"不待刘姥姥说完，王仁便不耐烦道："既是这样，你老还是趁着天尚未黑赶紧走吧。"刘姥姥嗫嚅道："是是是，不敢打扰舅爷。"想想不死心，又道，"我若真凑了那五百两银子来，舅爷当真能将大姐儿让我带走。"王仁冷笑道："三日，三日内你若能凑了五百两现银来，你便领了人走。"

"三日太急……"刘姥姥慌道。

"你看我是那等有闲工夫同你磨牙的人么？"王仁打断她的话，不快道，"平儿，你送送姥姥吧。"

刘姥姥只得将话咽了回去。平儿将她送至影壁跟前，拉了手道："多谢姥姥了。赶紧走吧，一会子天黑了乡下路不好走。"

"姑娘，要不我去寻寻太太的陪房周瑞家的，看看能不能凑齐这五百两银子。"刘姥姥不死心道。

"算了，姥姥，许多事情你并不知情，那几家陪房并从前的几个管家们，他们几家都不好再去烦扰了，当初赎二奶奶的那五千两银子便是他们几家凑足的。"平儿摇头道。

"嗨，姑娘，这谋事在人，成事在天，咱们谋到了，保不齐靠着佛菩萨保佑，太太、二奶奶在天之灵的庇佑，成了此事也未可知。"

平儿听她这样说,未免也有些动心,想了想道:"既是这样,你老不妨去城西香料铺寻寻芸哥儿和小红,看他俩能不能帮上忙。便是求人,他也比你老有些面子。"

"那是自然。"刘姥姥连连点头,"那姑娘且将芸哥儿的住址仔细说与我,我这便去寻。"

"我哪里知道什么详细的住址,你只往城西去打听便是。他那里是个开门做买卖的铺子,想必不难寻。"

第三十八回

**刘姥妪动用棺材本
贾芸哥谋求高利贷**

刘姥姥辞了平儿，也不回家，叫王板儿驾了车往城西而去。寻到香料铺，早已关门打烊了，有心再往家里寻，想想不妥，还是先家去同女儿、女婿商量了再作定夺为好。待回到家中，天早已黑定了。刘氏正在着急，打发女儿青儿到院门口已看了好几遍了，那王狗儿腹内饥饿，耐不住，先自上炕坐着边吃喝边待着等刘姥姥与板儿。见他二人回来，青儿、刘氏忙迎进屋，盛上饭，板儿正是青春，早就饿得饥肠辘辘，上了炕便狼吞虎咽地大吃起来。

刘姥姥却是无心吃喝，叹息道："这老话说得好，落地的凤凰不如鸡啊！"王狗儿知她必是说贾府之事，因此笑道："你老先别急着感慨，我正要问你老今日去了可见着谁了不成？"

"唉！"刘姥姥叹了口气，将白日见闻一一说与女儿、女婿听。王狗儿与刘氏听说王仁要卖了巧姐儿，亦是吃惊不小。刘氏道："怎有这等狠心之人？"王狗儿亦摇头叹息道："咱们从前难成那样，也不曾想过要卖儿卖女，怎地他们这侯府之人竟这等薄情寡义？！"

"姑夫说得是啊！我便晓得你也是条汉子，断做不出这没人性的事来。"刘姥姥心里有事要求她女婿，嘴里便奉承他道，"倘或姑夫口袋里有银钱，必然也是济危扶贫的义士呢。"

"那是。"王狗儿本就是个没什么城府的庄汉，哪里知道刘姥姥这久经世故的老寡妇是故意拿话诓自己呢，又喝了两杯在肚，酒壮怂人胆，说话自然便狂妄起来，"你老知道的，我这人最见不得这欺弱凌强之事，这王仁、贾芹若到了我跟前，必先打他二人一人一个大耳刮子才同他说话。"

刘姥姥点头赞道："姑夫你若不是这样人，我怎肯将独女嫁与你？"王狗儿听了越发高兴，笑问："不知他们想将大姐儿卖多少银钱？倘不甚多，咱们便帮衬几个，也算是还了当日二奶奶的情了。"刘姥姥等的便是他这句话，忙道："我竟与姑夫你想到一处去了。"

"那你老这是问了数了呗?"王狗儿并未喝醉,听刘姥姥这样说便笑道。

"可不问了嘛,王舅爷说旁人若问,一千两银子一钱也不能少。"

"什么,一千两?"王狗儿惊得酒都醒了。

"咱们却不同了。"刘姥姥摆手道,"一则,王舅爷知道咱们不过是个庄户人家,土里刨食,一年能得几两银子?二则,王舅爷敬佩姑夫为人,见姑夫如今这样义举,他也不好意思多要。"

"他敬佩我?"王狗儿冷笑道,"他知道我是谁?你老也别做话讲了,只说他到底同你说了什么价吧?!"

"五百两。"刘姥姥硬着头皮道,"三日内凑齐。"

"五百两?三日?"王狗儿愣了愣神,笑道,"你老看将我同你闺女、板儿、青儿都卖了,可值五百两?"

刘姥姥紫涨了脸道:"姑夫你不必拿这话来堵我。老话说:'饮水思源。'姑夫别忘了当日逼我去贾府打抽丰的时候,头回去二奶奶便给了二十两银子,二回去太太给了整一百两,二奶奶又给了八两,老太太还赏了两个笔锭如意的锞子,东西无数,这些年哪回去也不曾空过手。对了,单宝二爷赏的那小茶钟子你拿去换了多少银子？若没有府里的帮衬，咱们能活成如今这样？有房有地有牲口。"

"你老这话说得是没错，也在理。"王狗儿红着脸道，"不是我忘恩负义，咱们是得了贾府的济，只这一家人难道不要吃喝？家里并不趁几个余剩钱，我若是撒开了手用，早没了。"

"那照姑夫你的意思，咱们便袖手旁观不成？"刘姥姥自谓如今这份家私皆系自己之力操持起来的，因此见王狗儿这样说心中便有些恼怒。王狗儿见她拿话冲自己，也不由得心头火起，随口便道："你老从前说我拉硬屎，装，如今你老想出头我也不拦着，只是我却帮不上忙，我便有那个心也没那个力。"刘氏见她老娘与丈夫呛了起来，吓得赶紧道："不行先凑凑看呢，看能凑着几个钱再说。"

"放屁！"王狗儿转脸训他女人道，"你当这是皇城金铺啊？五百两银子，怎么个凑法？"刘氏吓得顿时不敢言语。刘姥姥压了火道："姑夫，我也不是强要出头，到底先看看能凑几个钱，我临走时平姑娘叫我有难可去寻芸哥儿。"

"哪个芸哥儿？"王狗儿问道。

"反正是他们贾府里的哥儿，哪一房的我也弄不清，现如今在城西开着香料铺子。"

王狗儿听了暗自思忖："人常说：'百足之虫，死而不僵。'焉知那贾府便再无出头之日？我如今也不必把事做绝。"想到此处，面上便缓和了下来。"既是这样，你老怎不早说？明日我便同你去寻那芸哥儿便是。这俗话说得好：'瘦死的骆驼比马大。'人家拔根汗毛也比咱们的腰粗。"

"要去你去，我却丢不起这老脸。"刘姥姥道，"噢，我这里吵吵着要去救人，两手空空地跑去叫旁人去救，若是这样我只做个送信的便是，何必充这大头？姑夫，不是我说你，做人不能属貔貅，只进不出！况且咱们若不自己先掏两个出来，怎地同旁人开口？"

王狗儿想了想，进里屋好一会儿，拿了二十两银子搁在刘姥姥面前道："家里只得这些，你老明日自去寻那什么芸哥儿想辙去吧。"见刘姥姥板着脸不吱声，笑道："不行你老便动动你那棺材本儿？横竖你老身板儿这样结实，一时半会儿的也用不着。你那银子存着又不会下崽儿，不比我手头的银子，一丝一毫皆有正经用的，一家老小的吃嚼皆指着这几个钱呢。"

刘姥姥见他这样，知道多说无益，收了银子，一声不响吃饭。那王狗儿也无心再吃，索性回房去了。

晚间，刘姥姥帮着女儿收拾了碗筷，悄悄掀起自己炕尾的芦席，搬开两块土坯砖，从里头摸出个布包，打开，露出了一百两银子来，这是昔日王狗儿同她索要茶钟子，她再三不肯，架不住王狗儿死磨硬泡，又听说值那许多银子，这才交与王狗儿，只是事先约好所得银钱分她一百两棺材老本。那王狗儿先是不肯，说棺材本二十两银子足够了，无奈刘姥姥不松口，只得允了她。那刘姥姥要这许多银子，其实亦不过是知道王狗儿心性，知他亦是个会花钱的主，恐他将银钱花尽，自己同女儿、青儿、板儿跟着回到从前，衣食无着，因此才狮子大开口同王狗儿要了一百两银子，心里想着等王狗儿过不下去时，自然还是要拿出来使用的。后来见女儿女婿近两年手头颇为宽余，她也便按下不提，一直悄悄地藏着，真心当作了将来的棺材老本了。如今取了出来，心想且先顾了眼前，救了巧姐儿再说吧。又将昔日贾母等人给的衣裳没舍得穿的皆拿出来整理了一番。正叠衣裳呢，刘氏悄悄进来，递了个小包给她，悄声道："这是我素日里攒下的，大约有个十来两，本来留着防身用的，如今先拿去救姐儿吧。"见她老娘所叠衣物皆是从前说要留着做老衣的，便问道："妈妈你这会子理这些衣裳做什么？"

"我想明日进城先去当铺，将这些衣裳当了。也不知能当几个钱，总之有一个算一个吧。"

"我也有好几件呢，也都是从前妈妈你从府上得来的，都省着没舍得穿呢。"刘氏道，"我去拿来，只当也好歹凑个数吧。"

次日天尚未明，刘姥姥便起来梳洗毕了，又将板儿唤了起来，刘氏也早早便起来做了早饭，祖孙二人吃了便套上车进城去了。王狗儿躺在炕上听见，只作不知。刘姥姥和板儿进了城先寻着了当铺，将一大包衣物递了进去。那当铺的朝奉欺她是个村姥野妇，只与了八十两银子。刘姥姥祖孙二人并不识货，得了八十两银子皆高兴不已，收好银子，便赶紧往贾芸铺子里去。

贾芸见了刘姥姥，听她说了巧姐儿之事，恨得咬牙切齿："这两个混账东西，怨不得那晚上他二人到我家中，说话遮遮掩掩，后来听说他们在十字街头贴了寻人的告示，我只道真是走失了，谁知却是另有隐情，我到今日才算明白。"又对刘姥姥道："你老这样不相干的外三路人尚且如此尽心，我如何能袖手旁观？你老如今手里已有二百一十两银子，剩下的我来想办法。后天下午申时你老来我店内，我与你一同去寻王仁。"刘姥姥连声念佛道："阿弥陀佛，哥儿真是仁义之人，我老婆子先替姐儿多谢了！"

"是我该谢谢你老才是啊！"贾芸道，"我同巧姐儿一笔写不出两个'贾'字来，做什么皆是应当应分的。"

"哥儿。"刘姥姥道，"我带来的这二百一十两银子便存在哥儿手里吧，免得我带来带去，路上心惊肉跳的。"

"也好。"贾芸道，"你老还不曾用饭吧？我先带你老和板儿兄弟去吃饭吧。"

"家里吃饱了来的。"刘姥姥笑道，"哥儿你忙着，我这就回去了，后日申时我一准来。"

贾芸送走刘姥姥也无心做买卖，关照了店里的小伙计两句，便回去找小红商量此事。到家他老娘却说小红回娘家去了，估计晚上才能回来。贾芸只得又回了店铺。晚上回去，见小红正和她老娘叽叽喳喳说着什么，见他进屋忙起来行了礼，叫小丫头子倒了茶来。贾芸坐定,笑道:"说什么呢?"

"我今日回我妈家听说史大姑娘家里失火了,烧得干干净净,只史大姑娘同翠缕两个捡了条命出来。"小红道,"我爹说,没准是卫家那起子黑心的僮仆欺史大姑娘一人守着那么大片产业,偷了什么怕圆不了谎了,所以一把火烧了灭迹也未可知。我之前也见过翠缕两回,回回都听她说家里少东西。"

"那史大姑娘如今人在何处?"贾芸惊道。

"她一向同宝姑娘要好,所以眼下只能去投宝姑娘了。"

"哦,如此甚好!"贾芸道,"我也有事要同你们商量。"于是贾芸将巧姐儿之事说与他娘与小红,她二人听了皆又惊又怒。贾芸又将刘姥姥之事说与她们听,俩人听了又是一阵叹息感慨。贾芸对小红道:"你我二人能有今日,皆系二叔和二婶功德,如今我断不能对巧姐儿之事置之不理。"

"这样事儿,那刘姥姥尚且这样出头,咱们若是缩头,与禽兽何异?"小红道,"只是咱们一时也拿不出那么多银子啊!前几天你才进的货,银子可都压在货上了。"

"你看看去,咱们手里还有多少现银?"贾芸道。小红走进内室,打开箱子看了,将一包银子尽皆取了放在八仙桌上:"你看吧,统共只有这些了,大约五六十两吧。"

"你取五十两给我,别的我明儿出去想法子。"

"这五十两给你,万一咱们自己家里有什么事,又如何呢?"小红道。贾芸听了不快道:"不是给你留了些救急用嘛!"小红又问道:"加上这五十两,还缺二百四十两,你却哪里寻去?"

"不行我明儿去求求贾蔷,他手里兴许能有几个钱。"

"你还不知道吧?为着小蓉大爷的事,蔷哥儿可没少花钱。"小红道,"我听我爹说,小蓉奶奶他们娘家存心想要昧下珍大爷他们存在他家的钱,如今拼了命的使银子,反正又不花他们家的钱,一心只要小蓉大爷的命。蔷哥儿为着救小蓉大爷,也是拼了命地往里头砸钱。那长安府乐得两头收受,到现在那官司都还没定论呢!"

"是吗?我这一向忙着进货,竟一点也不知情。"贾芸道,"你怎地也没同我说?"

"我也是今儿家去才知道的。"

"那我再想别的招吧。"

"要不我回去跟我爹借点儿？"

"别。我这遇着点儿事便叫你回娘家要钱去，以后还如何做人？"贾芸道，"你不用管，我自去想辙。"贾芸坐着出了会子神，小红将饭菜摆上桌来，替他拿了酒盅来。贾芸闷头喝了两杯，便放下盛饭吃了。饭毕，小丫头捧了茶水来漱了口。"你们先歇着吧，我出去一趟。"贾芸说罢便出门去了。

贾芸出门直奔倪二家里。难得倪二今日竟在家中，正一个人坐着吃酒，见贾芸来访忙起身相迎。"二爷今日怎么想起来贵足踏我这贱地啊？"倪二笑道。贾芸拱手道："老二，你这是故意拿我开心呢吧？"

"来来来，上炕来一起喝两盅如何？"倪二客气道。贾芸笑道："不是我客气，实是在家里才用了饭来的。"倪二道："喝两口酒有什么大碍？"贾芸略一思忖，笑道："好吧，那我就陪你喝两盅。"说罢脱了靴子上炕。倪二叫茜雪取了一副干净杯盘碗筷来，替贾芸满上，笑道："二爷这样身份竟坐下来与我同饮。来，我先敬你一杯。"贾芸也不啰嗦，举杯一饮而尽。倪二又道:"好事成双,我能同二爷一处喝酒,高兴!这一杯我先干为敬!"说罢,一仰脖将一盅酒倒进嘴里。贾芸也不多话,跟着也举杯干了。倪二见他连干两杯却一言未发,笑道:"二爷,你这是有事吧?"贾芸也不搭言,伸手拿过酒壶要替倪二斟酒。倪二忙道:"我来我来,怎好叫你倒酒?"贾芸拿手隔开倪二,替他斟了个满杯,又替自己满上,举杯道:"老二,来,我敬你一杯,你帮了我几回忙,我都记在心上,嘴上便不言谢了。"说罢,一饮而尽杯中酒。倪二忙将自己杯中的酒倒进口中。贾芸又替倪二和自己各斟了一杯:"借你的话,好事成双,先干为敬。"说罢,又是一饮而尽,将空杯亮与倪二看了,方才将杯子放下。

那倪二本是个江湖中人,立时便被贾芸这等举动搅得热血沸腾起来,一仰脖将酒倒入口中,"咕咚"一声咽了下去,扬手高声道:"二爷,难得你肯青目于我这样的草芥之人,有什么事,你只管说。"

"兄弟先谢过了。"贾芸于炕上长身施了一礼,"眼面前我确有一事为难。"

"何事?你且说来听听。"

贾芸于是将巧姐儿之事一一道来,又将刘姥姥义举也一一说了,末了道:"无巧不巧,可巧我前两日刚进了货,因此这一时之间实在是难住了我。我知道老二你是干这个营生的,不知你手头可有?如有,可否先与我使使,利钱你照算。咱们亲兄弟明算账。"

"二爷,我早同你说过,既是你愿意与我相与交结,便莫要再提'利钱'二字。我若图利,何必非要与你往来?"

"我知道你一向有义侠之名,只是这数目太大,你是做这个营生的,怎可不计利钱?我心中亦难安哪!"

"嗨,譬如我到你那铺子里去寻两样香料,一时身上没有银钱,等来日去结账时,你便要我额外多付银钱么?"倪二道。贾芸连连摆手道:"那怎么能够?没有这样做买卖的。"

"还是。"倪二笑道,"所以你也不必同我说什么利不利的了。这些年,这也不过是你第二回和我张口,还是为着救人。我倪二再混,也不能挣这个利钱。"见贾芸还要客气,倪二摆手道:"你也不必先同我客气,我手里并没有这许多的现银,我身上最多只得拼凑个一百两,还有一百四十两我帮你去找旁人,旁人的利钱你照付与人便是。"

"啊呀，那我就恭敬不如从命了。"贾芸又斟满两杯酒，举杯道，"狱神庙之恩尚且未报，这又来叨扰。得，我什么也别说了，尽在酒中。"一仰脖，干了杯中酒。倪二摆手道："二爷快别这么说，狱神庙之事我不过是牵个线罢了，不值一提。"又笑道："你不说我都忘了，今日所喝的这酒还是二爷上回送来谢我的呢。"

"啊，还没喝完？"贾芸笑道。

"你送了那许多，我又不常在家吃饭，还有不少呢！"倪二笑道，"你且宽心饮酒，明日一早我便去寻马贩子王短腿。我知道他刚脱手了两匹好马，若他手头宽裕，我便带了他到你铺子里去寻你，如何？"

"好好好，多谢多谢！"

二人喝到亥时方散。

第三十九回

得好报王板儿成婚
蒙圣恩贾二爷还乡

贾芸同刘姥姥凑齐了五百两银子，一齐来至王仁家中。王仁万没想到这不相干的老村妇竟真凑了五百两银子来，又见贾芸出头，更不好反悔，只得将平儿和巧姐儿唤了出来。平儿与巧姐儿见了刘姥姥同贾芸，纳头便拜。刘姥姥和贾芸赶紧扶住，几人重又相互见了礼，贾芸道："此处不是说话的地方，姑娘快将姐儿的衣物拾掇拾掇，咱们这就走吧。"平儿与巧姐儿忙进去收拾东西。

贾芸转脸对王仁道："烦请舅爷写个字据来，一则表明你已收了我们五百两银子，二则也请注明巧姐儿日后不但婚嫁，诸事皆与你无关。"

王仁嘟囔道："领走便是，我是她亲娘舅，难道还信不过我？"

贾芸笑道:"正因为是亲娘舅,才必要写一笔方好。"王仁无奈,只得叫小丫头拿了笔墨按着贾芸所说写了份字据。贾芸接过细细看了,收好。

不一时,平儿与巧姐儿拿了东西出来。贾芸领着,上了王板儿的马车,一径去了。

王仁先是懊恼自己要得少了,转念想想,若卖与旁人一则不知何时才能成交,二则肯定少不了要分贾芹一份,如今这五百两银子自己独得,算起来也没少多少,也便心安了。

贾芸叫板儿将车先驾至自家门口,小红出来接了,见了平儿便要行礼。平儿一把拉住,满口里感激不尽。贾芸拴好马,叫板儿一起进屋。板儿不肯,只愿坐在外头车上等。贾芸让了几句见他实在不肯也就罢了,自进了院,见小红等人已相互见了礼,便让进屋里,又与贾芸之母卜氏见了礼,这才坐下说话。

贾芸对小红道:"你领着姐儿去看看替她收拾的屋子,可还中意?若是缺什么,即刻便差人添置去。我有几句话要同平姑娘和姥姥说。"小红答应了,卜氏也起身道:"我也跟着看看去吧。"二人领着巧姐儿去了。

"我有个主意,只是不知妥与不妥?还请平姑娘做主。"贾芸道。平儿忙道:"哥儿您是主,我是奴,有您在,哪有我做主的说法?"

"姑娘您太自谦了。"贾芸笑道,"从来府里没人将姑娘看作是奴的。如今咱们将姐儿弄了出来,终究还是要替姐儿寻个好归宿才是个终局。若是姐儿在我这儿等到琏二叔回来,我自然是养得起,只是怕蹉跎了岁月。"见平儿点头,便接着道,"刘姥姥一家这样尽心搭救,可见这一家子皆是忠义之人。"平儿听了,连忙点头称是。不待刘姥姥客气,贾芸又道:"尤其是那王板儿,小伙子虽不大言语,做事却麻利。"平儿是个聪明人,心里已猜着几分,却不说破,由着贾芸说,心里却已暗自盘算。贾芸见她不语,略顿了顿正要说话,刘姥姥笑道:"嗨,哥儿可别夸他,乡下庄户人家的孩子,上不了台盘,见了哥儿这样的人物,他哪里还敢说话?平时在家里倒也还好,也说说笑笑的。"贾芸笑道:"可见是个厚道的好孩子。所以我才有个大胆的想法,我想着莫若索性将姐儿许配给板儿吧。"

"啊哟,天神咧!可不敢!"刘姥姥连连摆手道,"没的折煞那浑小子。大姐儿何等尊贵?他是个什么东西?再说我老婆子若是救人之时存了这等念头,神明在上，就叫我不得好死！"

"谁说你老救人时心存他念了？"贾芸笑道，"你老若存了别的念头，怎肯来寻我插这一脚？"刘姥姥急得直念佛："啊哟，天神咧！阿弥陀佛！神明在上，哥儿英明！"贾芸笑道："你老先别急着拦我的话头，容我把话说完。"刘姥姥闭着眼睛又念了声佛道："阿弥陀佛！哥儿你说。"

"巧姐儿是金贵，可那都是从前的事了。"贾芸正色道，"现如今京城里有名有姓的人家谁肯娶她？平常点的小门小户的好人家谁敢娶她？莫若嫁与板儿，知根知底。况这几年我听说姥姥家里整治得也颇为殷实，姐儿若嫁过去也没罪受，没亏吃。"

刘姥姥听了，心内又惊又喜，口里只一味地念佛，也不知该说什么好。

"如今二婶婶已不在了，二叔又离得千山万水的，姑娘你拿个大主意吧。"贾芸道。

"哥儿说的话，我心里也过了一遍，句句在理。"平儿道，"只是这样大事，我岂敢做主？不如明日去梨香院问问老爷的意思。若老爷同意，我自然是没意见的。到时二爷回来，若问起来，也不算咱们自作主张。

你看可好？"

"好，就按姑娘说的。"贾芸拍手道，又转脸问刘姥姥道，"你老可要回去同板儿的爹娘商议商议？"

"阿弥陀佛！这样美事，他们岂有不愿意的？还议什么？！"刘姥姥说着又有些怯意，"只是怕委屈了大姐儿。"

贾芸道："这个无须你多虑，明日一早我便和平姑娘去梨香院请老爷的示下。只要是老爷点头了，你们家便准备喜事吧。"

"好好好，那我就等着听哥儿的喜讯了。"刘姥姥喜得合不拢嘴。

贾芸又叫小红再收拾出一间屋子来，让刘姥姥同板儿也暂住一宿，明儿得了准信再回去。贾芸道："我这里地方有限，委屈你老和板儿兄弟挤一张炕了。"

"不碍的，哥儿。"刘姥姥笑道，"板儿打小就跟着我睡，就这两年才不往我被窝里钻。我们祖孙俩睡这大炕尽够了。"

一夜无话。次日早上饭毕，贾芸叫王板儿套了马车，同自己一道带了平儿和巧姐儿前往梨香院，见了贾政，将王仁之事一一说了。贾政因为身上一直不大好，也没人将这事说与他听,此刻方才知道详情,先也气得不行,后来听说刘姥姥之事,亦是感慨万千。末了贾芸将自己想把巧姐儿许配王板儿之意说与贾政听了,贾政沉思了一会儿叹息道:"虎落平阳被犬欺,凤凰落地不如鸡,自古以来便如是。姐儿若不嫁人,说不准那王仁什么时候又要来闹一出,谁有那闲工夫同他折腾?嫁人主要还是嫁儿郎,王侯将相,宁有种乎?只不知那王板儿怎生模样?"

"他如今正在门外候着呢,要不叫进来让老爷您瞧瞧?"贾芸忙道。

贾政道:"既是就在外头,便叫进来吧。"贾芸出去领了王板儿进来。贾政看他生得倒也齐整,只是站在那里手足无措,轻轻叹了口气,点头道:"倒是个老实后生。芸哥儿你便帮着张罗吧。"贾芸得了这话,领着王板儿退出。平儿外头候着听信呢,听见说贾政同意了,心头一块石头也算是落了地。周姨娘赶出来传话道:"老爷叫平姑娘和姐儿都回家来住,不能叫姐儿从芸哥儿家里出嫁,叫旁人笑话。"平儿谢过了,对贾芸道:"那我和姐儿这就留下不跟你回去了,哥儿的大恩大德,倘我们二爷有命回来,必定报答。"说到贾琏,不禁红了眼眶。贾芸见状忙道:"姑娘说这话便是外道了。琏二叔吉人自有天相,你与他必有团聚之日。我先回去了,刘姥姥还在我家里头听信呢。我打发了她,便叫小红将姑娘和姐儿的衣物送过来。"

转眼便到了巧姐儿与王板儿的婚期,贾政并不过问,周姨娘只一心伺候贾政为要,诸事皆由平儿张罗。好在林之孝等几个管家听说巧姐儿出嫁,皆磨不开面子,各送了五十两贺仪过来,周瑞等几家陪房亦皆一家送了六两贺仪来。李纨得信,差人送了六十两贺仪过来。尤氏接着信也叫人送了六十两银子来,贾蔷听着信亦使人送了六十两银子来。平儿将李纨、尤氏、贾蔷的银子拿了一百两出来交与周姨娘,用于日常开支,免得日日等着薛家接济,将林之孝、赖大、赖二、吴新登四家二百两银子又添了五十两一并封好给了小红与贾芸。他夫妻再三不要,平儿道:"饶这样还欠你们四十两,那借来的银子利息是多少,我也不问了,只好等二爷回来再说了。"

贾芸笑道:"姐儿出嫁我当兄长的岂有一毛不拔的道理?姑娘再休提那四十两银子了,只当是给姐儿添置两件嫁衣了。"小红亦道:"姐儿出嫁正要使钱呢!"

平儿将周瑞等人送来的银子并李纨、尤氏、贾蔷剩下的三十两给小红看了，笑道："有这些也尽够了。"小红又送了巧姐儿两样首饰。平儿谢了，笑道："只怕这些东西她日后也用不着了，这在乡下，哪家女人不纺纱不织布？何曾见她们织布纺纱还插着凤钗珠翠的？总之只当是给我们姐儿傍身用吧。"

周姨娘拿了那银子进去同贾政说了，贾政叫她依旧拿出来交与平儿，叫平儿保管着，日常当家理财。

岁月如梭，说话间三年过去，中宫喜得麟儿，圣心大悦，天下大赦，贾政、贾琏亦在开赦之列。得了消息，众人无不欢喜，平儿更是喜极而泣。

话说一年半前赖尚荣期满离任，调往别处赴任去了，继任的官员乃是忠顺王爷一脉的，虽未为难贾琏却也是好日子过到头了，回到监内跟着其他人犯一道出工出力。亏得有赖尚荣临行前所留银两供贾琏上下自行打点，这才少受些挫磨。眼看着口袋见底，离着刑满尚遥遥无期，贾琏正暗自伤怀，恐自己要死于此处了，却喜从天降，天下大赦，自己姓名赫然在册，不禁对天跪下，磕了三个响头，有心买头牲口做脚力，看看囊中羞涩，只得一步一个脚印往家乡走去。

一路之上，披星戴月，风餐露宿，好容易总算是到了都城。贾琏看着京都那高高的城门楼子，忍不住伏地痛哭。进了城，看哪里皆亲切，人却皆远远地躲着他。贾琏低头看看自己身上，花子一般，不禁苦笑了一声，自语道："世人皆是一双势利眼，谁不以衣衫取人？唉！"于是也不再东张西望，直奔宁荣街。先到了荣府门前，老远便看见一对石狮子昂首挺胸蹲在大门口，到跟前一看，但见门上铁将军把门，门上贴的封条也早已斑驳、脱落，门口只一个老兵坐在台阶上看守，看见贾琏凑近，微微眯着眼道："别过来，上别处晒太阳捉虱子抠疥疮去。"说着拿手里的长枪在面前的地上敲了几下，"快滚吧。别等着老爷我拿枪扎你。"贾琏只得远远避开，觑着那老兵又低头打盹，便沿着街边子走到尽东头，有条街往北一拐，贾琏顺着院墙一路向前，不一时便到了昔日自己为替尤二姐出灵打开的大门前，见门前干净利落，心想贾政等人兴许依旧在内居住，于是下意识整了整衣衫，上前叩门。

昭儿出来开门，看见是个花子，喝道："滚滚滚，没见过花子还敢敲门的，你八成是饿疯了吧？快滚。"说着便要转身进去。"昭儿，"贾琏叫道，"是我。"昭儿听见叫他名字，又听声音熟悉，忙回头细看，又上前拿手撩起贾琏垂在额前的乱发。贾琏抬手一把打掉昭儿的手，笑道："混账东西，连我也认不出了么？"

"啊呀，二爷！"昭儿"扑通"跪到地上，一把抱住贾琏双腿，连哭带笑道，"真是你呀！二爷！可把你给盼回来了！"贾琏伸手拉起昭儿，见他泪流满面，便拿手帮他拭泪，不想反抹了他一脸黑，不禁笑道："快别哭了，先领我进去再说吧。"

"是是是。"昭儿连声应道，忙让贾琏进院，关了门，往里高声叫道："二爷回来了！二爷回来了！"话音未落，贾琏已大步进了后院。平儿正在院内井边打水浆洗，听见昭儿的声音，还未及起身抬头便已看见贾琏。贾琏站住脚叫道："平儿，我回来了。"平儿见他这般模样，顿时掉下泪来，忙起身几步便到了贾琏跟前，强忍着心中无限思念，给贾琏行礼道："二爷！"贾琏一把托住，将平儿搂入怀中，紧紧抱着，喃喃道："可想死我了！"平儿亦哽咽道："爷受苦了！"

昭儿站在院内大声道："老爷，老爷，我们二爷回来了！"不一时，贾政扶了周姨娘出来。贾琏这才放开平儿，忙上前给贾政行礼。贾政见了贾琏这般模样，亦是禁不住老泪纵横。贾琏见贾政短短几年便已是老态龙钟，全无当年风采，也不禁潸然泪下。

叔侄二人只顾着相对垂泪，平儿上前拭泪笑道："老爷先歇会子，让二爷先洗漱了，换身干净衣裳再说话吧。"

"对对对。"贾政笑道，"我光顾着高兴了。"

平儿对昭儿道："快去将灶上做着的一锅水给二爷打了来，赶紧再接着烧一大锅，让二爷好好泡泡，解解乏。"昭儿答应了赶紧去端盆提水，平儿也忙着去拿胰子寻衣裳。贾政道："你先去洗把澡，回头再来说话吧。"贾琏答应了，先送了贾政回房，这才退了出来。

平儿在院子里放了张凳子，见贾琏出来便招手道："二爷，这儿。"贾琏过来坐下，平儿叫他先脱了身上衣裳，拿大被单裹着，拿篦子替他篦了头上的虱子。平儿在外头替他洗了头，正好昭儿也放好了一大盆水，平儿叫他将贾琏换下来的衣裳全都拿出去扔了，顺便去通知贾芸等人，就说二爷回来了。贾琏进屋好好地泡了一气，又拿胰子浑身上下打了，又拿清水冲了，这才神清气爽地出了澡盆子。平儿早备好衣衫，举着要伺候他穿上。贾琏一把扯过衣衫扔到一边，将平儿抱起放到炕上，笑道:"可不急着穿衣裳,等我先办完正事再说。"平儿知他这回是真急了,自己亦是相思久矣,因此也不推托,由着贾琏恣意狂放了一回。

那贾琏从来不曾同平儿像今日这般毫无顾忌,又加上几年不曾碰着女人,平儿亦从未像今日这般曲意奉迎,真是如鱼得水,如胶似漆,二人恨不得化在一处。贾琏意犹未足,平儿笑道:"老爷还等着呢,一会子昭儿也该喊了人来了。"贾琏只得放开平儿,看着平儿起来重匀了脂粉,心中说不尽的爱恋。平儿又替贾琏重新擦洗干净,穿了衣裳,梳了头,贾琏这才复去见贾政。

第四十回

狭路相逢贾琏报仇
冤家路窄王仁殒命

贾政、贾琏叔侄二人坐下,听贾琏说了这几年在外头的种种磨难。说到贾珍病死他乡,只得一张破席卷了埋于荒郊,二人不禁重又滴下泪来。

贾政道:"唉!便是他回来亦未必禁得住啊!蓉哥儿也没了。"贾琏大惊道:"啊,蓉儿怎会没了?"贾政便将贾蓉岳父图财,贾蓉愤而杀妻之事说与贾琏知道。贾琏听了,扼腕叹息不止。贾政又道:"我有一事,专等着你回来商议呢。"贾琏一听便猜着了,压低声音道:"是宝玉的事吧?"贾政点点头,亦压低声音道:"我想当初若不叫他出去,说不定如今也赦了。"又叹了口气,"万般皆有定数。唉!这一场磨难横竖都是免不了。我如今身子一日不如一日,每日里汤药不断,银钱花了无数也不见好。若非平儿善于理家,只怕是饭都吃不周全了。我想着闭眼之前好歹见一见那孽障也就安心了。"

"老爷勿忧。"贾琏道,"我就这两日便想法子弄点钱,打发昭儿去接了宝玉回来。只是一条,回来再不能以本来面目示人了。"

"那是自然,只叫他顶了甄宝玉之名在家里待着便是了,我看了那甄宝玉亦在大赦名单之上。这真是造化弄人哪!甄宝玉顶了他的名在园子里享了些日子的福,到头来却枉送了性命。他在外头也不知遭了些什么罪,如今却要顶着甄宝玉的名了却此生。这才是'假作真时真亦假,真为假时假还真'。唉!想来冥冥之中自有机缘。等他回来,若有合适的,也与他说门亲事,能生个一儿半女的,我也就算是能给祖宗们一个交代了。"贾政道,"对了,巧姐儿出嫁之事,平儿同你说了么?"

"还未及说。"贾琏道,"怎么大姐儿竟出嫁了?"贾政于是又将王仁、贾芹欲卖巧姐儿,平儿、贾芸、刘姥姥相救之事大致说了一遍,气得贾琏二目圆睁,恨不得即刻去灭了王仁和贾芹才好。"这俩混账王八,我必叫他们不得好死方解我心头之恨!"正发狠时,听见贾芸在院子里说话声音:"二叔,二叔,可是二叔回来了么？"贾琏暂压怒火，迎了出去。贾芸一见，慌忙上前行礼道："二叔，可把你老给盼家来了！"贾琏上前扶起道："芸儿，你的所为方才老爷皆同我说了，二叔此生必忘不了你。"

"二叔这话可折煞小侄了。"贾芸道，"只恨自己无能，事事心有余而力不足，没能替二叔照顾好姐儿同平姑娘。"贾芸话音未落，便听见外头薛蟠的声音："老二，老二人呢？"

贾芸闻声笑道："薛大叔来了。"话音未落，薛蟠、薛蚪一起走了进来。"好兄弟，可想死我了！"薛蟠上前一把抱住贾琏，眼中含泪道。贾琏拍着薛蟠后背亦动情道："我更是日思夜想啊！"

众人各自见了礼，贾芸笑道："薛大叔如今竟还有工夫想我二叔？"薛蟠笑道："你小子，不说话没人当你哑巴。"不待贾琏动问，贾芸便又笑道："薛大叔新近刚娶了史大姑娘。"

"是吗？"贾琏奇道，"那咱们这是亲上加亲了呀！"几人说笑着进去见过了贾政。薛蟠道："今日我必得做东，替二爷接风洗尘。走，新开了一家月华楼，咱们今儿就去那儿。"贾政道："去吧，去吧，你们皆久不见面，出去好好聚聚。"薛蟠客气道："姨爹，你老也一块去吧。"贾政捂着心口咳了两声道："我如今哪能同你们年轻人比？你们去吧，不必管我。"

几人别过贾政，出得门来，亏得薛虬心细，知道贾琏没马，因此特意坐了马车来，于是贾琏同薛虬一起坐了马车，薛蟠和贾芸骑了马跟在马车边上。贾琏坐在车上，掀着轿厢的窗帘问道："怎么不见蔷哥儿？"

薛虬答道："听说蔷哥儿自打小蓉大爷没了便不大愿意见人，想必他还不知道二爷回来呢！"

"唉！他同蓉哥儿一处长大，他二人交情之深自与旁人不同，他这样也算是个有情义的孩子了，这几天我抽空去看看他。"贾琏点头道。

一行人到了月华楼，要了一间雅室。尚未坐定，薛蟠便嚷道："小二，快将你们这儿唱曲儿的莹姑娘和曼娘都叫来。"贾琏忙摆手止道："别介。咱们今儿清清净净地吃点酒，说会子话，我也想早点儿回去歇着。"

"大哥，二爷这才回来，这几年在外头元气大伤，咱们恭敬不如从命，等二爷缓过劲来，咱们再乐不迟。"薛虬道。贾芸也笑道："薛大叔，来日方长，不急在今朝，便依了二叔的心意吧。"薛蟠见他几个这样说，只得罢休，转脸对伙计道："有什么新巧的玩意儿只管上。"

"得嘞！爷，您几位稍候。"伙计答应着出去了，随即听见隔壁雅间有人高声叫道："小二，小二，你过来。"只听刚出去那伙计脆声声应道："爷，您有什么吩咐？"

"好个囚攘的，你只一味地敷衍我，我叫你喊的姑娘呢？"隔壁的客人高声骂道，"难道是怕爷差你的银子不成？"

"爷，爷，您息怒！实在是今儿客人太满，您这屋的伙计他今儿又病了，小的一人顾着四个屋，因此稍慢了些。我这就替爷您招呼去。我们这儿有好几个唱曲儿的姑娘，不知爷您可有相识的？"

"你这没眼色的混账东西，什么相识不相识的？只挑最好的唤来便是。"隔壁又有一人接茬训斥道。

"是是是，小的这就去。"那伙计答应着一路小跑下楼去了。

贾芸听见声音，心中一动，侧耳细听，却没了动静，正好贾琏问他香料铺生意如何，便忙回贾琏的话。不一时，伙计端了酒菜上来，几人便开动起来。贾芸吃到一半出去方便，回来时经过隔壁雅间，听里头琵琶阵阵，笑语声声，可巧伙计端了一壶酒上来送进去。门开处，贾芸瞧得真切，恰是王仁迎门坐着，对面坐着一人，两个唱曲的一边一个。贾芸心内不由一阵狂跳，三步两步回了屋："二叔，你道隔壁是谁？"贾琏看贾芸脸涨得通红，随口道："是谁？"不待贾芸说话，薛蟠笑道："莫不是你抑或老二的旧日相好？"

"哼！"贾芸冷笑一声，"可不是旧日相好么？"

"谁呀？"贾琏笑道。

"王仁。"

"是他？"贾琏惊道，"他一个人？"

"俩人。"贾芸道，"还有一人背对着门，我没瞧见脸。"

"这真是冤家路窄啊！"贾琏将酒杯重重地顿在桌上，站起身道，"我必得去会会这位旧相好的。"说着便出了门。贾芸、薛蚪、薛蟠赶紧起身皆跟了过去。贾琏过去一把推开门，和王仁打了个正对面。王仁一见贾琏，唬得是魂飞魄散。对面那人看他神色不对，忙回头看，赫然竟是贾芹。贾芹一看进来的是贾琏，吓得赶忙起身给贾琏请安，口内结结巴巴，面色如土："二，二，二爷，二爷您，您回来啦？"贾琏也不搭话，兜心一脚将贾芹踹得趴在地上，挪过贾芹方才坐的凳子，一屁股坐下，两个唱曲的吓得抖作一团。贾芸摸了两块碎银递与她俩道："姑娘们先请出去吧，我们爷们儿叙叙旧。"两个唱曲的一溜烟跑了。贾芸回手关了门。

王仁站起身，吓得浑身抖得筛糠一般。贾琏冷冷一笑道："舅爷，坐啊，别客气。"王仁战战兢兢，半搭着凳子坐下。贾琏回头对薛蟠、薛虬道："来，都坐了，同我这大舅爷喝两杯。"薛蟠、薛虬依言坐下。贾琏又道："芸儿，叫伙计上两坛子酒来，要最烈的、最好的，我们家姐儿卖了五百两银子，不喝点儿好的么？"贾芸出去叫小二搬了两大坛子酒上来，吩咐小二不叫不许进来。那小二放下酒答应了，赶紧下楼去了。

贾琏搬了一坛放在王仁面前道："舅爷，请吧。"又回头对贾芹道："芹哥儿，你也别在地上趴着了。来吧，这坛子归你。"贾芹爬起来，挨到桌边，缩在王仁身后。薛蟠见他二人畏畏缩缩，谁也不肯先喝，不耐烦道："囚攮的，磨蹭什么呢？快喝吧！喝完了我们还得回去吃喝呢！谁他娘的有工夫等着你们？再不喝，我便灌了。"说着便开始撩衣襟、撸袖子。王仁知道这呆霸王说到就能做到，吓得赶紧捧起坛子便喝。贾芹见王仁都喝了，哪里还敢磨蹭，忙捧起酒坛子也喝了起来。先头二人还大口吞咽，喝着喝着便不中用了，一口难似一口往下咽。薛蟠一旁不停地催促，他二人稍慢一慢便嚷着要灌。贾琏、薛虬、贾芸三人皆抱着胳膊，沉着脸看着，也不说话。王仁又强咽了几口终于搣不住了，一低头，一口喷了出来，皆吐在自己长衫上。

贾琏道："这回腾出空来了，接着喝，这一坛子都得喝了。"

"二爷，容我将这外褂先脱了，忒腌臜了。"王仁皱眉苦脸道。

"腌臜？"贾琏冷笑道，"这世上凭他什么也不如你二人的心腌臜。我还不曾叫你吃了它当下酒菜呢，你倒反嫌弃腌臜了？"

"快喝吧。"薛蟠道，"再啰嗦，便叫你吃了当下酒小菜儿。"

王仁同贾芹挣命一般将两坛子酒全都灌进肚里，到后来已是泼泼洒洒，不由自主了。贾琏等人眼看着他二人皆如烂泥一般瘫倒在地，人事不省，这才回了隔壁屋里接着吃喝，酒足饭饱方回。

次日,贾琏直睡到日上三竿方才醒来。平儿过来伺候洗漱,贾琏道:"你怎不叫我?"

"我瞧二爷睡得正香,便不忍叫你。"平儿柔声道。贾琏一把将平儿搂入怀中,叹息道:"从前我竟是白活了,到今日方才知道寻常夫妻相敬相爱、你疼我我惜你的滋味儿。"

洗漱完毕,平儿端了一碗牛乳蒸蛋让贾琏吃了。贾琏吃完去请贾政安,叔侄二人又细说了这些年家中之事与贾琏在外的经历。末了贾琏对贾政道:"我预备今日去趟北静王府,若无王爷眷顾,恐怕我早已抛尸异乡了,怎么也要去谢过王爷救命之恩。"

"理当如此。"贾政点头道。

贾琏到了北静王府,水溶听说贾琏来拜忙叫请进来。贾琏见了水溶,纳头便拜。水溶叫快起来,赐了座。贾琏满口称谢,并不提这几年所受之苦。水溶见他虽然流放几年,言谈举止却仍不失分寸,心中多了几分喜爱,当下笑道:"皆是圣上隆恩,留你一条性命回来。从今往后,务必好自为之才不辜负圣恩。"

贾琏起身跪下道:"皇恩浩荡,感激涕零。王爷之恩,更是恩同再造,结草衔环亦难报万一。"水溶摆摆手，微笑道："二舅爷言重了，这是在家里，不必拘礼。快请起吧。"贾琏听见以舅爷相称，忙赔笑道："万万不敢当！难得王爷眷顾，奈何舍表妹福薄，也未能给王爷留下一男半女做个念想。"说着掩面拭泪。提起黛玉，水溶心中不由一紧，眼中不由自主便含了泪水，长叹一声道："唉！皆是小王福薄，无缘长伴仙妹。"贾琏见状忙劝慰道："王爷乃是国之栋梁，若是为舍表妹忧心伤身，那她在天有灵心亦难安，还请王爷节哀顺变！"水溶点点头，略一沉思道："你如今回来，虽保得性命无忧，可是存活却不易，少妃的嫁妆她人既不在了，你便取回吧。"

"啊呀！王爷！"贾琏"扑通"一声跪倒在地，"在下今日来府上诚心只为拜谢而来，绝无他意。王爷这般行事，实在是错看了在下了。"

"二舅爷快快请起，"水溶笑道，"是你误会本王的意思了。少妃仙逝，又无子女，她的嫁妆理应由娘家领回。只是那几家陪房并两个丫鬟琥珀与春纤在京中皆有亲故，当初府上蒙尘，我便皆放了他们自由身，由他们去了。紫鹃已殉了主，如今葬于少妃身侧。只有雪雁乃是少妃从南方带来的，她于京中举目无亲，求了太妃，至今尚留在府中,叫她平时只管收拾少妃旧居。我叫人问问看,她若愿同你去,你便将她亦领了回去。"

"王爷慈悲,他们自当感念王爷恩德。那雪雁留于此处料理少妃故居是最好不过了。只是王爷叫领回嫁妆一事实难从命。"

"本王深知你目下境况,你不必推辞,亦不必承我的情。少妃也曾对本王说起过你曾陪她回南方料理家事,颇为感念,本王亦不忍见少妃娘家嫡亲表兄弟衣食无着。"贾琏听水溶这样说,知他是存心要资助自己,却又顾及自己的颜面,故此找了这样一个由头出来,心内感激难于言表,复又起身深施一礼,含泪道:"王爷大恩,琏铭记于心,几世难报。"水溶笑道:"说了几遍莫要见外了。只有一条,必得依我。"

"王爷只管吩咐。"

"一应金银家什全都送还,但她的诗书、衣物、戴过的钗环,凡她用过碰过的一概要留下,与我做个念想。"

"理当如此,理当如此。"贾琏连声道,"王爷如此情深义重,委实是感天动地!舍表妹若在天有灵,必该与王爷梦中一会。"贾琏随口一句话,竟无意触动了水溶的心经。水溶叹息道："我何尝不是这样想的？只是我在她房中独居许久，她却从未入我梦来。唉！"贾琏见他这样，也不知该如何安抚，只得跟着叹息一声罢了。

"明日一早，我便差人将东西送回。"水溶道，"如今你们仍在梨香院住着么？"

"是，仍住在梨香院。"

"对了，贾时飞亦在此次大赦名单之内。"

贾琏闻言奇道："在下心里也正犯疑呢，怎么他在大赦名单中，王家舅老爷却不在册呢？"

"你尚不知情吧？王子腾刚至流放地便染上了瘟疫，早没了。"

"啊？"贾琏大惊，"不知，半点消息不曾得着。想必我家老爷也不知情呢。"贾琏无心再留，便起身告辞。水溶也不强留，端茶送客。

贾琏急匆匆回到家中，见了贾政将水溶欲还黛玉妆奁之事一一禀明。贾政叹息道："昔日曹孟德奉汉献帝有《上杂物疏》以全帝颜，今有北静王爷假借退还妆奁之名顾全你我颜面，王爷实乃真君子也！"说罢望空遥拜。贾琏又将王子腾死讯报与贾政，贾政也唯有洒几滴泪而已，别无他法。二人正说着话，贾芸匆匆而来，给贾政请了安，便使眼色叫贾琏出去。贾琏向贾政告退出来后，贾芸附耳道："王仁没了。"

"怎么个没了？"贾琏不解道。

"死了。"贾芸悄声道。

"死了？"贾琏大惊，"如何便死了？"

"今早我去店铺里，他家小厮因我之前到他家里去赎巧姐儿，故此认得，说是昨晚他将王仁放在骡背上驮回家，只说是喝多了。王仁媳妇同丫鬟扶进房去，早上一看床上，人都硬了。他媳妇嚷了起来，小厮同丫鬟慌了神，光顾着乱，没人在意他媳妇，谁知她乘人不备，竟在房中悬梁自尽了。家里顿时没了主人，王家如今在京中也并无别的亲眷。论理也只得二叔你算是门亲了，小厮亦知巧姐儿之事，不敢便来寻你。无奈只得来寻我，我过去看了，叫小厮先去报了地保，我便赶来寻二叔你了。"

"既是这样，我们便先去看看再说。"贾琏低头，略一沉吟道。

二人赶到王仁家中，地保、仵作都来了。小厮、丫鬟见贾琏来了，都有了主心骨，慌忙上来行礼。贾琏也不理他们，自与地保等人见了礼，坐着与地保闲聊了几句，不一时仵作验完尸，具了结，递与贾琏看了：王仁乃饮酒过度而死，王妻乃自缢身亡，皆与旁人无关。贾琏看完摸出些许碎银塞与二人，道："二位辛苦劳动了！"二人笑道："琏二爷客气了，皆是分内之事。"贾琏拱手道："改日再请二位饮酒，今日且先要料理我这舅兄夫妇后事，得罪得罪。"

"二爷，您忙。"二人接了银两告辞。贾芸送出门外，他二人自去衙门复命。

贾琏叫将家中所有人都喊到厅里来，哪有什么人？不过是两个小厮、一个丫鬟，还有一个打粗做饭的婆子而已。贾琏叫小厮并丫鬟连儿同贾芸一起去内室，看看还有多少银两，全都拿出来与他夫妇办丧事用。贾芸等人翻了一气回到前厅，手里攥了一沓当票并十数两碎银。贾琏看了，心中暗恨这夫妇二人死不足惜，口里却道："不曾想他们竟也一败涂地若此。既是这样，芸哥儿你便尽汤下面吧。银子不够，看还有什么好当好卖的，都换成钱，好歹风风光光发送了舅爷夫妇。"

贾芸待丫鬟等人退下，悄悄问贾琏道："二叔，我看他家除了这院子，再就是这些蠢重的木制家具之类，什么金银细软早都被当卖一空了,咱们可怎么发送他们呢?"

"谁是他王家的孝子贤孙?"贾琏冷冷道,"这混账东西,我恨不能拖了他去喂狗才解气。但到底街坊们见了,面子上过不去。"

"那我便买两口薄皮棺材好歹装殓了,再叫一起子和尚、道士来念两天经,大面子上看得过去,不叫人说出闲话来,抬出城埋了拉倒,如何?"

"你看着摆布便是。"贾琏点点头,"得空你瞧瞧芹哥儿去,看看他有没有事。"

贾芸点头答应,贾琏自去了。晚上贾芸来报贾琏,说贾芹被王仁小厮送回家便一直昏迷在床,周氏替他请了医生,配了解酒之药,往里硬灌了些,却依旧人事不省,究竟如何一时尚未定论。贾琏听了点点头,也未多话。贾芸自回家去了。

第四十一回

退妆奁贾琏脱困境
闻喜讯姨妈自做媒

次日，北静王府将昔日黛玉嫁妆送回梨香院。贾政、贾琏感激不尽。贾政特手书一封，叫贾琏拿了去再三致谢。贾琏叫昭儿去同贾芸和薛蚪说，多叫几个伙计来。

不一时，贾芸、薛蚪带了十多个伙计来了。一见院里堆得满满当当，皆是各式金银玉器，二人奇道："这是哪里来的？"贾琏招手叫二人近前，说了乃是北静王爷退回的黛玉的嫁妆，贾芸、薛蚪皆赞叹不已。贾琏指着两个拿毡子裹着的东西道："我想着将那两样东西再送回王府，此事又不便出去雇人，只好找你二人来帮忙了。"

"二叔（二爷）有事只管吩咐。"贾芸、薛蚪连声道。

贾芸道："王爷才送回来，二叔怎地又送回去？"贾琏道："你看这家里哪里还能放这样东西？头称脚不称的。"贾芸过去揭开毡子看了看，见里头还有个纸板裱着绸布的大匣子，不禁笑道："什么好东西，包裹得这样严实？"

"你想看便打开来看看吧。"贾琏笑道，"往后未必见得着这样好东西了。"

贾芸年轻，好奇心重，笑道："那二叔我便打开来看看了。一会子我再将它包好。"薛虮闻说亦凑了过来，伙计们亦一拥而上，帮着解开毡布。打开匣子一看，贾芸脱口赞道："真是好东西！"原来是两架围屏：一架是当年甄家所送的十二扇大红缎子，一面缂丝"满床笏"，一面泥金"百寿图"的大围屏；一架是粤海邬将军家送的玻璃围屏。薛虮亦连连点头道："果然难得！"

几人围着啧啧称赞了一回，招呼伙计们过来重又小心包好了，抬上马车，一路扶着送至北静王府。王爷尚未回府，贾琏只说是要拜见太妃。那贾琏亦于贾母膝下长成，当日贾母在时，亦曾见过太妃多次。门上进去通禀，不一时出来说太妃有请。贾琏整理了衣冠，叫人抬了围屏跟了进去，贾芸、薛蚪在外候着。

太妃见了贾琏，问了几句流放之事，忍不住念了两声佛："好孩子，真是可怜哪！你祖母若在世，不知该如何心痛呢！能囫囵个儿地回来就好。快家去好好过日子吧。东西快抬回去，我这里用不着这个，有的是。"

贾琏上前跪下道："我如今一无所有，但凡能拿得出手的皆系王爷、太妃所赐。这两样小玩意儿，我知道府上多的是，太妃留着日后赏人便是。好歹也是我一番心意，求太妃务必不要驳我。"

老太太们大多喜爱年轻清俊的少年郎，太妃见贾琏这样含泪恳求，心下不忍，招手道："你们快替我扶琏二爷起来。"左右上前欲扶贾琏起身。贾琏听太妃提到贾母，知她以祖母自居了，便索性撒了个娇道："太妃若不答应，情愿跪死。"果然太妃连声道："好好好，你且起来说话。"贾琏起身，陪着太妃又聊了一会。方欲告退，太妃留饭，贾琏心想若遇着水溶回来反而不美，因此道："太妃挽留本不敢推辞，只是内兄夫妇病故，家中诸事皆等着我回去料理，因此不敢耽搁。"太妃道："既是这样，你便快家去忙吧，我亦不留你了。"

贾琏留下贾政手书，又再三拜谢王爷大恩，请太妃将书信务必亲交王爷,这才退出。到了外头,贾芸、薛蚪接着,贾琏看看天色道:"今儿高兴,我请你两个吃酒去。"贾芸、薛蚪吩咐伙计们各回店铺,他三人自去酒楼。

入了座,贾芸道:"二叔,你如今手头既宽绰些了,不如先买或雇匹马,出门也方便些。"

"我也正有此意,你这两日空了帮我问问,买两匹好马来。"贾琏道。

"我知道有个马贩子名叫王短腿,他手上常有好马。"贾芸道,"巧姐儿出事那会子,我还从他手上腾挪过银钱。是那醉金刚倪二的朋友,咱们如今去挑他的生意,也算是还了他的情了。当初他一听说姐儿的事情,也算是拔刀相助了,不曾黑心坑我高利。"

"既是这样,你便去同他要两匹好马来,不拘他要多少银子,都不要还他的价。"贾琏道,"另外,再帮我配一驾马车备用。"

"行,二叔您就放心好了。"贾芸道,"二叔您跟前没个人也不行啊,要不等王仁的事完了,叫他的小厮过来伺候您吧。"

"我拿着银子哪里买不着好小厮,偏用他的?"贾琏不屑道,"别学那没出息的小家子样,处处算计。"

贾芸吓得连声称是:"是是是,二叔教训得是。"贾琏见他这样,缓了缓语气道:"再怎么说咱们也是国公府的人,倒驴不倒架,行事不能叫外人瞧了不齿。王仁的事完了,他家里那几个人你便放个响炮,还他们自由身,叫他们各自散去,愿去哪儿去哪儿。尤其是那俩小厮,成天跟着王仁,心眼也好不到哪去,留着也是个祸害,不如送他们个人情,叫他们心存感激。"贾芸听了心服口服,点头道:"毕竟二叔想得周全。"

"对了,王家一门如今在京城便算是绝了,他那院子便送与你吧,你后廊上那宅子也忒老旧了些了。"

"啊呀!使不得,使不得。"贾芸忙道,"这如何使得?!"

"有什么使不得的?"贾琏道,"我说使得便使得。"

"既是二爷一番美意,芸哥儿你也就不必再推辞了。"薛蚪笑道。

"啊呀!这是怎么说的?"贾芸红着脸道,"我若领了那宅子,岂不叫人说我当初另有所图了么?"

"人说?谁说啊?"贾琏笑道,"当初我自己尚不知生死,你却又图什么?"

"此言不虚。"薛虬点头道,"芸哥儿当时言行的确是侠义之举,令人钦佩。"

"怎么,还要我像在北静王府求太妃那般,你小子才肯赏脸不成?"

"不敢不敢,那侄儿就恭敬不如从命,愧领了。"贾芸笑道,"回去告诉我老娘,不知她要念多少声佛谢二叔了。"

"回去问五嫂子好,说我得空了看她去。"贾琏笑道。

"哪敢劳动二叔?"贾芸笑道,"改天我叫小红扶了她来给二叔请安。二叔,你既不要王家小厮,那明儿我替你再去寻两个吧。是依旧要年轻伶俐的,还是要老成持重些的呢?"

"这事不急。"贾琏道,"不知兴儿和隆儿如今却在何处?"

"啊呀!我怎地将他俩忘了?!"贾芸一拍脑袋,"他两个皆无家人在京,我岳父便花了几个银钱赎了他们出来了,如今皆在我岳父家中,我一会子便去同他说。"

"罢了。"贾琏道,"既是已有了好去处,还是别说了,不妥。你帮我另寻他人吧。"

"从前府内旧人,如今散落在京中的有不少,若二爷有中意的,且慢慢寻来,也不急在一时。"薛虬道,"二爷才回来,他们大多不知信呢。若知了,自家寻了来亦未可知。"

"正是这话。"贾芸道,"我岳父他们眼下亦尚不知二叔来家呢!我这两日还不曾腾出空来去说呢。"

酒菜上来,三人边喝边聊。薛虬举杯道:"我也借花献佛,敬两位一杯吧,明日我便要走了。"

"薛二叔,你要去哪里?"

"是啊,你却要去哪里?"

"梅家如今在扬州任上,舍妹婿身子一直不大好,舍妹多番托人带信叫我南下。前两日,又有书信来告知,说是梅公子病重,我便也不能再推托。原本今日正在家中收拾行囊,可巧昭儿来唤,说是二爷有事,便先过来看二爷有什么吩咐了。"薛虬道,"想必岫烟在家已都整理妥了,计划着明日便要去扬州呢。"

"啊呀,却因我的事误了你自家事情了。"贾琏举杯道,"我先自罚一杯。"说罢,举杯一饮而尽。薛虬忙道:"二爷说哪里话,不敢当不敢当。"见贾琏已干了杯中酒,忙举杯也干了。贾芸道:"薛二叔要去南方,此前竟一丝亦不曾透露。我也敬薛二叔一杯,只当给你老饯行了。"薛虬笑道:"不是不说,实在是事发突然,可巧这几日家中事多,因此才没说。本来也预备着今儿收拾完行李,要紧的几家皆要去辞个行的。"

"既是日子都定了,那你明日是走水路还是走旱路?"贾琏道,"我来送你。"

"不必劳动二爷了。二爷才回来,事也多。"薛虬笑道,"因带着女眷,水路更便利些。"

"好,我明早到码头送你去。"贾琏道,"咱们今儿便快些吃喝,你也好早些家去打点行李。"

三人吃罢,贾芸和薛虬先送贾琏回家。刚进街口远远便望见梨香院门前簇拥着一群人马,三人一惊,快步赶过去。还不及到跟前,早有两个青年小厮飞奔过来,到了跟前"扑通"一声便跪在贾琏脚下哭道:"爷!你可回来了!"贾琏一看,却是兴儿和隆儿。贾琏大喜,忙伸手扶起,那边门口立着的几个人此时亦快步走了过来,却是林之孝带了几个随从,见了贾琏亦忙上前行礼,贾琏赶紧扶住。林之孝道:"可把二爷给盼回来了！"又与薛蚵见了礼，这才又转脸对贾芸道："这样大事竟不家来告诉我？若不是你岳母今日叫人送点心与红儿，我竟还不知道呢。"

贾芸笑道："是，此事的确是小婿的错。实在是这两日没腾出空来呢。"

"你也莫怪芸儿。"贾琏笑道，"他这两日被我差得脚不沾地呢。我也就才回来，连头带尾今儿才是第三天。"

"我不怪他却怪谁？叫二爷白受了三天委屈。"林之孝尚不知北静王府送还黛玉嫁妆之事，只道是贾琏身无分文，因此道，"我给二爷送了一匹马并一驾马车来，爷将就用着。"又指着兴儿、隆儿道，"他二人听说二爷回来了，在我那儿一刻也待不住了。要不就还叫他二人回来服侍二爷？从前旧人，二爷使唤着也称手。"

"二爷，你便还让小的们回来伺候爷吧，只要有口饱饭吃便行。"兴儿、隆儿异口同声道。

"好。"贾琏朗声道，"既是你们林大爷愿放，你二人又情愿回来，便回来吧。"又对林之孝道，"他二人赎身的银子并那马和马车钱，我明日一总叫芸儿送与你。"

"二爷这是要打我这张老脸呢!"林之孝笑道,"二爷这一回来,万事开头难,凡有用得着的地方,二爷只管吩咐。"

"我们别站在这街上说话了,且先进屋再说吧。"贾琏道。薛蚪拱手道:"二爷,我就不进去了。先告辞了。"贾琏道:"正是,你快先家去吧。明日你什么时辰走?"

"定了明日巳时到码头。"薛蚪道。

"好,我明日去码头送你。"

"二爷这许多的事,实在不敢劳动。今日就此别过吧。"薛蚪道。贾琏道:"我明日必至。"薛蚪只得答应了,同林之孝等人道别。

贾琏等人进了院,在前厅坐下。兴儿、隆儿都是熟惯了的,立马帮着昭儿一起奉上茶来,他三人屋外廊下叽叽哝哝说话去了。林之孝叫跟着的小厮奉上一百两银子道:"这些二爷且先花着,日后二爷寻着什么正经营生了,缺多少,我去寻赖大他们几个,断无不伸手的道理。"贾琏苦笑一声道:"哼,真正人说的三十年河东,三十年河西。多谢你不忘旧情了!从前你们几个花费的银子,平儿皆一一说与我了。这几日等我忙定了,便打发人一一送还。"林之孝奇道："难道爷竟留了后手？"

"什么后手？哪有什么后手？"贾琏摇头苦笑道，"这泼天大祸从天而降，谁曾料到？不过是今日北静王爷将林妹妹从前的嫁妆退回来了罢了。"

"哦，原来如此。"林之孝恍然大悟，"有王爷照拂，咱们家东山再起亦是指日可待呀！明儿爷换个大点儿的宅院，这儿也忒挤了点儿。"

"你说书哪！"贾琏道，"东山再起，谈何容易？这地方同我前几年住的地方一比，便是人间天堂了。如今不是张扬的时候呢，别无事生非了，且安生过几天太平日子再说吧。得了，今儿我也乏了，明儿还得早起。你们也回吧，日子还长呢。"指着桌上银子道，"这银子你且借我用用，我明日去送薛蚪，这几年多承他照应着老爷他们。兴儿、隆儿我便不同你客气，留下了。"

"说什么借？这本是拿来孝敬二爷的。"林之孝道。

"我这会子手头没有现银，明儿我叫他们去换了现银便着人送还。你也不必多言，总之你一片忠心我已尽知便是了。"

林之孝见贾琏这样说，只得作罢，告辞退出。贾芸推故缓了一步，待林之孝走了方道："二叔，既这么着，那咱们还用去寻那王短腿么?"

"去啊,怎么不去?你依旧去寻他弄两匹好马来,我有用。"贾琏想了想道,"马车便罢了,你老丈人既已送来了,便先使着吧。等明儿他们换了银子来,你自拿去还他。"贾芸答应了,这才回家去了。

次日清早,贾琏早早便起了身,给贾政请了安,安排昭儿、兴儿拿了东西出去换钱,自己带了一百两银子去码头送薛虮,正好在码头上见着了薛姨妈、薛蟠、宝钗、史湘云等人。贾琏将薛姨妈等人送回家,才知莺儿嫁了茗烟,如今茗烟在薛家过活呢。薛姨妈留饭,贾琏亦不好推辞,便留了下来。薛姨妈将贾琏单请至自己房中,叫丫鬟退下,拉了贾琏的手道:"我的儿,我有句话想问你。"贾琏道:"姨太太有话只管吩咐。"

"我有什么话吩咐?"薛姨妈道,"只是这几年这事我一直挂在心上呢!那宝玉便再不接他回来了么?"贾琏一惊,心知必是王夫人同她说了,因此亦轻声道:"自然是要接回来的。便是这几日了,我筹足了盘缠便差昭儿去接。"薛姨妈拭泪道:"那就好,那就好!到底是二爷你,一回来办的都是大事。"贾琏笑道:"姨太太,您过奖了,您还有什么吩咐?"薛姨妈犹豫了一下，尴尬一笑道："还有一事，如今也只得我老着脸同二爷你商量了。"

"姨太太，您同我还有什么客气的？只管吩咐。"

"你看啊，宝玉这两年在外头必定是遭了不少罪，虽说不能同你比，但毕竟不比在家里头，受点委屈是在所难免的。"薛姨妈吞吞吐吐道，"我想着他必无暇顾及自身的事，况这样大事他是个懂事的孩子，亦必不至于自作主张。"

"姨太太，您有事便直说，但说无妨。"

"嗨！我就是想说呀，若宝玉孤身一人回来，你大妹妹亦孤身一人，她再好我也不能将她长留身边不是？"

贾琏是个聪明人，立马便明白了薛姨妈的意思，笑道："这事包在我身上了。这是桩大好事啊！前儿老爷还同我说了，接了宝玉回来头一件事便是要替他成亲呢。更何况薛大妹妹同宝兄弟本就是金玉良缘啊！我回去便回禀老爷知道，他必也是高兴的。"薛姨妈一听，喜得眉开眼笑。丫鬟来禀，酒菜备好，即请入席。薛姨妈携了贾琏之手出来，薛家本是商贾之家，原没那许多讲究，如今更是统共只有五个人，因此便也不再避嫌，一桌子坐了，欢欢喜喜用饭。

贾琏回到家将薛姨妈之意转告贾政，贾政心中虽嫌宝钗年岁太大，只怕不利生养，也怕宝玉本就是个无用之人，将来再受薛蟠所累，万一再弄得生活无着，如何是好？然毕竟是知根知底的，况宝玉若回来，一时之间又到哪里去寻合适的呢？只恐还不如宝钗。不得已，只得答应了。贾琏将话去回了薛姨妈，薛姨妈自是欣喜万分，又悄悄同宝钗说了。宝钗嘴上不说，心中自然亦是愿意的。

第四十二回

做法事尤氏度亡灵
勘旧错李纨做人情

次日晨起，贾琏对贾政道："我今儿打算去尤老娘家一趟，将珍大哥的遗物交与珍大嫂子。尸首是没处寻去了，只得将他临终前贴身衣物做个衣冠冢了。"贾政点头道："正该如此，亦只得如此了。"贾琏回房又同平儿说了，平儿听见说要去看尤氏，便道："我今儿无事，也同你一起去瞧瞧珍大奶奶吧。"贾琏想了想道："你想去便一同去吧，那我也不必骑马了。可巧林之孝才送来的马车还不曾使过，我便同你一道坐了马车去吧。"

贾琏坐着看平儿穿戴妥了，笑道："我如今回来了，你好歹穿得体面些，也叫我脸上有光。"平儿笑道："我如今只得这些东西了，干净利索便好。从前纵是穿金戴银，也不及如今心里快活。"贾琏笑道："这话我爱听。我心里竟同你是一样呢。不过今儿走亲戚，你便从林妹妹那堆东西里挑两样戴上，出去也好看。"

"我可不想叫人说闲话。"平儿道，"林姑娘的东西，我都收着呢，除非你叫人拿了去换钱，我哪样也不想动。"贾琏起身道："她的首饰你都搁哪儿了？我瞧瞧。"平儿开了箱子，取出一个首饰盒子。贾琏挑了一枝珠花，一枝衔珠凤钗，替平儿戴上，端详了一番笑道："就这么着吧，亦不必太过张扬了。"平儿抿嘴笑道："好，依你便是。"

二人到了小花枝巷内尤老娘家中，尤氏见了贾珍遗物，自然想起昔日恩情，免不了伤心落泪一番。贾琏与平儿亦陪泪安抚。尤老娘见已到饭时，便诚心留饭。贾琏与平儿再三推让，尤氏拉了平儿手道："我这里久无人至，好容易看见你们来了，务必吃了饭再去。"平儿便有心留下，却不便做主，只拿眼睃贾琏。贾琏见尤氏身上穿戴齐整、家中仆从一应俱全，心知她必是早有防范，留了后手在她老娘处了，心中不由暗叹贾珍命短，便不欲再留。

尤氏见贾琏犹豫，便道："我一个妇道人家，替你哥哥立衣冠冢的事还需二爷做主，最好是列了明细，我好叫人去预备。这事想必也是要择个好日子方妥。啊呀，这许多事，你若走了，如何是好？"贾琏见她这样说，又见她诚心挽留，平儿又有意留下，便也不再推托，索性留下议事。

议罢贾珍之事，入席时，尤氏叫平儿一起坐了。平儿不肯就座，说只在旁边站着伺候。"你快坐下吧。"尤氏硬拉了平儿在身旁坐下道，"如今早都天翻地覆了，快别穷讲究了。"

"既是珍大奶奶叫你坐下，便坐下吧。"贾琏道。平儿只得依言坐下。尤氏又对平儿笑道："如今你可是这个家里的大功臣。"转脸对贾琏道："这几年若无平儿这么苦熬苦撑着，这个家早散了。若无她，便是二爷回来了，又有什么扑奔？不过是投亲靠友罢了。有我这妹妹在，二爷回来便是回家了。"

"这话不假。"贾琏点头笑道。刚好丫鬟扶了尤老娘出来一起用饭，三人忙起身行礼。平儿见尤老娘落了座，便再不肯坐下。尤氏拉着笑道："好妹妹，快坐下吧，我们是小户人家，你要讲规矩，回头家去再讲吧。"尤老娘亦对平儿笑道："姑娘快坐了吧，大奶奶时常夸姑娘好呢，说姑娘的长相、人品、做派与那大家子闺秀一般无二呢。"尤氏笑道:"我可说错了不曾?"她老娘忙道:"不曾,不曾,真正是上等的好姑娘。"又叹惜道:"可怜我福薄命苦,两个姑娘都没了。"尤氏心中一动,笑道:"那你可喜爱我们这平姑娘啊?"尤老娘连连点头道:"这样姑娘,谁人不爱?"尤氏笑道:"你既这样喜欢她,不如便认作干女儿如何?"尤老娘喜道:"那自然好。只是人家姑娘愿意吗?"平儿闻言忙道:"啊呀,老太太言重了,我怎么敢高攀?!"

"什么高攀不高攀的?你们二奶奶在世的时候,我同你们珠大奶奶便说过,要将你俩掉个个儿呢。那话虽是一句戏言,可却也是我们心里话。"尤氏道,"我那两个妹子皆是个福薄命短的,如今你若真认了我老娘做妈,咱们可就成亲姐妹了,二爷同尤家亦算是再续前缘了。"

"这……"平儿支吾着不好接茬。贾琏笑道:"珍大嫂子言之有理,我看平儿你便认了这干娘吧。"平儿听贾琏这样说,忙离席跪到尤老娘面前,磕头认娘。尤老娘忙叫丫头扶平儿起来。尤氏道:"咱们既认了这亲,便不得视同儿戏。等忙完大爷的事,我做东,咱们也不必大操大办,我只去请了珠大奶奶同薛姨妈和宝姑娘过来，咱们郑重其事地叫人知道咱们结了亲了，如何？"贾琏对平儿笑道："珍大嫂子一片美意，你却不可轻拂了。"平儿笑道："但凭二爷和珍大奶奶做主。"

几人尽兴而散。贾琏和平儿天黑方回到梨香院，贾芸在家候着呢，见贾琏回来，上前请了安笑道："二叔真正是有福之人。我去寻那王短腿，可巧他手头正好有两匹好马，本是替别人寻的，听见咱们想要，当即便可着咱们了。"

"好。马呢？"

"马棚里拴着呢。二叔看看去？"

"好，看看去。"

二人到了北边马棚，只见马棚里除了林之孝送来的一匹枣红马，另拴着两匹高头大马。小厮隆儿正在喂马，见贾琏和贾芸走来看马，忙行了礼举了灯近前照着，好让贾琏看得仔细。贾琏见那两匹皆是黑马，乍一看皆是通体皮毛溜光水滑，又细看那马，一匹头大、隆鼻，颈宽干直，胸廓深广，体形粗壮；再看旁边那匹，眼大眸明，马头小巧伶俐，头颈高昂，四肢与额部皆有白色斑块，衬着一身黑毛，越发显得俊美秀丽。贾琏不由赞了一声："好马！这马便留着我用吧。"贾芸笑道：

"我是不懂马,只听那王短腿说,这马乃是伊犁种,性情温顺、禀性灵敏,尤擅跳跃。总之二叔欢喜便好,如此我明日便去送钱与他了。那这匹咱们要吗?"

"都留下吧。"贾芸答应了自去了。

次日,贾琏回禀了贾政,叫昭儿带了盘缠骑了昨儿刚得的马,赶紧南下去寻宝玉同李贵二人,自己带了兴儿帮着尤氏张罗贾珍之事,请了和尚道士来做了七七四十九天水陆大道场,连着替贾蓉也念经数日。林之孝等人听着信,皆来祭拜。贾蔷听说做道场超度贾珍父子,亦赶来祭拜,主动守灵,哭得泪人一般,众人好不容易才劝住。李纨闻讯亦带着贾兰前来祭拜,叫贾兰充做孝子与贾蔷一起守灵。尤氏感激不尽,便留李纨住了两日,贾琏于是接了平儿来陪伴她俩。三人闲聊,说起尤老娘要认平儿为义女之事,李纨看见贾琏回来诸事渐次理顺,心中不由对自己当初将平儿和巧姐儿交与王仁之举懊恼不已,正不知如何方能抚平了从前这段伤痕,听了尤氏之语不由心中一动,想了想笑道:"平儿能与你做了姐妹实在是她的福气,以平儿这等人品亦不算辱没了你。"

"实在是我跟着我们老太太沾光了呢。"尤氏笑道。

"两位大奶奶说笑,可千万别拿我开心,我可禁不起。"平儿笑道。

"有什么禁不起的?"李纨笑道,"这话倒叫我想起那一年凤丫头生日,为着二爷吃醉酒牵累了你,我便替你抱不平,说便是凤丫头给你拾鞋也不要,你两个正该换一个过子才是呢。你当时也答'禁不起'。这话想起仿佛就在昨天呢,你可还记得?"

"不过是往日奶奶们取笑罢了,哪里便往心里去呢!"平儿笑道。

"古人有云,叫作'一语成谶',咱们不如送个大人情与平儿如何?"李纨对尤氏笑道。

"什么大人情?"尤氏亦是个聪明人,从前不过皆因凤姐太强,因此藏拙,避其锋芒,自己一语刚出齿便顿悟李纨之意,因此立马对李纨笑道:"亏得你提醒,我看行。"

平儿更是长着一副玲珑心肝的,一听便猜到几分,心中暗喜,脸上却不显露,反故意笑道:"二位大奶奶打的什么哑谜,倒把人弄糊涂了。"

尤氏、李纨相视一笑,李纨笑道:"送你个二奶奶当当如何?"平儿虽已猜着,但真听她说出口来,却忍不住羞得满脸通红,一时竟不知如何作答。尤氏笑道:"此事你也不必操心,待会子我便叫人请了二爷进来,问问二爷心意。若二爷愿意,我们两个嫂子便帮你把这事给办成了。"李纨道:"你这就叫人请去吧,问明了大伙儿定心。"

"你竟比平儿还急!你几时变成这样急性子了?"尤氏笑道,"好好好,我这就叫人去请二爷来问。"当即便叫小丫头出去看贾琏在不在外头,若在便请进来,说有事相商。小丫头答应着去了。平儿道:"这是怎么话说的?二位大奶奶也忒性急了!"

"我说平姑娘,'打铁要趁热'这道理你不会不知道吧?"李纨笑道,"若不趁着二爷这会子才回来,心里眼里全念着你的好,等他这心劲减了或是时日久了他又遇上什么可心的人了,你前头受的苦岂非都白费了么?"

"珠大奶奶说得是啊!"尤氏道,"倘或再来个凤丫头那样心性的,你可真就再无出头之日了。"

"全凭二位奶奶做主了。"平儿低着头红着脸道,"一会子二爷来了,我还是避一避吧。"

"也好。"尤氏略一沉吟道,"免得当着你面二爷说话有所顾忌,你在这屏风后头藏着便是,我们说话你皆能听见。凡事谋事在人,成事在天,我二人尽力,成与不成,看你的造化了。"尤氏话音刚落,小丫头来禀:"大奶奶,二爷来了。"尤氏忙叫平儿在屏风后藏好,与李纨分宾主坐定,这才叫小丫头请贾琏进来。

贾琏进来同二人行了礼,坐下,小丫头奉上茶来。贾琏问道:"不知二位嫂嫂有何事?"李纨同尤氏对视一眼,李纨道:"才与珍大奶奶闲聊,听说平儿如今是尤老太太的义女、珍大奶奶的妹子了?"贾琏听是这事,便笑道:"是,她们家老太太有心抬举平儿。"李纨笑道:"我亦有心抬举平儿,却不知二爷肯不肯赏我这个脸?"

"这平儿几时竟成香饽饽了?"贾琏笑道,"难道珠大嫂子也要认她做义妹不成?"

"我不与珍大奶奶抢妹子。"李纨笑道,"我想叫平儿做我的兄弟媳妇呢。"

贾琏一时没转过弯来,迟疑道:"珠大嫂子的意思是?"

"嗨,我就直说了吧。"尤氏笑道,"方才我二人聊起从前的事,便想起当初我们曾玩笑说将凤丫头同平儿换一个过子,这天下便太平了。如今岂非天缘凑巧,凤丫头也没了几年了,平儿先是护着巧姐儿受了不少苦,后来只凭着当初我们几个给的那几个贺仪,便顾得老爷周全,还从不肯向人张口,一心等着二爷归来,实属不易。好容易盼得二爷你回来了,于我们妇道人家而言,这便该叫作'守得云开见月明'了。二爷自然心里也有数,知道疼她,只是二爷还年轻,早晚总是要再续上一房的,若是再续个同凤丫头心性相像的,岂非苦了平儿?"

"那不能够,我岂肯再续那样的母夜叉?"贾琏脱口道,"我亦断不会叫平儿再受那等委屈的。"

"二爷,便是你再宠她爱她,你也不可能时时守着她,她自然还是要在大太太手下过活。"李纨道,"天长日久,谁能保得她不受委屈、不遭罪?只除非她做得了自己的主,她才能在这宅门后院里太平过日子。"

贾琏一时语塞,顿了顿道:"那依着二位嫂嫂的意思呢?"

"二爷,平儿这样聪明清俊、温柔娴淑的女子实属难得,不如二爷将她扶了正吧,也不枉她在你那里熬了这些年。"李纨道,"况她如今已是珍大奶奶的妹子了,珍大奶奶同我说原是要办桌酒席以示郑重,不如索性多摆两桌,只说是亲上加亲、好事成双,大家都体面。"

贾琏想了想道:"好是好,只是老爷尚在,此事我须回禀一声,到底他如今是家里唯一的长辈了。若是老爷同意,我自然是没有二话的。等珍大哥和蓉儿的事一了,我便同老爷说此事。"

李纨、尤氏听他这样说,不好再强求,只得点头应允,等他回音。贾琏见无他事便告辞出去忙了。平儿从屏风后出来,给李纨、尤氏深深行了个礼道:"多谢二位大奶奶替我周全。"李纨叹息道:"你且再忍耐几日,等珍大爷同蓉哥儿的事完了,二爷问了老爷便知分晓。"尤氏亦安慰道:"也快了,还有七日便了了。"于是平儿故意暂不回家,只说是要留下来陪着尤氏,故意要叫贾琏独寝数夜。贾琏心中不愿,却亦不好强要她回家,索性亦留了下来同贾蔷等人一道守灵,打发时间,好容易辗转熬过数夜,待贾珍之事完结了,忙接了平儿回梨香院。

平儿晚上同贾琏回到家,伺候贾琏睡下,自己和衣在脚踏上躺下。贾琏躺了一会儿,不见平儿上炕,起身一看,见她在脚踏上躺着,奇道:"你怎么睡这上头，快上炕来。"平儿侧身向外卧着，并不答言。贾琏喊了两声，见她不动，便光着脚跳下炕，将她抱到炕上哄道："这是怎么了？好好的。"平儿挣着要下去睡，贾琏搂着道："便是怄气，好歹也说个明白，因为什么呀？"烛光下但见平儿松松挽着头发，豆绿的小袄半掩半开，露着里头大红抹胸，雪脯之上垂着一缕秀发，噘着嘴，咬着唇，扭着身躯娇嗔道："我哪敢同爷怄气？我便天生是那睡脚踏子的命。"贾琏哪里禁得住她这样，顿时兴起，一边伸手解她袄子上的扣子，一边笑道："你便是我的命还差不多。"平儿一把按住贾琏解扣子的手道："二爷是拿我当傻子哄呢么？等二爷续了弦，新太太一进门，我要么睡脚踏，要么自寻死路，难道还有第三条路可选么？"贾琏听她说这话，知道同李纨、尤氏所说之语她已尽知，便笑道："我心里自然是愿意将你扶正的，只是这到底也是件大事，我总不能不请老爷的示下便自作主张啊！"

"那若是老爷不允呢？"平儿不依不饶道。

"这……"贾琏犹豫道，"先问了再作定夺。"想想又笑道，"你真金不怕火炼，如今珍大奶奶、珠大奶奶皆替你说话，我回来时老爷也曾在我面前夸赞过你，说不定亦中意于你亦未可知呢！"

平儿心想此事不经贾政，逼他也无用，但她素知贾琏心性，若是轻易得手便不加珍惜，因此推开贾琏道："二爷说得是，既如此便等回了老爷再说吧。"贾琏见她要走，一把抱住，哪里肯放，满口里央求，平儿这才半推半就着依从了。与平日千依百顺又别是一般滋味，喜得贾琏爱不释手，喘息道："我竟不知你如此有趣！凭她玉天仙送我，我也不要，只你一个是命。"

次日，贾琏将李纨、尤氏之语回禀了贾政，请贾政示下，不想贾政毫不犹豫道："平儿的确是个好女子，别说是现在，便是从前，咱们家续弦亦是不讲究门户的，只要是良家女子，人可你的心意便好。况且此事既是珍儿媳妇同珠儿媳妇做主，她们久在内宅，相处久矣，必也知之甚深，想必错不了。"

李纨、尤氏、平儿连同贾琏不曾料到事情竟如此顺利，皆大喜。因李纨和尤氏皆是寡妇，不便出头张罗此事，贾琏便叫贾芸来挑头张罗。贾芸闻讯大喜，赶紧报与林之孝知道。林之孝自然要去知会赖大等人，人人素日便皆敬重平儿，如今听说扶了正，皆赶来祝贺、帮忙。尤氏特送了两个小丫头子过来作为贺礼，带了来见平儿，悄悄笑道："如今是二奶奶了，身边没个人伺候也不像个样啊。"平儿笑道："都是大奶奶抬举。"尤氏又叫小丫头捧了一套大红衣裙并一个赤金盘螭璎珞圈递与平儿道："这是我从前年轻时候的，做了好几套，这套还没上过身呢，正好给你今日穿。这样颜色衣裳必得这件首饰才压得住。"平儿忙道："啊呀，大奶奶，礼太重了！实在是不敢当！"

"自家姐妹，客气什么？这样颜色反正我也是穿不着了。咱们家如今就剩下二爷顶门立户了，你们日后别忘了常去看看我便是了。"

"那是自然，长嫂如母嘛！"平儿道，"何况我还得常去给干娘请安呢！"二人客气了一番。平儿又再三谢过，方才收下衣裙并项圈。

尤氏正坐着看平儿梳妆打扮，李纨也来了，送了平儿一对金凤钗、一对金镯子，看见平儿项下的璎珞圈道："巧了，我的这对凤钗和镯子正好同你这项圈相配呢。"

"这也是珍大奶奶才赏我的。"平儿笑道。

"以后可不能说赏了，得说送，是珍大奶奶才送你的。"李纨笑道，"我记得从前凤丫头好像也有个差不多的项圈子。"

"珠大奶奶真是好记性。"尤氏笑道,"可不是怎么的,那年年底,你珍大哥外头拿了新样本子进来让我选,说是过年了图个喜气。正好凤丫头来串门,见了样式好,她便也要打一个,因此我俩一人打了一个,一模一样的。我见她时常戴着,我便收着没怎么戴,正好今日送与我们琏二奶奶戴上。"

吉时已到,小红、茜雪扶了平儿出来。贾琏从未见平儿如此大妆过,这一看比昔日的凤姐更多了一份娴雅,比尤二姐却又多出一份端庄,心中大喜,面上更笑得合不拢嘴。二人拜了贾赦与贾琏生母并邢夫人牌位,又给贾政和尤老娘磕了头,敬了茶,给薛姨妈也行了礼,复又给尤氏、李纨行了礼,这才坐下受众人叩拜行礼。自此众人皆改口称琏二奶奶。

是夜,众人散尽。贾琏看着平儿,左右端详,越看越爱,越瞧越喜,但只见"红烛摇曳影婆娑,一对旧人焕新颜"。

第四十三回

续前缘金锁配宝玉
祭旧情木石成永隔

贾琏与平儿新婚燕尔,夜夜颠鸾倒凤,百般恩爱。不知不觉间天气渐热,贾琏叫人拿井水汲了西瓜,切开了,去了籽,叫先盛一碗送与贾政。贾政却不敢贪凉,叫人送与周姨娘吃去。

贾琏与平儿坐在梨树下纳凉,吃着西瓜,小厮隆儿一路小跑进来道:"二爷,二奶奶,昭儿回来了。"贾琏撂下西瓜,平儿忙递了帕子与他擦了嘴。贾琏忙起身向外迎去,彼时昭儿已引了宝玉进来,贾琏上前拉了宝玉双手,不及行礼,便往贾政屋里拖,口中大声叫道:"老爷,老爷。"说着话,已同宝玉一道进了屋。宝玉一见贾政,倒地便拜。贾政离座伸手扶起,见宝玉瘦骨嶙峋,唇上还多了一抹髭须,禁不住老泪纵横,宝玉亦泪如雨下。父子二人相对无语,唯有泪千行。

"老爷、宝兄弟,别再哭啦!"贾琏笑道,"这是喜事啊。"贾政拭泪点头笑道:"可见我真是老了。"宝玉扶贾政坐下,这才重又同贾琏见了礼。贾政道:"你两个皆坐下说话吧。"贾琏、宝玉坐下,先听宝玉说了到了南方才知官府画影图形缉拿甄宝玉,因此这几年来从不敢进城,只躲在乡间隐姓埋名过活,直至见了大赦名单方敢露头。贾政听了眼中含泪,贾琏亦叹息不止。宝玉又问贾琏情形,贾琏便也粗略说了一遍,又将家中诸事大致说了一遍。三人说着说着,皆黯然神伤。宝玉听了史湘云的事更是嗟叹不已,及知听说黛玉已殁,反而低着头一言未发,只是泪流不止。黛玉之死本在他意料之中,心中早已想了千回万回,如今听了实信却依旧是忍不住痛断肝肠,只是贾政在座,不敢放开。

"咱们也别光顾着说话了,日子长呢,以后慢慢说。宝兄弟要不要先洗把澡,去去乏?也去去晦气。"贾琏见他这样,便打岔笑道。宝玉勉强应道:"晚上睡觉再说吧,我昨儿在旅店洗过了。我在外头这几年,也顾不得这些讲究了。"贾琏看他身上衣衫也还干净利落,笑道:"我在外头几年,一年半载身上都不沾水的日子也有过。咱爷们如今可算是经了事了。"贾政闻言,点头道:"祸兮福所倚,福兮祸所伏。你二人经此一劫,若能去了从前那些膏粱习气,纵是不能及第登科,亦不至辱没祖宗了。"贾琏、宝玉忙点头称"是"。

"我心里想着先去北静王府看看王爷去,不知老爷意下如何?"宝玉道。

"非但北静王府,你哪都不能去。"贾政道,"琏儿,你一会出去仔细吩咐昭儿与李贵,宝玉回来之事一句也不能露出去。虽说已然在赦,只这里头差着环节呢。那被赦的乃是甄宝玉,你这贾宝玉早已在狱中自戕了,因此轻易不要露面。万一有人见着了,便只说是甄家宝玉,无处可去投了来的。"

"老爷放心,昭儿同李贵早便千叮咛万嘱咐过了。此事除了咱们爷仨,便只有他二人知情了。"贾琏想了想,"平儿亦是知道的。再就是薛姨妈同薛大妹妹亦是知情的,想必薛姨妈并未将此事告知薛蟠,否则他必定早已嚷了出来。"

"既是这样,余者亦不必叫他们知道了。"贾政道,"人多嘴杂,免生不测。"

"老爷,别的事倒也罢了,"贾琏犹豫了一下,"只一件事却如何处置呢?"

"何事？"贾政道。

"姨太太所说之事啊！"贾琏道，"这件事情如何瞒得过众人？新娘子可遮了红盖头，这新郎官可没法遮掩啊！"

"姨妈说的什么事？什么新娘子、新郎官的？"宝玉道。

"薛姨妈亲自提亲，愿将薛大妹妹许配与你。"贾琏笑道，"你这一回来便有美事等着呢。"

"你眼下头等大事便是娶妻成亲，我已允下了亲事。"贾政道，"答应了薛姨妈，你一回来便替你和宝丫头完婚。"宝玉见贾政发话，不敢辩驳，只得低头不语。贾政想了想对贾琏道："你去薛家一趟，将咱们的顾虑说与她们。宝丫头亦是个懂事的，且听听她们是什么主意吧。"

贾琏道："我这就去薛家。"说完告退出来，见李贵在外头候着呢。李贵看见贾琏忙上前行礼，贾琏扶起道："快起来吧，这几年辛苦你了。"李贵忙道："爷说哪里话？这都是小的分内的事儿。才我听昭儿说了爷的事，爷这几年才真辛苦了。"贾琏笑道："嗨，都过去了，别再提了。"

"是是是，好日子在后头呢。"李贵忙笑道。

"你也快去歇会吧，一路上辛苦了。"贾琏道，"叫隆儿备马，我出去。"

李贵伺候贾琏上马走了，这才跟着昭儿去歇息。

贾琏到了薛家，见了薛姨妈，告诉宝玉回来之事。薛姨妈听了欢喜不尽，宝钗帘内听了亦是心下欢喜。及至后来听了贾政之言，薛姨妈亦呆住了，没了主意，只得叫贾琏先回，自己同宝钗商量了再做定夺。

贾琏走后，薛姨妈叫出宝钗道："我的儿，方才琏二爷说话你自然是都听见了，如今你说该如何是好？你拿个主意，妈妈都依你。"宝钗低头不语，薛姨妈叹了口气道："儿啊！都是我与你那不争气的哥哥误了你。"宝钗闻言滴下泪来，薛姨妈见状亦心疼得落下泪来，"我的儿，你如今这个年纪，除了宝玉再想嫁个好人家做个原配的正头娘子已是无望，与其将来到个不知底细人家做个填房续弦的，莫不如嫁与宝玉，好歹心性儿相互都知道。"

"妈妈，我不嫁人。"宝钗道，"我伺候你老一辈子便是。"

"好孩子，莫说傻话！你若一辈子为着守着我孤老在家，我便是死也难瞑目，更有何面目地下去见你父亲？"薛姨妈想了想，凑近宝钗压声嗓音道，"我的儿，居家过日子，还是小夫妻能和睦相处才最为要紧。你看那史大姑娘，从前何尝不是千金万金的侯府大小姐？到头来，还不是咱们自家几个人坐一桌，吃顿饭，她也便嫁了你哥哥？再说你哥哥那个孽障，这才几天，便又将史大姑娘抛在脑后，依旧是在外头眠花宿柳，夜不归宿。那宝玉再不济，人品也比你哥哥要强百倍吧？"见宝钗低头不语，薛姨妈接着道，"如今虬儿南下，恐再难回来了。你哥哥是压根儿指望不上的，所剩的那一家店铺只怕也撑不了几时了。"

"妈，那宝玉他亦不是个擅经济、能理家的人。"

"我自然知道，他亦不是能顶门立户、经济持家之人，只是咱们若不趁着眼下手上还有一处店铺做成这门亲事，等你哥哥将这家败尽了，咱们还如何去同人家开这个口？何况那琏二爷他倒是个擅经济、能理家的，等你与宝玉成了亲，宝玉不便露头，咱们便寻个时机托他帮忙。他眼下亦并没有什么正经的营生，咱们便让他几股，他岂有不伸手的？"

"妈既然都谋划好了，依妈的意思便是。"宝钗无奈道。

"好孩子,只是委屈你了。"薛姨妈得了宝钗的话,次日一早便差人去请了贾琏过来。贾琏听了道:"果然薛大妹妹深明大义!咱们虽不便大张旗鼓地操办,但一应礼节还是一样不能少的。我这就回去筹备。"薛姨妈止道:"既已从简,也就不必再弄那些个虚的了。如今也不比从前,我这里也不特为地预备什么嫁妆了,你们那边也不必送什么聘礼过来了,选个好日子,迎了宝丫头过去,咱们两家一处吃顿饭也就行了。将来他们小夫妻和美才是最要紧的。"说着拿帕子拭了拭眼角含着的泪水。"只望他们日后时常家来看看我便是。"

"瞧姨太太说的,就在跟前,隔着又不远,随时都能回来看望你老。"贾琏笑道,"只是姨太太说的不必下聘之言固然有理,却也太委屈薛大妹妹了。"贾琏皱着眉头,又想了想道:"这事其实关键是老爷真是被吓破了胆了,唯恐过于张扬,再无端惹事。余事尚可,唯迎亲这一条为难,只怕是此时宝玉尚不便抛头露面呢,却又不好叫新郎官顶了红盖头,可是又断没有叫薛大妹妹自己送上门去的道理啊。"

"那依着二爷的意思呢?"薛姨妈问道。

"姨太太您看这么着可否？我叫蔷哥儿代替宝玉前来迎亲，虽说宝玉如今蓄起了鬍子，但熟悉的人还是一眼便能认出来。这迎亲之时，新郎官骑在高头大马之上，自然少不了有人围观，因此恰这个面子上顶要紧的环节，宝兄弟他不能亲来。一旦进了门，里头皆是至亲，拜堂成亲倒是无碍了。"

"唉，此时此刻，亦说不得这些无关紧要的面子事了。"薛姨妈叹息道，想想也只得如此，又有些放心不下，便又问贾琏道："那蔷哥儿代为迎亲，他可知端的？"贾琏笑道："既叫他代为迎亲，自然须与他分说明白。不过姨太太请放心，蔷哥儿一人在城外庄院里住着，素日里并不大同人来往，从前倒是同你家薛蟠兄弟还好。自打蓉儿去世后，他便深居简出，且他自来不爱多话，行事稳重，只管放心好了。"事已至此，薛姨妈只好点头应允了。

贾琏回去禀告了贾政，择定了良辰吉日，平儿在家张罗起来。贾琏亦不敢叫外人知道，同贾政商量了，只通知了李纨、尤氏、贾蔷，连贾芸亦不敢叫他知道，只因怕小红嘴快，藏不住话，若小红知道，林之孝必然亦很快便会知晓，林之孝若知，赖大等人自然亦难瞒住，他们如今哪家皆有大几十口人，再想机密，如何能够？

宝玉听说吉日已定，心下彷徨，他本想去北静王府祭拜一番黛玉，奈何贾政不允，自己也想如今时过境迁，物是人非，见了水溶又说什么好呢？想起昔日黛玉曾戏言："这王十朋也不通得很，不管在哪里祭一祭罢了，必定跪到江边子上去作什么！俗语说'睹物思人'，天下水总归一源，不拘哪里的水，舀一碗，看着哭，也就尽情了。"不由叹息道："罢罢罢，你既是跳水而去的，我便在院子里的井内舀一碗上来，看着哭一场吧，想必你自然是能晓得的。"于是叫李贵出去买了一身纯素的衣裳回来，又买了些檀、芸、降香，自己也熏香沐浴了，自去井台边提了一桶水上来，舀了一碗，端到自己房中，将门关严。

平儿已将屋内布置成洞房模样，宝玉端着碗看了一圈，见那放着合卺盏并高烛的案子上，恰好供着有现成的干莲子、桂圆、红枣、花生。宝玉便叫李贵去寻了些鲜果来，自己摆放好了，将那碗水放到正当中，拔掉红烛，换上素烛，焚上香，跪倒在地，也不敢放声痛哭，握着嘴哀哀哭了良久。正哭得疲累之际，听见外头李贵敲门道："宝二爷，老爷叫呢。"唬得宝玉赶紧收了泪，换了衣裳，又叫李贵拿热毛巾来敷了敷脸，才敢去见贾政。贾政见他姗姗来迟，心中已是不快，又见他面带悲容，眼中尚有泪痕，不禁火起，喘息着呵斥道："你这孽障，回来才不过几日，便又故态复萌。青天白日，朗朗乾坤，好事在即，你却哭什么？"

"回老爷话，"宝玉哪里敢说实话，灵机一动，跪下道，"实是因为好事在即才思想起老太太同太太等人，故而心中伤悲。"贾政闻言点点头道："这说得还像句人话。"宝玉见贾政脸色放缓，便接着道："我想成亲前先去拜一拜老太太、太太等人的灵位去。"贾政沉吟道："论理本该如此，只是怕又无事生非，因此你回来这些日子并不曾叫你去祭拜。"宝玉道："我不骑马，坐了马车去，应无大碍。若是老爷不放心，叫琏二哥与我同去便是。"贾政想了想道："这是正事，我不拦你。"转脸对李贵道："去看看二爷在家不在，叫他过来一趟。"

直至晚饭时分，贾琏才从外头回来，听见李贵说贾政找，赶忙先到贾政处："老爷唤我？我今儿去定酒席去了。因不敢劳烦旁人，因此诸事皆是我自己在跑呢。"

"辛苦你了。"贾政道,"明儿还得再辛苦你一趟,陪他去趟铁槛寺,去给老祖宗他们磕个头去,将这喜事也同他们说一声。等宝丫头进门了,寻个日子再带她也去一趟。"

贾琏答应了自去歇息。次日一早,套了马车,宝玉坐在车内,李贵赶车,贾琏和隆儿骑了马跟着。几人在铁槛寺祭拜已毕,宝玉想起惜春和芳官皆在离此处不远的水月庵内清修,便一心想去探望她们。贾琏拗不过她,只得依从。一行人到了水月庵,那老尼净虚听说贾琏来了,便迎了出来,请进去坐下,有个十来岁的小尼姑奉了茶上来。宝玉四处看顾,不见旁人,又不便即问,那老尼姑只闭了眼念佛,并不主动搭话。贾琏只得开口道:"师太,不知我家四妹妹近来可好?能否一见?"净虚道:"这个老尼亦不便替她做主,二位稍候,我叫人去问了再说吧。"不一时,那小尼姑子出来道:"智明师傅说了,这里没什么姐姐妹妹的,不必见。"宝玉听了这话,更不好再提见芳官的事了,只得同贾琏二人悻悻退出。

贾琏见宝玉磨磨蹭蹭,知道他好不容易出来一趟不想即刻回去,便笑道:"蔷哥儿的庄院离此处不甚远,过几日他还要帮你去迎亲,不如你今日便去见见他,也好当面先谢了他,如何?"宝玉笑道:"二哥哥言之有理,咱们这就去先谢了蔷哥儿去。"二人到了贾蔷庄院,门上进去通禀了,贾蔷叫快请。贾琏和宝玉二人刚进后院,便见贾蔷迎了出来,见了他二人赶忙上前行礼不迭。贾琏一把扶住道:"外头人多,进屋说话。"贾蔷忙将二人让进厅内。小厮奉了茶,贾蔷屏退众人,这才重新郑重行礼,免不了又问了宝玉一番在外的情形。宝玉一一答了,贾蔷唏嘘不已。贾琏笑道:"你宝叔今儿是专程来谢你过几日替他迎亲的事的。"

"这算个什么事,也值宝叔亲自来一趟?!"贾蔷笑道。

"实不相瞒,我同琏二哥今日本是去铁槛寺给老太太他们上炷香去的,因瞧着时候尚早,我也不想着急回去,这才上你这儿来混混的。"宝玉笑道,"不过也确是要来谢你来日帮忙之情的。"

"宝叔见外了。"贾蔷笑道,"既是这样,便在我这里多玩两天再回去。"

"我何尝不想?"宝玉道,"只是怕老爷不让。他那身子骨如今是每况愈下,我亦真心不想再惹他不快。"

"那就用了晚饭再回去吧,也免得还担心进城叫人看见。"贾蔷怀里掏出表来看了看,"这会子离饭时尚早,我领你们去遛遛马如何?我新得了一匹好马,说是正经汗血宝马,我也不大懂,只知道看着好看便是好了。琏二叔对这个在行,帮我瞧瞧去呗?"

"我出去能行吗?"宝玉有点犹豫。

"应该没事。我这儿偏得很,不会有人认得宝叔的。何况宝叔如今大变样了,若非知近之人,哪能一眼便认出?便是我,方才宝叔若不是同琏二叔一同进来,我亦未必敢认。"贾蔷道,"目下天气虽不甚凉,但我这里是旷野,我寻件带风帽的斗篷出来与宝叔披上。你将风帽系上,便可万无一失了。"

宝玉心里也想出去策马飞驰一会子,听贾蔷如此说,立马便动心了,却又不敢决断,便拿眼看着贾琏。贾琏见他这样,笑道:"那就走吧。好容易出来一趟,闲着也是闲着。"又对贾蔷道:"赶紧给你宝叔寻斗篷去呀!"贾蔷答应着叫小厮去取了斗篷来,替宝玉披上,系好风帽。贾琏上下打量了一番,笑道:"还行,应该没事。"

三人骑了马，在旷野之中飞奔。李贵、隆儿并贾蔷的一个小厮名唤三儿的骑了马在后头跟着。几人策马跑了一程，宝玉大呼"痛快"！勒了缰绳，策马缓行，宝玉环顾四周诧异道："这地方我怎么瞧着有些眼熟啊？"

"宝叔自然瞧着眼熟。"贾蔷指着不远处的一处庄院笑道，"前头便是那琪官的紫檀堡了。当初宝叔不是同他甚好，还为他受了些委屈么？"

"我们竟绕到此处了？"宝玉勒住马，远远眺望着紫檀堡，心中便有几分想要近前的意思，口中喃喃道，"也不知他如今却如何了？"

"他应该好着呢吧？！"贾蔷道，"对了，宝叔你房里的那个大丫头花袭人如今却是他的正头娘子。"

"是吗？"宝玉一听这话越发想要过去瞧瞧，只不好说出口来，坐在马上伸长了脖子往紫檀堡方向看。贾蔷见他这般情形，心中有数，笑道："咱们也该回去了，回程咱们便不走回头路，从紫檀堡那边绕回家去如何？"不等贾琏发话，宝玉忙不迭抢道："好，如此甚好。"贾蔷转头看贾琏意思，贾琏微微一笑道："走吧，便绕回家去。"

三人放马缓缓奔紫檀堡而来，庄院边上亦有两人正牵着马在遛马,看打扮乃是一主一仆。三人也未在意,由着马慢慢地走过。那两人见他们一行六人,皆是鲜衣华服,更有几匹好马在内,不由得跟着转着头细看。那主子模样的男人忽然往前两步高声叫道:"二爷。"贾琏等人皆吃了一惊。那人又叫了一声:"琏二爷。"说着唱了个大喏:"二爷一向可好?"

"你是?"贾琏疑道,见那人给自己行礼,便于马上拱手道,"恕在下眼拙,兄台是?"

"二爷,我是花自芳呀!"那人笑道。

"花自芳?"贾琏仍未想起这花自芳是谁,宝玉却突然想起来了,脱口道:"你是袭人的哥哥?"

"正是小人。"花自芳道。宝玉与他本不熟,又戴了风帽,他一时自然认不出来,"这位爷是——竟知道小人的妹子?"宝玉尚未及答话,却见一骑白马飞奔而来,后头还跟着两个小厮模样的人。那仆人模样的男人指着来人道:"大爷回来了。"几人便皆扭头看来人,说话间那马已到跟前,马上赫然正是蒋玉菡。那蒋玉菡到得跟前,一眼看见贾琏,慌忙下马,行礼道:"啊呀!是什么风竟将琏二爷吹到我这穷乡僻壤之处?"贾琏见状,只得下马还礼笑道:"新得的马,出来遛遛,不想竟跑到你这里了。"

"真乃天意了。"蒋玉菡笑道,"风闻二爷回京了,正想着要去拜会二爷,又恐二爷事多,未敢轻去打扰,故一直拖延至今,万望二爷莫怪啊!既是天缘凑巧,二爷今日到我门前,岂可过门而不入?"说着近前拉住贾琏衣袖道:"请二爷务必赏脸,哪怕进去略坐一坐,喝杯茶再走不迟。"又转脸看了看贾蔷与宝玉道:"这二位爷是?"

"这是我们蔷哥儿。"贾琏道。

"蔷小爷。"蒋玉菡行礼道。贾蔷只得下马还礼。宝玉跟着也下了马,下马时一不小心将风帽碰脱了。蒋玉菡又望着宝玉道:"这位是?"一语未了,惊道:"宝二爷?是你吗?"

贾琏一把握住蒋玉菡的手,小声道:"进去说话。"宝玉亦慌忙将风帽戴上。蒋玉菡会意,忙将几人让入院中,进了屋,顾不得奉茶,叫小厮们退下,关了门,上前握住宝玉的手道:"宝二爷,果然是你!你不是在狱神庙内那个了吗?"宝玉将甄宝玉如何替死,自己如今又如何顶了甄宝玉之名回京之事简短地说了个大概,蒋玉菡听罢叹道:"我唱了多少出戏,哪一出也不及你这出精彩啊！"又笑道："可怜我只道是与你天人永隔了，凭空落了多少泪去。如今回来便好，回来便好！"转脸对贾琏、贾蔷道："啊呀，我这一见着宝二爷，把琏二爷和蔷小爷都给忘了，恕罪恕罪，快快请坐。"这才唤人进来奉茶，又留三人用了晚饭再走。贾蔷道："实是家中俱已备齐，改日蒋大爷再与我宝叔相聚吧。"贾琏见他二人依依不舍，便道："不如蒋兄同我们一起去蔷哥儿庄上一聚吧。宝兄弟他如今实在是难得出来一趟，到底是不敢张扬，此事还请蒋兄务须保密。"

"便是贾宝玉，此次大赦亦必然是在册的，却有何惧？"蒋玉菡问完不待别人回答自己亦明白过来，"是了，问题便在这甄宝玉已死这上头了。好好好，几位只管放心，我便是丢了自家性命，也断不会坏了宝二爷的事。"

"你，我自然是再放心不过了。"宝玉笑道，便也约蒋玉菡同行。蒋玉菡略一思忖道："好，那我就恭敬不如从命，便去蔷小爷那里叨扰了。"贾蔷忙笑道："蒋大爷客气了，平时请还不一定请得来呢！"蒋玉菡道："蔷小爷说笑了！"又转脸望着宝玉的眼睛道："你可想见见她么？"宝玉看着蒋玉菡的眼睛，立时便知道他说的是袭人,愣了愣道:"罢了。"蒋玉菡微微一笑道:"想见便见上一面,你我兄弟,有何不可?"宝玉想了想,摇头摆手道:"她如今是你的正头娘子,岂可随便出来见外男?"蒋玉菡见他这样说,便不再坚持。几人出门往贾蔷处而去。

贾蔷家中酒席早已铺排好,几人进门更衣入席。宝玉同蒋玉菡久别重逢,三杯酒下肚,二人执手相看,说不尽的相思之苦,道不完的离情别怨。宝玉忽然想起自己结婚之事,便悄悄说与蒋玉菡。蒋玉菡先道了喜,又说是吉日必携袭人来贺。贾琏自与贾蔷说些从前东府里的风花雪月。几人叽叽哝哝,尽兴方散。

第四十四回

分余财贾琏归故里
争闲气薛蟠枉送命

贾琏待宝玉成亲之后,私下与平儿计议道:"如今宝玉成了亲,薛大妹妹又带了莺儿与茗烟两口子过来做陪房,我又给老爷买了两个小丫头子伺候,厨房里又添了两个粗使的老妈子,这梨香院就这么巴掌大的地方,人越来越多,我想着咱们在南边祖茔附近尚有些田庄、房舍,不如回老家去,随便做点什么,总不至饿死。这京城,我是真待够了。从前熟人多好办事,可如今这些个熟人,我见一个只要想起从前的事,便越发扎心。"

平儿道:"我知道什么?这样大事,听凭二爷做主便是。"贾琏计议已定,便去回了贾政,只说是想要将贾赦等人灵柩送回南方祖茔安放。贾政听了,连连点头,夸他想得周全,只恨自己老朽,不能亲力亲为了。贾琏见贾政点头,便道:"我其实早有此意,只是放心不下老爷,如今宝兄弟回来,又已成家立业,薛大妹妹又是个极稳当会持家的,我也能放心尽孝去了。"贾政点点头道:"你只管放心去吧,早去早回。"

"老爷,我此次南下,倒是不想早早回来。"贾琏道,"如今京中差使难寻,虽说故人众多,然世态炎凉,情薄如纸,咱们这么着坐吃山空,终非长久之计。我想回南方或农耕或经商总有出路,不知老爷意下如何?"

"也好。"贾政沉吟道,"你既这样说,想必早已想好了。你将你林妹妹的东西再拿出来瞧瞧,看还剩下多少,同宝玉一人一半分了吧。你挑些轻便易携带的拿着。"

"不不不,林妹妹的东西我怎好拿?"贾琏忙道,"她的东西王府里送回来时皆是有清单明细的,我使了哪样亦是有账的。从前裹在一处,用了的便只好拉倒了,如今我要走了,怎好再带走?老爷不必替我操心,我同平儿办事之时,众人皆有贺仪,足够我和平儿使的了。"

"我叫你分,你便分!大老爷如今不在了,我一向将你视如己出,家中出了这些子事,更见你忠孝之心。且你扶灵回去,用钱的地方还多着呢,本也有我同宝玉一份。"贾政道,"无须多言,你去将宝玉唤来。"贾琏只得答应了叫人去唤了宝玉来。贾政当着二人的面,将黛玉遗物一一分配清楚。

贾琏择了日子,先请了和尚、道士来做了法事,启开旧坟,将贾赦、邢王二位夫人、贾蓉的骸骨取出,犹豫了一番,将王熙凤的骸骨亦取了出来,又暗地里神不知鬼不觉地偷偷去将尤二姐的骸骨取出,只悄悄说与尤氏知道,尤氏再三感谢了。后来想想此事亦瞒不过平儿,索性私下里告诉了平儿,又叫平儿放心,自己如今心上只她一人。平儿道:"二爷也太把人小看了!我竟是闲到这般地步,要去同一个死人捻酸吃醋不成?况且,二爷此举,只有叫我心下佩服的。她才同你在一处几天,我与你多少年,又经了多少事?你如今对她尚且如此,更不必说日后对我了。难道连这样浅显的道理我都想不明白么?"贾琏听她这样说,心下越发敬重,恩爱日厚,此乃后话。如今贾琏将取出的骸骨皆以上好瓷器密封了,外头红绸包裹,辞别众人,乘舟南下。外头故友,唯告知五城兵马司裘良一人。

是日,裘良至码头相送。贾琏道:"此一别,只恐相见无日,京中老小还望兄长方便时看顾一二。"裘良道："你我兄弟,何需嘱咐?亦不必说这样丧气话。连贾化犯下那样大罪过,如今有忠顺王爷暗中撑腰,不日亦可复用,何况咱们家?"

"是吗?他几时又攀上了忠顺王府的?"贾琏奇道。

"几时攀上无从知晓,不过如今看来,府上的事八成是他与忠顺王府那边做的局。这小子行事机密得紧,一向无人觉察,直至上回大赦名单上没有他,忠顺王爷替他说话,北静王爷方才知晓。"

"不是天下大赦吗?"

"这天下大赦,不过就是个说辞。若不想赦你,自是能寻出一千一万个由头来说你不在大赦之列。除非是那些草芥小民,生死由天,无人过问,遇着大赦自然是上承天恩,感激涕零。那有名有姓的,若是朝中无人,你几时见他们大赦之时能随大流混出来的?便是二弟你,若无北静王爷暗中相助,想要回京,谈何容易!"

"啊呀!你看我这脑子,真正是昏了头了!"贾琏跌足道,"我竟未想到这一成,真正该死!"贾琏握住裘良的手道:"我因怕牵累王爷,轻易不敢去叨扰,连此次回南的事皆未曾敢去禀告。兄长务必替我向王爷告罪,就说我贾琏若此生还有命回京,必定结草衔环报答王爷。只恨我自己无能，不能替王爷办什么正经事，若是王爷在南边有什么要跑跑腿之类的小事，叫人捎个话，必定鞠躬尽瘁。"

"你一向小心谨慎，王爷对此亦甚为喜爱。你安心南下好了，你的心意我自然替你带到。"裘良笑道。

二人又说了几句知心话，这才挥手道别。

兴儿、隆儿、昭儿并李纨所送的两个小丫头子，都跟了一同南下。贾蔷听见贾琏要南下，回去说与龄官。龄官一听，顿时便想要跟着回南方去。贾蔷在京中本无牵挂，除了贾珍、贾蓉，又素来只与贾琏相厚，从前还偶与薛蟠来往，自贾府出事后便不大与薛蟠啰嗦了，贾蓉死后更是闭门谢客，如今听龄官说想要回南，忆起昔日去苏州采买小戏子时所见景色，也不禁动了心。同贾琏一说，贾琏大喜道："我正愁到了南方人生地不熟，无聊得紧呢。你若同去，再好不过了。"贾蔷于是回去三下五除二便将家私处理掉了，也不管吃亏赔钱，只图个"快"字，只留了一个贴身小厮三儿和一个小丫头子随身带了，跟着贾琏一道走了。

贾琏一行到了南方老家方知鸳鸯的兄嫂金文翔夫妇因鸳鸯抗婚得罪了贾赦，被贬去看祖冢，反倒因祸得福，其余留在老宅内看家的旧仆皆同宅子一道入了官，独金家劫后余生，此时看见贾琏一行归来，赶忙上前奉承，帮着安笼置箱。贾琏本不欲将凤姐葬入祖冢，只是王家金陵一门亦已绝了，无奈，只得将凤姐葬入祖冢，只是宗祠内不设牌位。

贾琏走后不久，后宫周淑妃母凭子贵，加封贵妃，其父又同忠顺王爷巡盐有功，圣心大悦，加封大司马，协理军机，参赞朝政，又将荣国府并省亲大观园皆赐予周家，将宁国府赐予忠顺王。两家大喜，叩谢天恩，择了吉日拆封入驻。周司马垂涎大观园久矣，进了园四处先逛了一圈，虽是满目凋零，蛛网垂挂，但依稀可见昔日繁华，稍加整饬便可风光依旧。只是一条，东北角上的梨香院如今仍被贾政占着，周司马亦不愿自家前去交涉，只叫夫人进宫悄悄同贵妃说了，不日便有圣上口谕下，限贾政一家三日之内让出梨香院。

贾政听旨，潸然泪下，奈何天命难违，只得与宝玉、宝钗商议了，暂去薛家寄居。贾政乃是心高气傲之人，如今寄居薛家屋檐之下，心中愧闷难当，有心南下去寻贾琏，无奈病势渐沉，难于远行，不禁自怨自艾，也不想吃药，一心只求速死，求个眼不见心不烦。谁知这老天偏爱捉弄人，那怕死的不知几时便命丧黄泉，这求死的偏生叫你弯扁担不断，颤悠悠荡着，只断不了气，生受着。

这日贾政正歪在榻上唉声叹气，周姨娘一旁暗自垂泪，却听外头一片吵嚷之声，贾政不禁皱了眉头。周姨娘知他嫌烦，便叫小丫头出去瞧瞧。小丫头出去不大一会儿便跑了回来："回老爷、姨娘，不好了，薛大爷叫人打伤，抬回来了。"

如今薛蟠自己的宅院早已被他花销一空，同湘云并几个仆从皆与薛姨妈一处住着，依着贾政之心，如此孽障死了清净，只是现如今寄居薛家，不得不叫周姨娘出去看看，问问情由。一时周姨娘回来道："薛大爷在外头一个妓院里头吃酒，不知怎地为了个唱由的与人争了起来。那人一顿老拳将薛大爷打得奄奄一息，小厮们好容易劝开了，抬了回来。"

"天子脚下，竟没有王法了么？"贾政怒道。周姨娘凑近贾政，犹豫了一下方道："老爷，你可知那打伤薛大爷的人是谁？"

"凭他是谁，酒楼茶肆无非口角之争，岂可将人打得奄奄一息？"

"老爷，你听了可别生气。"周姨娘小心翼翼道，"那打伤薛大爷的乃是从前大老爷的姑爷孙绍祖，他如今是五城兵马司的副都统了。"

"你差人去将芸哥儿叫来。这家里没个主事的人，不行。"贾政闻言想了想道。

周姨娘叫小丫头将李贵唤来，叫他去寻贾芸。李贵从店铺里寻着贾芸，贾芸听说贾政叫他，赶紧撂下手头的事，跟着李贵便来至薛家，一进门便听见薛姨妈嚎哭之声，问了个大概，又问可曾延医，小厮答宝姑娘已差人去请大夫了。贾芸进去见过薛姨妈，劝慰了几句，又看了看薛蟠的伤势，果然是只有出的气没有进的气了。贾芸亦吃惊不小，忙先进去见贾政。贾政问了外头情形，贾芸道："只怕是悬了。待会看看大夫来了怎么说吧。"

贾政道："那五城兵马司裘良一向同你琏二叔交好，打伤你薛大叔的孙绍祖如今在他手下当差，你不妨去寻那裘良一趟，将此事说与他听，看他怎么说。"

"好，等大夫来看了我便去寻裘良，也好有个准话同他说。"贾芸想了想又道，"老爷，薛大爷这里实在太吵，人亦忒多了，老爷不如还是跟我走吧！我那里地方宽敞些,也安静些,老爷养病也能清静些。"

"难得你一片孝心,我心领了。"贾政道,"风中残烛,在哪儿都一样。"想了想又道:"且等薛蟠的事了了再说吧,这当口挪动不宜。"其实贾政心中本不愿去贾芸处,一则贾芸如今的住所乃是王仁原先的宅子,贾琏等人弄死了王仁,贾琏自己都不愿再沾那宅子的边,顺水人情送与了贾芸;二则贾芸乃是旧仆林之孝的女婿,住在一处,诸般不妥,还不如在薛姨妈处与宝玉等人一处,反倒好歹处处顺当。只是薛家这样,恐亦难长久,因此贾政亦不敢将话说死,留了余地。贾芸见贾政这样说,心中亦有数,便亦不十分强求,告辞出来,仍去薛蟠处守着。

一时医生来了,诊了脉,摇头道:"伤势太重,伤及肺腑,预备后事吧。"薛姨妈闻言立时便向后一倒,晕死过去。幸好医生尚在,赶紧施针急救,好不容易缓过劲来,却是口不能言,身不能动,且神志亦不清醒。那大夫见她这样便又写了一张方子,因薛姨妈是上了年纪的人了,因此并不敢用猛药,不过是开了些益气通脉之类的黄芪、五加皮、大黄、山楂、三七、川芎、当归等物。李贵照着方子取了药来,煎好,宝钗奉与薛姨妈。薛姨妈竟不知吞咽，宝钗见状复又哭了起来，叫人再去请大夫。李贵又换了个大夫请来。这新来的大夫又开了剂新方，用的是大叶紫珠、三七、人参、制附子、肉苁蓉、菖蒲、五味子、黄苗、石斛等草药。小丫鬟赶紧熬了来，那大夫又替薛姨妈重又施了针。宝钗慢慢地将药喂了几勺进去，这才心下略安。

安置好薛姨妈，宝钗忙又出来看薛蟠。宝玉、湘云皆在薛蟠身边守着。见宝钗过来，宝玉忙告知贾芸奉贾政之命去寻裘良了。宝钗叹气道："寻了又能怎样？至多不过是多赔几两银子罢了。"转脸对史湘云道："妹妹，还是先别忙着哭了，赶紧替哥哥换身干净衣裳吧。"湘云忙叫翠缕拿了衣裳来换，宝钗出去悄悄吩咐李贵准备后事。

贾芸直至亥时末方才回来，听见说贾政倚在床上等着回话，赶忙进去，将见裘良之事一一说与贾政。贾芸跟在贾琏后头见过裘良几回，因此裘良听说贾芸来拜便叫请了进去，及至听说是薛蟠之事，心中便不大愿理，只为那薛蟠臭名遍布京城，但碍于贾琏情面，只得叫人唤孙绍祖前来问询。那孙绍祖如今有忠顺王府撑腰，听说薛蟠命在旦夕，本不放在心上，但贾芸既托了顶头上司裘良来问，到了跟前只得假装糊涂道："啊呀，这可真是大水冲了龙王庙了！今日午间因不当值，同抚远将军的公子久不相聚，心下高兴便贪杯多喝了两盅，只知道小厮们与人争执，被人打伤，眼下还在家躺着动弹不得呢，却不知竟是同薛大爷撕扯。论起来，薛大爷我还得尊一声大舅哥呢。更不曾想这点子小事竟劳动大人动问，真真是罪该万死。下官明日一早便亲自登门赔罪，还望大人恕罪。"裘良听他这样说，也不好多说。贾芸见裘良不语，怒道："孙大人，这可不是什么撕扯，如今薛大爷恐难活过今夜呢！孙大人打死人命，总不能就这么一句话便结了？要不咱们明日公堂上见也行，天子脚下不怕没处说理去。"

"芸小爷好大的火气！"孙绍祖笑道，"不过说得在理。我孙某亦是朝廷命官，岂能以势压人，罔顾法理？我家中奴仆打伤了薛大爷，如今他亦被薛大爷打伤在家，若薛大爷没了，我便叫他一命抵一命，绝不使薛大爷含恨九泉，如何？"气得贾芸一句话亦说不出。

裘良道："芸哥儿，既然孙都统有话在先，且看看薛大少情形再说，如何？"贾芸拱手道："大人，并非是我不依不饶，只是大人想想，一个奴才的命如何同薛大爷一命换一命呢?"

"芸小爷此言差矣!"孙绍祖道,"自古便道'王子犯法,与庶民同罪'。这话什么意思呀?法理面前王子皆与庶民一般无二,怎么薛大爷的命便比我家家奴的命要金贵呢?那依着芸小爷的意思,你们薛大爷一命可抵我家几条家奴的命呢?"贾芸一时语塞,裘良见孙绍祖强词夺理,不快道:"理是这么个理,但话不是这样说。"孙绍祖见裘良发话,亦不敢造次。这裘良乃是当今圣上心腹之人,又武艺超群,平日里轻易不与孙绍祖搭话,因此孙绍祖连连称是道:"是是是,大人教训得是!明日一早,下官便亲去薛府探视。薛公子如有不测,定叫那狗奴才偿命,薛公子一应开销皆由我出。"裘良看了看贾芸,问道:"芸哥儿的意思呢?"贾芸心想:"叫他抵命自然是不能够的,不如替薛家争两个钱吧,也好叫活人少遭些罪。"思虑及此开口道:"举头三尺有神明,孙大人做了什么,如何做的,自有神明知道。何况跟薛大爷的小厮回去皆说是孙大人动手打的人,寻常小厮哪有那等能耐?不只一双眼睛见着。不过事已至此,我若叫孙大人偿命亦非易事,我亦不愿轻易结仇,既是孙大人自愿承担薛家的开销,却不知如何承担?"裘良听贾芸话头,知他不打算索命,只想求财了,便道:"既是你二人皆以和为贵,那就最好不过了。孙大人便说个数字,让芸哥儿家去回话吧。"

"一千两。"孙绍祖想了想道。

"孙大人还是将那一千两留着打点衙门上下吧。"贾芸怒道,"多谢裘大人周旋,家中事多,改日拜谢,小人告辞了。"

"两千两。"孙绍祖一把拉住贾芸,笑道,"两千两如何?"

"孙大人,亏你方才口口声声还说薛大爷论起来也算是你的大舅哥,你是拿我当叫花子打发么?"贾芸冷笑道。

"哼,"孙绍祖亦冷笑道,"天下恐怕还没有这等口气的叫花子呢!依着你想要多少?"

"一万两!少一钱免谈。"

"做梦!"孙绍祖怒道,"抢钱呢?"

裘良见他二人言语往僵处说,心中早已不大耐烦了,皱眉道:"孙大人领兵查抄贾府,如今便花两个小钱息事宁人罢了。"

"大人,下官奉旨查抄,并不敢有半点徇私之举。"

孙绍祖道，见裘良拿眼斜睨着自己，吓得赶紧又道，"不是下官不愿意，实在是力不从心，拿不出这些银子。下官有多少俸禄，大人一清二楚，下官平日为人亦瞒不过大人的眼睛，实在是凑不出这许多银两。"这孙绍祖平日里专爱攀附豪门，无非是以金银开道，估计家中资财散得也差不多了，一时间尚未熬至收成的地步。裘良想他所言兴许不假，便道："我这里也不是什么集市，由不得你二人在这里讨价还价做买卖。五千两吧，若那薛蟠这一两日没命了，孙大人你自回家砸锅卖铁也罢，卖儿卖女也罢，三日内送五千两银子到薛家去吧。"孙绍祖、贾芸见裘良这样说，纵然心中不情愿，亦皆不敢纠结了。二人各自告退回去。

贾政听了贾芸的话，点头叹息道："五千两便五千两吧，你去同宝玉和宝钗说一声，再看看薛蟠怎样了。"

薛蟠熬至寅时初便一命呜呼了。薛姨妈听说儿子没了，当时也便气绝身亡。孙绍祖送来的五千两银子，贾政、宝玉皆欲尽着银子花光心安。贾芸见同他父子二人说不通，只得去见宝钗，劝她留些银钱度日。宝钗同湘云商量了一番，如今只这一所住宅，别无他物，若果真身无分文,亦是难耐,不得已,姑嫂二人留下一千两,其余四千两尽数花光,将薛姨妈同薛蟠风风光光地下了葬。

葬礼过后,贾政越发病入膏肓,每日只靠着些参汤吊着,只不过拖延时日罢了。李纨带着贾兰来探了两回,亦无非是垂泪伤悲而已。贾政见了贾兰倒是十分高兴,眼巴巴望着贾兰,喃喃道:"哥儿,要用功。"贾兰跪在床前,亦是泪眼婆娑,连连点头。刚入了冬至,贾政便油尽灯枯,撒手尘寰,临终前再三嘱咐宝玉切不可以孝子身份送葬,免生不测,只贾兰一人做孝子足矣!宝玉哭着应允了。宝钗依旧请了贾芸过来帮忙,宝玉从来不会理俗务,只一味关照贾芸,不必惜钱,只要风光,将贾政交代的黛玉遗物统取了出来交与贾芸。贾芸见了,并不知宝玉已是倾其所有,心下暗自思忖:难怪贾政平日里亦不十分看重钱财,原来是有备无患啊,自己从前竟是多余担忧了。于是拿去换了钱,放心使用。

第四十五回

心灰意冷宝钗自尽
一往情深喜鸾成亲

宝钗与湘云留下的一千两银子，放在寻常人家，尽可用上一辈子了，然在宝玉等人手中却不过半年光景，便已觉着捉襟见肘了。宝钗于是将从前贾琏替贾政买的两个小丫头子并家中原有的几个小丫头子皆放了出去，又不好意思转卖，只当是做了功德了，反将她们随身衣物皆一并赏了带走。厨下亦只留了一个婆子，薛姨妈的两个大丫头同喜、同贵各自赠予妆奁资费亦皆打发了，只留下莺儿和茗烟夫妇。湘云的丫头翠缕早过了婚嫁年纪，恰李贵丧妻，宝钗做主将她许配了李贵，因此她夫妇二人亦留了下来，一家九口将就度日。

饶是这么着，宝钗亦觉着日渐艰难。宝玉同湘云皆是不理俗务的，周姨娘更是一句多话亦不肯说的，宝钗只得一人暗暗盘算，不得已只好将莺儿唤来，诉说了艰难，又说了翠缕乃是湘云的丫头，李贵非但是宝玉乳母的儿子，宝玉在南方这几年更是他日夜伺候着；如今宝玉在南方避难之事早已是合家皆知了，想要冒充甄宝玉，只茗烟一人便难瞒过。眼下莺儿一听宝钗之言心下便明白了，强笑道："姑娘不必说了。我是姑娘的人，原指望服侍姑娘一辈子的。现如今天不从人愿，日子艰难，我最知道姑娘当家不易，茗烟家里亦颇有些积蓄，他爹妈暗地里找了我们好几回，叫家去了，我二人皆是恋主之人，始终不忍弃姑娘同宝二爷而去，如今姑娘把话说到这份上，我二人怎好叫姑娘为难？茗烟那里，我自去同他说。"

"好莺儿，我又何尝不想同你相守到老？"宝钗含泪道，"正如你所说，如今天不从人愿，形势逼人，我亦不得不如此。叫你们走，实则是不想叫你们在这一处困死。"

"姑娘不必说了，我给姑娘磕个头吧。"莺儿说罢，郑重其事地跪下给宝钗磕了三个头。宝钗扶起，将早已备好的包裹递与莺儿道："这里头有两件我从前的首饰。"莺儿打断宝钗的话道："姑娘快留着自己防身用吧！我成亲时姑娘已赏了我不少东西了，尽够我花销一辈子的。"

宝钗道:"拿着吧,不值钱。"又苦笑道:"值钱的早都换了钱了,不过是我一点心意罢了。"

莺儿只得拿了,出去寻着茗烟,同他一五一十分说清楚。茗烟听了亦无可奈何,只得去同宝玉道别。宝玉这才知道宝钗要打发茗烟走,心中不快,对茗烟道:"你且候着,我去同二奶奶说说去。"

"二爷,别去!"茗烟一把拉住,"家中艰难,二爷你不当家不知柴米贵,先不说我,二奶奶若非万不得已,岂肯叫莺儿走?二爷想,如今家中就这么几个人,李贵不用说,是咱们自己人,怎么都成,可翠缕却是史大姑娘的人,她们主仆从前遭的那些罪,二爷不是不知道,难不成叫翠缕走么?自然是不能。因此只能是我同莺儿走了。"

宝玉听了点头垂泪,只得作罢,放茗烟和莺儿走了。

那李贵同茗烟话别后,犹豫再三,还是去见宝钗道:"二奶奶,这话在我嘴边转了多少回了,只是不敢说出来。"宝钗道:"什么话?但说无妨。"李贵跪下道:"二奶奶叫茗烟和莺儿走,奴才知道二奶奶是为了我和翠缕好,二奶奶的苦心奴才心里都明白,只是家中如今是多个人便多张嘴,奴才有心要走,又怕二奶奶疑奴才是那等子势利小人,看见主子落魄便背信弃义,躲了开去。"宝钗笑道:"你快起来说话,我怎会这般看你?你是同二爷共患过难的。"

"正因如此,这话奴才便越发不忍说出口来了。那样日子都熬过来了,如今却熬不下去了。不是奴才熬不下去,实在是怕再赖着拖累主子。"李贵道。

"若再不叫你们走,不是你们拖累了主子,倒是主子拖累了你们了。"宝钗叹息道,"李嬷嬷年纪也大了,就你这么个儿子,与其在这儿耗着,倒不如家去好好尽尽孝道去。"

李贵答应着,磕头谢恩而去。湘云听说翠缕要同李贵回家去,心中不舍,又不便阻拦,主仆二人只得洒泪而别。

没过多久,宝钗将厨下的婆子亦打发了,只剩下自家四人,一应家务皆需自己动手。宝玉依旧是只会衣来伸手,饭来张口,诸事皆由宝钗、湘云侍奉。

又过了些时日,周姨娘亦无声无息地死了,宝玉等人将她葬于贾政之侧。

自从贾政去世后,宝玉便不再刻意躲藏,其实此时此刻又有谁在乎他是谁呢?从前故交诸如冯紫英等人,一则皆以为贾宝玉早已亡故,二则年岁渐长,皆各有正事,宝玉亦不便自己寻上门去,因此每日里只同湘云下棋、评书、论诗为乐。有时湘云做针线,他便帮着穿针引线,描描花样子,却也悠闲自得。宝钗忙于家务,并无闲心与他们一处游戏。偶尔蒋玉菡来探视,亦不过是略坐坐,同宝玉闲话几句便也就去了,二人从来论不到家常生计之事。

这日却是大年初一,蒋玉菡在京中并无什么至亲好友,早起同袭人的兄嫂互相拜了年,便想起宝玉来,于是叫小厮套了马车,叫袭人盛装打扮了,又带了许多酒菜,进城去给宝玉拜年。到了薛家,蒋玉菡上前敲门,竟是湘云出来开门。袭人下车,与湘云问了好,叫丫头小厮将酒菜取下,进屋却见宝玉围着被子坐在炕上,身上还披了条毡子。宝钗见蒋玉菡同袭人进来,忙欲下炕问好,袭人连忙拦住,先给他夫妇二人行了礼。

宝钗笑道:"快上炕来坐着吧,我才生的火,还不甚热,过会子就好了。"又指着宝玉笑道:"你们这宝二爷娇生惯养惯了,只昨儿一夜,半夜里我不曾添火,后半夜火灭了,今儿早上起来鼻子便不通了。"

袭人看那炕桌上,有三碗稀粥,一盘子腌韭花,三个吃了一半的馒头,不禁眼中一酸,低头假装脱鞋子上炕,顺势悄悄拭了眼角的泪珠。蒋玉菡亦看见桌上放的东西,脱口道:"大过年的,怎地吃这个?"回头叫小厮:"快将酒菜摆上。"

宝玉笑道:"来便来了,带这些来做什么?因为我病着不想吃东西,她两个便陪我一起都喝粥了。"

宝钗下炕想要泡壶茶来,不料茶叶罐子早空了,磕了两下,倒出些碎末来,勉强冲了一壶水,硬着头皮端上来笑道:"我们三个如今都不敢喝茶,怕睡不着觉,茶叶空了也想不起来去买。"袭人道:"二奶奶怎么自己动手?丫头、小厮们呢?"宝玉笑道:"都打发了,人多不便,难得清净。"

蒋玉菡、袭人心中有数,也不多言,叫带来的丫头、小厮们去将酒菜热了来吃。见湘云领下人去厨房,袭人赶忙下炕跟了过去。到了厨下,袭人悄悄问道:"怎地竟到了这步田地了?"

"今儿倒确实是因为宝玉病了的缘故。"湘云悄声道,"不过丫头小厮们倒是都打发了。宝姐姐爱面子,哪个走的时候都没空着手。我们三人若再不算计着些过活，难道要像芹哥儿母子似的沿街乞讨去啊？！"

袭人从身上摸了几个红包出来，递给湘云道："这个原是预备着打赏丫头小厮们的，你先拿着使着，等我家去再打发人送来。"湘云推开笑道："我既不当家，亦不理财，你要么自己拿去给宝姐姐去，她若要了是她的事，我如今不过是跟着他们过活罢了，不必给我。"袭人脸上一红，道："我不过是看见你们这样，心里着急，你可千万别多想。"

"我不过实话实说罢了，何曾多想什么？"湘云笑道，"是你想多了。"回头见丫头已将菜盛了出来，笑道："这么快就热好了？咱们端上去吧。"

袭人只得收了红包，帮着将菜端到屋里。几人吃喝说笑，蒋玉菡、袭人至晚方归。

自此，蒋玉菡时不时地便寻些由头送些吃食、银钱过来。宝玉倒也无所谓，蒋玉菡送来了他也便收下，照样与蒋玉菡开心吃喝一顿，尽兴方散。宝钗看了却是感触万千，心中郁闷难解。湘云看在眼里，急在心上，却又不知该如何排解。

那宝钗前思后想、左思右虑，越想越伤心，越想越无趣，半夜里一个人悄悄起身，一头扎进了院内的井里。直到次日清晨，湘云起来打水方才发现，吓得赶紧将宝玉叫了起来。宝玉急得也不梳洗，便跑到贾芸店内。贾芸带人将宝钗捞了起来，尸身已然泡得变了形了。湘云吓得都不敢看，宝玉瞥了一眼亦不敢再看。贾芸帮着将宝钗安葬了，又请人来另打了一口井，将原先的井填平了。夜里一场大雪，不仔细寻，却也看不出老井的具体所在。

只是湘云因为那天早上被吓着了，再不敢在那院子里住，每日里同宝玉念叨着要搬出去。宝玉笑道："你有什么好去处？我反正是没有。你只不要去想便无事，世上本无事，庸人自扰之。"湘云无奈，只得日夜跟着宝玉，连晚上亦不敢回自己房中，便同宝玉一张炕上两个被窝睡着，横竖这天地之间并无一人关注他二人。

这一日，二人出门买粮，因久不出门，便顺道去贾芸店内看看。贾芸正与一人说话，见宝玉进来便笑道："真是说曹操，曹操到。正说到宝叔，宝叔便到了。"宝玉笑道："是吗，且说我什么呢？"再看那同贾芸说话之人，看着面熟，却一时间想不起人名来。那人却笑着上前行礼道："宝二爷不记得我了？"

贾芸道："这是瑞叔。"

"哦！"宝玉这才想起原来是贾瑞，便笑道，"你母亲好？家里都好？我记得你有个妹子从前在我们园子里还玩过两天，她也该嫁人有孩子了吧？"

贾瑞与贾芸相视一笑，贾芸道："这真是心有灵犀一点通啊！"贾瑞面上一红，借故先告辞了。贾芸进里间叫了小红出来，将湘云让进里屋去坐了，他与宝玉二人便在外头迎客桌前坐下。贾芸道："宝叔，你知他今日来寻我做什么？"宝玉笑道："我如何知晓？"贾芸笑道："我先给宝叔道喜了。"宝玉奇道："喜从何来？"

"他妹子喜鸾打从见过宝叔，回到家便立志非你不嫁。"贾芸见宝玉瞪大了眼睛，便接着笑道，"那会子他家如何敢提这事，只得放在心里闭口不谈，后来听说宝叔没了，那会谁能想到那死了的竟是那甄家的宝玉呢？那喜鸾便一本正经地在家替你守起节来。她家里人是打也不听，骂也不从，逼急了便寻死觅活。她家人又不好意思声张，只得自家闷着。我也是前几日无意中碰到瑞叔，听他说起，心中不忍，这才将宝叔的实情悄悄地说与他听，谁知他竟是个存不住话的，到家便同他妹子说了。那喜鸾一听说宝叔竟尚在人世，又听说二奶奶没了，便在家中豁出命来闹，非要嫁与宝叔，再三央他哥哥来提亲。知道咱们一向走得近，这不瑞叔才寻到我这里。无巧不巧，宝叔今日竟也走的来了。"

"我算个什么东西，竟害得她这样？"宝玉叹息道，"我眼下什么境况你又不是不知，不过混吃等死罢了，岂可误她终身？！"

"哎，她终身已然误了。"贾芸道，"叫我说，你还不如续娶了她，一则全了她的心愿，二则身边亦有个人陪伴，岂不两全？"

"我如今有云妹妹做伴，倒亦无碍。"

"宝叔，说句不该说的话，你老亦是过来人了，那能一样吗？"贾芸笑道，"你老只当积德行善吧，你是素来最怕伤了女孩儿的心的，那喜鸾对你一往情深，到了今天她尚这等痴情，更是难得了。人，你也是见过的，连老祖宗当日也是十分欢喜的。"

宝玉被贾芸三劝两劝便亦动了心，只是一来觉着宝钗刚去世不久，二来犯愁无钱迎娶。贾芸笑道："宝叔你这就迂了，何尝听说过有哪个男子要为女子守孝三年的？钱的事你更不必操心，只要是你答应了，剩下的事便交与我了。"宝玉听了只得犹犹豫豫地允了。贾芸便留宝玉同湘云吃了饭再走,宝玉看看时辰尚早,便道:"这个时候却吃什么饭?你安心做买卖吧,我走了。"贾芸笑道:"买卖天天做,不急。既是宝叔要走,那我也就不留了,我这就去给瑞叔回话去。"

宝玉叫出湘云来,贾芸、小红送到店门口,恰好出去送货的伙计回来禀道:"爷,听说忠顺王爷薨了。"贾芸道:"是吗,听谁说的?"伙计道:"外头说得沸沸扬扬的,都知道了。"贾芸点点头道:"知道了。咱们自做咱们的买卖,谁薨了都不与咱们相干。"伙计应了声"那是",自去柜上忙碌。贾芸亦欢天喜地去贾瑞家中报喜不提。

宝玉同湘云回到家中,将喜鸾之事一一告知湘云。湘云听了愣了半响,万语千言却一个字亦难说出口,只得淡淡道:"好事啊,恭喜爱哥哥了。"宝玉见她面上不悦,不知何故,问了两遍,皆说出去一趟走得累了。

晚上湘云煮了些粥,端了两份小咸菜上来,二人皆吃不多少,湘云收拾了碗筷,早早便上炕躺下了。宝玉凑近问她怎样,她亦不答,平时二人睡前总是要叽叽喳喳说半天方歇,今日宝玉见她不吱声,看了会子闲书便也快快地睡下了。

次日醒来，见湘云早已做好了早饭，盛在炕桌上等着呢，看宝玉醒来，笑道："快漱个口，好歹洗把脸便赶紧来吃吧。盐、水我都备好了。"宝玉见她笑容满面，心下亦高兴起来，忙洗漱了，过来坐下。二人说说笑笑吃完收拾好，湘云叫宝玉坐下，自己亦坐端庄了，微笑道："爱哥哥，你一会子去把芸哥儿叫来吧，叫他送我去水月庵。"

宝玉大惊失色道："你去那里做什么？"

湘云微笑道："我想了一夜，你这里眼看着便要娶新嫂子了，我也不宜再留在这里了。正好水月庵离着又近，四妹妹又在那里，我去同她做伴去，你若想我来看我也容易。"

"你快别闹了，到底为着什么事？若是你不喜我续娶，我便不娶也罢。我同意这门亲事，不过是不忍负了喜鸾妹妹一份痴情罢了，岂有为她而伤了你我兄妹情谊的道理？"

"我何尝是因为这个？"湘云急辩道，"我一个当妹子的，岂有拦着兄长不叫他续弦的道理？你把我看作什么人了？我只是心里羡慕四妹妹如今却好，了无牵挂，清清净净，我便也想学她做个超凡脱俗之人罢了。"

宝玉闻言"嗤嗤"笑道："你出家？从来不曾听说过真心要出家的人临行前还替人做顿饭告别，又约人日后若想了便去看她的。我同琏二哥就站在四妹妹门外，她都不见我们，那才叫真心向佛呢。"见湘云语塞，转又叹息道，"不过四妹妹修行了这些时候亦并未悟出大道来。"

"此话怎讲？"湘云不屑道，"她天天在佛前坐着不曾悟出大道，难不成你天天在家晃着反倒悟出什么来了？"

"不见，恰说明她未曾放下。连我同琏二哥她都未曾放下，你说她能参透些什么吧？"

湘云听了若有所思，也忘了宝玉娶亲之事了，一个人坐着发呆。宝玉见她这样，也不去扰她，自取了一本闲书翻看去了。

且说贾芸将宝玉允婚之事告知贾瑞，贾瑞一家闻讯俱各高兴，皆谓去了一块心病，便同贾芸商量迎娶之事。

贾芸将此事悄悄地报与尤氏和李纨，尤氏道："宝二爷尚在人世,这真是天大的喜事,只可惜从前老爷竟连我们都瞒着,害得他与宝姑娘的婚礼我只当真是那甄家哥儿呢。这第二回了,照理怎么也该看看去,只是我一个寡妇家家的,这样的喜事也不便往跟前凑。这么着吧,我人就不去了,礼,芸哥儿你帮我带到吧,替我祝他们夫妻和美、恩爱百年。"说罢叫人封了二十两银子交与贾芸。贾芸虽然心中不快,但亦不好说什么,只得接了,代为致谢,告辞而去。又到李府,门上进去通禀了,接了贾芸进去。贾芸见了李纨,说有机密事禀报。李纨在帘后不禁冷笑一声道:"都到了这一步了,还能有什么了不得的机密事!"贾芸迟疑了一下,还是请李纨屏退左右。李纨只得叫左右退下,贾芸这才将宝玉之事一一道来。李纨从前虽是心中猜疑,然直至此时方才得了实证,不禁自语道:"果然如此。"愣了愣神,对贾芸道:"好,我知道了。这样喜事,可报与珍大奶奶知道了?"

"自然是要报与珍大奶奶的,我便是从她那里来的。"贾芸一言出齿,懊悔不及,只得硬着头皮说下去,"珍大奶奶因自己如今一人寡居,因此封了二十两贺仪托我转呈,婚宴便免了。"

李纨听了抿嘴一笑道："又要叫哥儿受累了。"

贾芸忙道："大奶奶说哪里话，这都是应该的。"一时贾芸告退出来，自回去张罗宝玉婚事。

李纨将贾兰唤至跟前，将宝玉之事一一说与他听。贾兰听罢大喜，笑道："看来咱们从前猜得一点儿没错。上回二叔成亲，老爷不曾同咱们明说，咱们也便只当不知，好歹走个过场便由他去了，这回既是芸二哥特来通知，咱们便不能不郑重其事地去了，正好将上回的情一并维了。"

"从不曾听说将续弦同头婚的情放在一处维的。"李纨笑道。

"母亲说得是。"贾兰笑道，"我的意思是咱们多出些礼钱，补了上回的缺，也正好能帮帮二叔他们。"

"唉！"李纨叹息道，"儿啊，人情谁不想做啊？只是咱们不能光想着一头啊！你想咱们住在你外祖家里，一样的锦衣玉食，你的功课更是不曾耽误了分毫。习文演武，你外祖皆替你寻最好的师傅。你外祖他们虽说从不曾开口同咱们提过一个'钱'字，可是他们一年四季的衣裳，生辰寿宴，家中仆从们的赏钱，哪一样我不是抢在前头啊？生怕因为我哪一处想得不周全，叫你看了别人的脸色。咱们的钱是死的，有数的就那些，帮了别人就得亏了你。你父亲去世早，只留下你这点血脉，我如何能叫你受半点委屈？"

贾兰听李纨这样说，亦不好再说什么，只得低头应道："母亲苦心，儿子全明白。"想了想又道："只是母亲，外祖家自姓李，咱们自姓贾，儿子迟早是要出去自立门户的，将来儿子的门楣上少不了要写上一个'贾'字，外祖家里再恩重如山，咱们亦不能将'李'字挂到咱们的门楣上啊！"

"那是自然。"李纨看着已高过自己大半个头的贾兰，亦不好驳他的面子，便笑道，"我的儿，你看得长远，只是你一日不成人，我便一日不敢撒手啊！你看这样行么，咱们也出二十两银子，他们省着些用，一年也使不完。"

"银子皆是母亲多年积攒下来的，母亲若执意如此，儿子亦无话可说，听凭母亲做主。"

李纨知他心中不快，垂泪道："我的儿，你这话太重，我这当娘的禁不住啊！想必你心中将母亲当作那守财奴、吝啬鬼之流了。"

"儿子该死！"贾兰见李纨垂泪，慌得赶紧跪下，

"儿子一时失言，还请母亲责罚。只是儿子万万不敢有这样的念头。"李纨拭泪道："好孩子，你快起来说话。"又想了想道："这样吧，拿三十两吧。等吉日到了，你送过去便是，我便不去了，这样喜事，我还是少去掺和的好。我近日这浑身上下也不知怎地，哪儿哪儿都疼，早上起来，竟不是睡了一夜的觉，竟像是背了一夜的石头一般，两边肩头都疼得不行，两只胳膊亦重得抬不起来，头也整日里昏昏沉沉。"贾兰应道："母亲在家好生歇息，往后外头的事再不用劳烦母亲，只管放心交给儿子便是。我扶您到榻上靠会子。"又转头问素云道："可请大夫了么？"

"回哥儿的话，请了，一会子便该来了。"素云话音未落，外头小丫头进来禀报说大夫来了。贾兰便守着等那大夫诊完脉开完方子，送了大夫出去，又进来安排人去抓药，服侍李纨躺下，这才告退回房。

贾兰回到自己屋里，四处搜寻了素日剩下的零花钱，凑了有十两银子，到了宝玉吉日，一齐封了，共计四十两，送了过去。

第四十六回

贾宝玉出家圆通寺
妙大师葬身瓜洲渡

宝玉同喜鸾成亲后，便想着要带喜鸾去给贾政上个坟，湘云无事便也跟着同去。三人雇了一辆车，往郊外而去。一出城看见无数流民皆被挡在城门口，原来山东、河南两地灾荒，无数灾民涌向京都，京郊田庄大户几乎被洗劫一空。宝玉闻讯，心内挂念蒋玉菡、袭人夫妇，烧完纸便吩咐车夫往东郊紫檀堡而去，到了紫檀堡，但见内外围皆增设了家丁护卫。蒋玉菡闻禀迎了出来，请宝玉进去说话。那车夫闻言道："还请爷快些说话，只怕回城晚了，进不去城呢。"

蒋玉菡道："叫车夫自回城去吧，晚上我打发家里的车送你们回去便是。"宝玉道："我原是因为不放心你，所以过来瞧瞧，如今你既防范严密，我也就放心了。我便不进去了，何必麻烦？"蒋玉菡再三挽留，宝玉只是不肯。蒋玉菡因道："我只顾着二爷你了，却不知车上是何人哪？"宝玉笑道："乃是新续的喜鸾和云妹妹。"蒋玉菡想了想道："你既携着女眷，还是早点回城的好。今日我便不强留你了。"说罢到车前行礼问好。喜鸾、湘云车内答谢了，三人别了蒋玉菡往城里赶。

宝玉坐在车内，掀起轿箱窗帘一角向外看，但见路上灾民络绎不绝，人人蓬头垢面、衣衫褴褛，面黄肌瘦、步履蹒跚，不禁叹息道："看看他们，一样是天地造化之灵，父母所生、万物所养，我等素日喝粥、吃腌菜又有何值得悲苦的？！"喜鸾、湘云亦撩了窗帘向外张望。

"哎，那不是刘姥姥吗？"湘云忽然惊呼道，"姐儿，巧姐儿，那不是巧姐儿吗？"

宝玉闻言赶紧探过身来向外看，只见路边一名老妪携着一个年轻小媳妇正坐在一块石头上歇息，面前蹲着个后生，仔细一看，果然同刘姥姥与巧姐儿长得十分相像。宝玉叫车夫停了车，过去问问。车夫近前一问，不是她们是谁？宝玉听了车夫回话，赶紧下了车。那蹲着的后生却是王板儿，看见宝玉下车走过来，吓得慌忙站起身来。那巧姐儿一听居然是宝玉，喜极而泣，站起来行礼道："二叔。"那刘姥姥呆了半晌，方才想起行礼道："宝二爷。"又忙叫王板儿行礼。那王板儿红着脸叫了声"宝二爷"。刘姥姥道："天可怜见的，怎么竟遇着宝二爷了！"宝玉道："此处不是说话的地方，赶紧先上车，家去慢慢说。"

王板儿将巧姐儿扶上车，宝玉叫刘姥姥亦到车上坐着，自己同王板儿走着。刘姥姥忙道："怎么好叫宝二爷走着，我老婆子倒人五人六地上车坐着云？"几人谦让不已，车夫着急道："几位就别推让啦，眼瞅着天就要黑了，带快点吧。"车内湘云亦掀了帘子邀刘姥姥上车，刘姥姥只得上了车。那车夫叫宝玉斜搭在车辕边儿上坐了，王板儿便跟在车旁走着。

路上刘姥姥便将家中之事一一说了。原来王家如今亦是当地大户，陆续有饥民到村中乞讨，有人劝王狗儿花钱雇几个家丁打手之类的看家护院，王狗儿却不舍得那几个银钱。昨夜不知哪里涌来的一波子饥民，冲进王家庄院，叫王狗儿夫妇生火做饭，杀猪宰羊，大吃起来。刘姥姥先将巧姐儿藏在柜子里，可那些饥民占了王家，并不急着走。王狗儿也听人说过这些饥民不将一户吃尽是不会挪地方的，又怕这些人吃饱喝足了再胡作非为起来，因此悄悄叫刘姥姥带了王板儿和巧姐儿赶紧走。刘姥姥愁道："走却容易，只是走到哪里去呢？"王狗儿思来想去，女儿小青的婆家离着不远，只恐亦不得太平，唯有去投贾芸这一条道。刘姥姥想想亦别无良策，只得带了王板儿同巧姐儿悄悄溜出家门往城里而来，不料竟半道上遇着了宝玉等人。

宝玉一行回到家，湘云将刘姥姥并巧姐儿夫妇安置妥了。众人坐下又闲话了几句，吃了晚饭便各自歇下了。一宿无话。

次日清晨，刘姥姥与巧姐儿夫妇皆早早便起了床，板儿洒扫庭院，巧姐儿梳洗了，到厨下帮着刘姥姥做饭。这刘姥姥活到这把年纪，早已是人老成精，昨晚上一餐饭，皆是湘云与喜鸾自己动手忙活的，家中并无一名仆从，她二人所做的亦不过是些糊口之物。早上她到院内各处转了一圈，见除了宝玉夫妇与湘云所居房屋并小厅门前还算洁净，其余各处皆尘埃堆积、蛛网遍布，又到厨房看看，亦是脏乱不堪，便知这三人皆非居家过日子之人，他们目下的境况亦一目了然。

早饭做好，刘姥姥叫巧姐儿去请宝玉等人起床。巧姐儿到湘云窗下先唤了湘云起来。湘云听见巧姐儿声音，慌不迭起床道："啊呀，昨儿坐了一天车，太累了，竟睡过头了。"梳洗完毕，打算做饭，才知刘姥姥和巧姐儿早已万事俱备，赶紧打了水端到宝玉门口，喊他夫妇起床。他二人亦是慌忙起身。喜鸾出来道了谢，接了水进去，伺候宝玉洗漱毕，自己又忙忙梳洗了。夫妇二人这才出来，一看外头焕然一新，猜是刘姥姥等人所为，不由得心生羞惭。

巧姐儿上前请安，问可否用早饭了。宝玉连连点头。不一时，刘姥姥同板儿捧了稀饭、干粮并两样咸菜上来。宝玉请刘姥姥同板儿一起上桌吃饭，刘姥姥也不客气，道了谢便叫板儿过来一起吃饭。

刘姥姥笑道："我见二爷、二奶奶并史大姑娘皆睡得香，我人老了，觉少，便反客为主了。到厨房里翻遍了，只得这些东西，胡乱做了，二爷、二奶奶、姑娘凑合着用吧。"宝玉等人满口告罪，道乏不迭。一时饭毕，喜鸾端了一碗清水来与宝玉漱口，余者几人将碗筷收拾了。俱各妥帖了，众人方去前面小厅内说话。进去一看，窗明几净，板儿早已擦拭干净。宝玉不禁对喜鸾与湘云叹道："真正咱们几个与废人无异！"湘云与喜鸾皆红了脸无语。

刘姥姥笑道:"二爷这是哪里话?二爷等人皆是多少世修来的福德才换了这等的一世人生呢!老话说'有福之人不用忙,无福之人忙断肠'。我们庄稼人天生无福生在那富贵乡里,若再不忙碌,岂不等着饿死?便是日日忙碌,也不过是能糊张嘴便阿弥陀佛了。"

"姥姥这话放在从前我,听了不过一笑,自以为果然便是如此了。"宝玉苦笑道,"如今姥姥再说这话,岂非是天大的讥讽?"

"哎哟,该死!"刘姥姥轻轻拍了自己一记耳光,"瞧我这张老厌物的嘴,二爷千万别多心,我不过顺嘴胡呲呢。"

"姥姥坐下说话吧。"宝玉淡淡一笑道。几人坐下,巧姐儿侍立一旁,王板儿只在外头台阶上蹲着,并不肯进屋。闲扯了几句,刘姥姥犹豫道:"二爷、二奶奶、史大姑娘,别怪我老婆子多嘴,这话我琢磨了好一会子了,不说憋得慌。"湘云笑道:"姥姥你有话便说,不必如此。"

"既是姑娘叫我说,我便说了。"刘姥姥干咽了口唾沫,"二爷你们与其这般景象守在这里,怎不去南方寻琏二爷呢？我听我们巧姐儿说，你们在南方祖茔附近田庄、房舍皆是现成的呀！那些东西皆是祭祀产业，皆未入官哪！上南边去，怎么也强过眼面前啊！你三个皆是千金万金的金贵之主，守在这几间屋子里，恕我老婆子嘴直，活着都费劲呢！倒不如卖了这房子，换些现银在身上投奔琏二爷去，好歹也是嫡亲叔伯兄弟，也能有个倚靠不是？"

宝玉同湘云对视了一眼，笑道："我们怎么竟从未想到？"

"我看姥姥言之有理。"湘云笑道，"咱们见天的下棋、说书，何尝有一日像姥姥这样谋划过今后？！咱们如今便去寻琏二哥哥他们去吧，正好我还没去过南方呢。"

"我也没去过呢！"喜鸾亦高兴道。

"既是你们都想走，那咱们便走就是了，正好我也将老爷和宝姐姐他们的灵柩送回祖茔去。"宝玉听了亦不禁兴起，转念道，"只是这房子却卖与谁呢？能卖多少钱，够不够我们几个南下的费用呢？"

"不要紧，我有钱。"喜鸾笑道，"我结婚时戴的那些首饰皆是金的，想必也能值些钱，反正也用不上，当了便是。"

"我从前倒是也有几样首饰，只是都给了翠缕了。"湘云懊恼道。

刘姥姥听他几人说话没一个是有章程的，忍不住插嘴道："不如叫板儿去请了芸哥儿来商议吧。"

宝玉等人依言请来贾芸。贾芸听说宝玉等人要扶灵南去，亦以为此计甚妥，只恨自己为家小所累，动弹不得。林之孝等人如今在京城里做个自由自在的土财主，那小红如今怎肯陪他去南方投奔贾琏？！贾芸帮宝玉很快便寻着了买家，又帮着他开棺、收拾骸骨、移灵、买舟，一应齐备，择日便待南下。

那巧姐儿同王板儿商量妥了，饥民闹事，不知何时方能终了，不如跟着一同南下去寻贾琏。若贾琏处万事皆好，哪里水土不养人呢？若是不甚好，过一阵子回来亦无妨。饥民一走，家中田舍依旧，只管再回来便是。于是同刘姥姥一说，邀刘姥姥同行。刘姥姥一则放心不下他小夫妻二人，二则也有个私心，她亦是个好说好玩的，久听人说江南美景，如今有这样顺便的船只，跟着去一趟，便死，亦值了。因此三人同宝玉一商量，刘姥姥出来时身上藏了几两银子，此刻便全都掏出来交与宝玉充作路上费用。宝玉哪里肯要她这几两银子，笑道："姥姥快将这些银两收了吧，留着船只靠岸歇息时岸上逛逛时用。姐儿是我侄女儿，板儿是侄女婿，你老只当跟着他俩下一趟江南，只管跟着走便是。"刘姥姥千恩万谢，复将银子贴身收了起来。

宝玉又托贾芸得便差人同蒋玉菡夫妇打个招呼，刘姥姥便就势也托贾芸顺便给王狗儿夫妇报个信，贾芸一一答应了。

一行人别了贾芸，乘船顺流而下。有日到了瓜洲渡口，宝玉叫船家在此歇息一夜，明日再走。船家依言将船靠了岸，宝玉道："大伙儿都上去看看吧，此处乃是千年古渡，有名的繁华所在。"

湘云头一个笑道："我早都预备好了，这地方我是必要上去一游的。白乐天有云：'汴水流，泗水流，流到瓜洲古渡头。吴山点点愁。'快快快，喜鸾，你可好了没有？"喜鸾亦笑着应道："好了好了，早好了。"宝玉笑道："时辰还早，不用急。咱们尽可以在城中玩个大半日，晚饭后再回来。"巧姐儿同王板儿亦跃跃欲试。刘姥姥见他几个都要上岸去耍，便留在船上守着了。

船一靠岸，几个年轻人便都上了岸。巧姐儿担心王板儿同宝玉他们一处不自在，便笑说人太多，她同板儿只在附近看看便回船上去，免得姥姥一人留在船上，亦放心不下，叫宝玉三人只管耍去。宝玉等人亦知她意思，便点头应允，几人互相嘱咐了几句千万不要贪玩迷路之类的话语，便分开走了。

船家对刘姥姥道："你老既不上岸，我便也上去买点东西，去去便回，你老帮忙看着船可好？"刘姥姥满口答应，那船家便也去了。

刘姥姥一人坐在船头望着岸上卖呆，忽见一名女子跌跌撞撞，拼了命地往河边跑来。到了河边，那女子显然并不知道前面竟是一条大河，不由在河边愣住了，站在岸边东张西望，满脸恐慌。刘姥姥细看那女子，好生面熟，只是想不起究竟是谁。那女子立于岸边，泪如雨下，愣了一会抹了把泪，竟往水里走去，唬得刘姥姥魂飞魄散，大声叫道："姑娘，姑娘，你这是做什么？可使不得啊！"那女子循声望了过来，一眼看见刘姥姥，脱口叫道："刘姥姥？！"

"是我。姑娘，你认得我？"刘姥姥大惊，继而连忙招手道，"快快快，快过来，姑娘你快到船上来说话。"那女子站在水边并未挪动,刘姥姥心里着急,那跳板颤颤悠悠,没人扶着她又不敢下船,只得扒在船头叫道:"好姑娘,你快上岸去,过来船上说话。你若不上去我便大声嚷嚷,叫人来救你。"那女子扭头看不远处亦停着两条船,想了想便回身上了岸,走过来站在刘姥姥对面道:"刘姥姥,想必你是不认得我了。"刘姥姥招手道:"你可敢走过来?你若敢,央上船来说话。"那女子犹豫了一会儿,走上船来,施了一礼道:"刘姥姥,我是妙玉。"

"妙玉?哪个妙玉?"刘姥姥话一出齿忽然想了起来,大惊道,"莫非是从前大观园里的妙玉大师?"

"什么大师?!"妙玉苦笑道。

"妙玉大师这是还俗了?"刘姥姥看她一身俗家打扮,笑道,"我才已看了你好一阵子了,只因你换了这身装束,我竟怎么也想不起是谁来了。"

妙玉刚要答话,却见船家拎了些东西回来了,刘姥姥便将妙玉让进舱内。船家上了船问刘姥姥道:"我方才在岸上看见姥姥在船头同着一个女子说话,看着不像是那几位奶奶、姑娘,不知是谁?你老可别乱往船上让人啊!这人生地不熟的。"

"实不相瞒,船家,这是我从前在京城认识的一个故人,同我们宝二爷、史大姑娘皆是熟人。你放心,我老婆子不糊涂,不会乱让生人上船的。"

"那便好。还请你老体谅,外人上船,万一这船上东西有个闪失,我这船家说不清,因此不得不问问你老。"

"船家只管放心,我们说几句话她便走。"刘姥姥笑道。话音刚落,便见有几个男人从那堤岸之上跑下来,东张西望,人人一副凶神恶煞模样。看见船家与刘姥姥立在船头,其中一人便问道:"喂,你那船家,将才看没看见一个身穿粉色衣衫的女人经过?"舱内妙玉轻声叫道:"姥姥,姥姥,万不可说见着了。"刘姥姥闻言对那几个男人笑道:"你说什么?我们听不大明白啊!"那男人听她口音非本地人,便又问那船家道:"喂,你们从哪块来的?"那船家刚想回话,刘姥姥扯了扯他衣襟,他只好不作声。刘姥姥应道:"回几位爷话,我们从京城来,船才靠岸。"

"我不问你,问他呢。"那男人道。

"我这儿子是个哑巴。"船家听刘姥姥这般说,欲待辩驳,见刘姥姥悄悄拱手相求,便只好忍了。

"那你才将看没看见有个女的,穿件粉红衣裳,牙白的裙子,从这块经过啊?"

"我正想上岸去买两匹布去,不知此地哪家布庄有名啊?"刘姥姥答非所问道。

"你这老砍头的,我问你看没看见人,你倒同我说什么布庄!"那男人怒道。

"你说粉红衣裳,我就想起要买布的事来了。"刘姥姥咧嘴笑道,露出口中七零八落的牙齿来。那群人中有个男人道:"快别和她磨洋工了,这老砍头的手都够着棺材板了,还是上那头问问看去吧。"那男人听了恨声道:"这婊子,来了就没消停过!这回逮回去,我就敲断她的腿,看她还跑不跑了。"内中有人接口笑道:"反正腿断了,也不耽误伺候客人,也没准有人还好这个调调呢。"几个人吵吵嚷嚷地走了。

刘姥姥立在船头看他们走到前头船只跟前询问,末了一群人走远了,这才回身对船家道:"船家,方才得罪了,恕罪恕罪。"

船家不快道:"那你老也不好平白咒我哑巴呀。"

"是是是,对不住您了。"刘姥姥满口赔不是。船家看她一把年纪,且宝玉等人皆称她姥姥,便也不好再说什么。刘姥姥这才进了舱内，妙玉上前行礼多谢方才相救。刘姥姥上下打量了一番妙玉，疑惑道："啊呀，阿弥陀佛，妙玉大师啊，你怎地到了这里？又怎么这身打扮哪？"

"此事说来话长，一言难尽。"妙玉并不愿意将实情告知刘姥姥，反问道，"你老却怎么到了此处？"刘姥姥于是将宝玉南下投奔贾琏之事长长短短地说了一遍。

"这么说宝玉亦在此处？"妙玉喜道，"他人呢？"

"宝二爷领着二奶奶同史大姑娘皆进城玩去了。"

"二奶奶？宝玉成亲了？"

"嗨！什么岁数了，还不成亲？！"刘姥姥笑道，"这已是新续的二奶奶了，闺名叫作喜鸾，人也长得喜气，脾气也好。"

"新续的二奶奶？"妙玉奇道，"那前头还有个二奶奶，却是谁？怎么了？"

"说起来，妙玉大师你也认识。"

"姥姥，你别再叫我大师了。"

"好好好，阿弥陀佛，你怎么就不做大师了呀？"

"姥姥，你先别问我的事了，先说你们二奶奶的事吧。"

"是是是,瞧我这说话七岔八岔的。"刘姥姥笑道,"不能打岔,一打岔便忘了。才说到哪儿了?"

"说你们原先的宝二奶奶。"

"对对对,原先的宝二奶奶,妙玉大师你也认识。"妙玉怕她再忘了话头,因此由她去叫,"便是姨太太家的宝姑娘。可怜那样富态个人,竟这般短寿。正舱里头现供着她的骸骨呢。"刘姥姥摇头叹息道。

二人正说着话,外头船家招呼道:"哥儿、姐儿这么早便回来了?怎么不在外头吃了晚饭回来?此处的淮扬菜最是有名。"只听巧姐儿笑道:"走累了,买了些现成的回来,让姥姥也尝尝。我二叔他们回来了么?"船家答道:"还不曾回来。"巧姐儿说着话已进得舱来,见有生人在,吃了一惊。刘姥姥笑道:"姐儿快过来,这是熟人,是妙玉大师。"巧姐儿这才定睛细看,并不认识,又听刘姥姥介绍是什么大师,可眼前之人分明是俗家打扮,不由得愣在一旁,不知该如何称呼。王板儿见有陌生女眷在内,慌得又赶紧退了出去,拿着东西往后舱去了。

"姐儿那会子还小,必是记不得了。"刘姥姥笑道,转脸对妙玉笑道,"这是琏二奶奶的姑娘巧姐儿,方才出去那小子是我外孙子,王板儿,也是姐儿的女婿。"妙玉哪里弄得清什么巧姐儿,只是听说凤姐的女儿竟嫁了刘姥姥的外孙子,又想想自己,心内不由一阵莫名的酸楚,情不自禁便滴下泪来。

刘姥姥和巧姐儿见她好端端地落泪,也不知说什么好,刘姥姥只好打岔道:"姐儿你们方才哪儿逛去了?"巧姐儿见妙玉无端地见了自己便哭了,心内纳闷,又不好问,也不知该如何称呼,只得胡乱福了福,随口敷衍刘姥姥道:"也不知那是个什么地方,倒是商铺林立,卖什么的都有。我同板儿身上也没几个钱,逛了一圈脚也累了,买了些吃的便回来了。想必宝二叔他们也快回来了,史大姑姑同二婶婶也该脚疼了。"正说着话,听见外头船家道:"怎么只二位姑娘回来了,爷呢?"

"二婶婶她们回来了。"巧姐儿笑道,说着便同刘姥姥迎了出去。妙玉只当宝玉回来了,一颗心忽地"呼呼呼"乱跳起来,站在原地竟挪不动脚步,只听外头刘姥姥问道:"宝二爷呢?"

"是啊,我二叔呢?"巧姐儿亦问道。

湘云和喜鸾也不答话,进了舱内,抬头见有一陌生女子在内。湘云正待发问,刘姥姥忙道:"姑娘仔细瞧瞧,可认得是谁?"湘云听她这样说便定睛细看,大惊道:"妙玉?是你吗,妙玉?"妙玉点点头。湘云一步跨上前握了妙玉的手,上下打量了一番,使劲晃着,半晌忽地哭道:"你倒还了俗了,他今儿倒出家去了。"一旁的喜鸾听湘云这一说,忍不住号啕大哭起来。妙玉惊道:"他,谁?宝玉,出家了?"湘云边哭边频频点头。妙玉后退了两步,一跤跌坐在椅子上,两眼发直,一动不动。湘云见她这样,倒是出乎意料,可此刻实在懒得说话,自己拭干了泪,亦坐着发起呆来。喜鸾见她二人这样,吓得倒哭不出来了,收了泪,看着刘姥姥和巧姐儿,不知该如何是好。

刘姥姥看了看她几个,对喜鸾道:"二奶奶,到底是怎么个事情,好歹说说叫我们知道个头尾啊?!这怎么就高高兴兴上岸耍去,这会子哭声号啕地回来了,怎么个说法啊?说什么宝二爷出家了,出什么家?难不成出家当和尚去了?便是当和尚也该回来说一声,准备准备什么的,也叫人有个什么准备伍的呀!再者说,这怎地好好地便出了家呀?眼看着这就要到家了呀!这怎地……"

"姥姥，你快别再唠叨了。"巧姐儿打断刘姥姥的话道，"你还让不让二婶婶说话了？"

"是是是，二奶奶，你说你说。"刘姥姥忙道。

喜鸾这才拭了泪，细说情由。原来贾宝玉一行三人刚到城门口，便见有一僧一道迎面走来。那僧人癞头跣足，那道士则跛足蓬头。二人疯疯癫癫，谈笑而至。及至到了贾宝玉跟前，那僧人一把便扯下他项下挂着的宝玉。贾宝玉大惊，不及说话，那僧人托着那宝玉，摇头晃脑道："你这蠢物，可快活够了？"贾宝玉伸手来夺，口中嚷道："你这和尚，青天白日怎地抢夺他人之物？"那一僧一道相视而笑。那道士笑道："这货，早迷了心窍，看我唤他醒来。"说罢扬起手上肮脏不堪的拂尘轻扫了那宝玉一下道："青埂峰下一别，光阴似箭，今日便是你沉酣梦醒之时。由他冤孽过往，俱各偿清，趁着这天清气朗，还不散场？！"说罢从那僧手中拿过宝玉，一手托着自向城外走去。那贾宝玉听了，若有所悟，却不甚解，心下迷茫，脚下却跟着他二人便走。

湘云同喜鸾这才回过味来，拼了命跟在后头追着喊道："爱哥哥！""宝二爷！"贾宝玉听见，站住脚对那一僧一道央求道："我师，且容我同她们去道个别，再走不迟。"

"蠢物，尚未彻悟。"那道士转脸对那僧人笑道，"我便说你操之过急了！"

"我竟高估他了。"那僧人笑道，"既如此，前面不远，山环水旋，茂林深竹之处有一小庙，倒是个参禅悟道的好所在，便叫他在那儿再参悟几日如何？"

"他若在那里参悟，倒是那小庙的造化了。"那道士笑道，"可赐那小庙个名头，日后说起来也算有个来处。"

"有理。"那僧人笑道，"'智通寺'如何？"

"智通寺？不错。"那道士颔首道，"我便送它一副对联如何？"

"说来听听。"那僧人道。

"身后有余忘缩手，眼前无路想回头。"那道士朗声笑道，"如何？"

"好，好，好！"那僧人哈哈大笑道，"好个'身后有余忘缩手，眼前无路想回头'。"他二人口中说着话，脚下更不停歇，只顾往前走。贾宝玉听到此处，回头对湘云和喜鸾道："你二人也不必再跟着了，再往前走回头再不认得路了，就此别过。"说罢深作一揖，拂袖而去。不一会儿,三人便没了踪影。

湘云同喜鸾失魂落魄,好容易挨回到了船边。

刘姥姥听了喜鸾的诉说,早已念了千百句佛了,巧姐儿亦是啧啧称奇。独妙玉听了竟笑了,自语道:"'身后有余忘缩手,眼前无路想回头',果然好!'纵使千年铁门槛,终需一个土馒头。'我这槛内槛外许多年,却将自己绕糊涂了,徒惜这一身皮囊,空惹烦恼到如今,到底还是他明白。"说罢,谁也不看,径自走出舱去。

船家与王板儿在后头收拾晚饭。外头天已黑定,不远处遥见点点渔火,一轮明月斜挂于天,月下但见波光莹莹。妙玉在船头立定,夜风袭来,顿觉神清气爽,不由得微微一笑,向前迈了两步,轻飘飘便坠入水中。

船家在后头隐约听见船头似有重物落水之声,走到船头看了看,见寂静悄声,心中虽疑,但四周围又看了一遍,并无异常,便又回后头去了。

刘姥姥和巧姐儿亦听见些个动静,出来瞧瞧,亦未瞧出什么来,只是不见了妙玉,伸头往水中看看,并无异常,又向岸上张望了几眼,黑黢黢的看不真切,心想莫非她自己上岸去了?疑疑惑惑回到舱内,见湘云还坐在窗前发呆,便对喜鸾道:"也不知那妙玉大师可是上岸去了。"喜鸾亦无心理她。巧姐儿本与妙玉不熟,她来也罢去也罢,本不放在心上,自去将烛火点上,又到后头叫王板儿端了些吃食进来,劝湘云同喜鸾道:"史大姑姑、二婶婶,多少进些茶饭,宝叔他不过是出家去了,你们又何必如此呢?保不准宝叔他受不了佛门的清苦,自来寻咱们亦未可知啊!"想了想又道:"要不咱们明日先不走,在此处等上两日。他若不来寻咱们,咱们再走。"

喜鸾听了喜道:"我看行,咱们便在原地等他两日。他若不来,咱们也便死心了。"

湘云望着窗外,突然冷笑了一声道:"多余。咱们明日天明便走吧。慢说等两日,便是两年亦不能够见着他了。"转脸对喜鸾道:"你看他今日走时脸上可有一丝眷念?"喜鸾默然。湘云又自语道:"他那宝玉原是胎里带来的,今日那僧人上来一把便扯了那宝玉,那道士又说了一通莫名之语,必皆是大有来历,你我不识罢了!由他去吧!"

第四十七回

喜出望外平儿有孕
出乎意料贾兰中举

次日天明,船家解缆撑篙,那喜鸾犹自悲切。湘云立于船头叹道:"一夕瓜洲渡头宿,天风吹尽广陵尘。"

那船顺水势,帆借风力,不日便到了金陵地界。一行人弃舟上岸,一路问讯,终于找到了贾氏祖家。

金文翔一听来人是贾巧姐,慌不迭带路领着去见贾琏。贾琏听说巧姐儿夫妇寻了来,却也是喜出望外,忙叫请进来,一一见了礼。倒是平儿与巧姐儿重逢,二人相拥而泣。平儿将巧姐儿一行安置妥当,又陪着一起用了饭。贾琏自与贾蔷一处用饭,使人去唤王板儿过来一起用饭。王板儿吓得面红腿软,不敢过去。平儿笑道:"他是你岳父,又不是吃人的老虎,怕他做甚?且你既来了,总不能躲他一世。他既唤你过去,怎好不去?"刘姥姥心内亦怯得直打鼓,硬撑着替板儿打气道:"好孩子，你只管去，只管恭敬孝顺便是。"

王板儿无奈，只得战战兢兢去见贾琏。贾琏叫他过来坐下，那王板儿捏着两只拳头，握出了一手的汗，贴手贴脚地坐下，眼皮子也不敢抬一下。

贾蔷见状笑道："妹婿，皆是自家骨肉，不必拘谨。"说着轻轻拍了拍板儿肩膀。板儿抬眼瞄了一下，见贾蔷丰神俊俏、美服华冠，心下更加自惭形秽，越发不敢抬头。贾琏见他额上渗出豆大的汗珠来，不觉叹了口气，摇摇头道："你还是出去同她们一处吃吧，不必在此拘着了。"王板儿一听，赶紧起身，告退出去，到了门外，才长长出了口气，如释重负。

贾琏张罗着将贾政等人的骸骨葬入祖茔。平儿见王板儿和刘姥姥皆怯着贾琏，便叫他们无事不必非来见面不可，只在自己院内过活便是，样样皆是全的。刘姥姥连声道谢，自此一家三口便在小院内单独过活。平儿拨了个小丫头过来，巧姐儿不要，退了回去，说已然习惯了自己动手了。平儿请贾琏示下，贾琏说由她便是，平儿也便罢了。

巧姐儿每日过去给平儿请安问好，王板儿不敢来见，贾琏也不怪他，由着他自在便好。那王板儿倒是个闲不住的，看见院子附近的地皆空着，便叫巧姐儿请了平儿示下，将闲地皆种了些蔬菜瓜果之类。巧姐儿闲时亦帮他浇浇水，一家人却也自得其乐。所得头茬的果蔬，巧姐儿采摘了赶紧送与贾琏与平儿尝鲜。贾琏见了，不由得为女儿摇头叹息，后来见他小夫妻其乐融融，心下也甚高兴，反倒放下心来。

转眼便立了秋。这日一早，小丫头端了水进来伺候贾琏和平儿起身。贾琏躺在被窝里同平儿商议，欲与贾蔷进城去采买些布匹，好制备冬衣。平儿道："姐儿来了这些日子还没进过城呢，不如咱们都跟着进城逛逛去吧。"贾琏笑道："你只说你想去便是，何必拖上姐儿？我看她的心思都在那傻小子开的那一亩二分地上呢！"平儿斜睨了贾琏一眼笑道："偏你聪明，是我肚子里的蛔虫。便是我想去，又待怎地？"贾琏见她娇俏动人，一把拉到怀里，笑道："从前说这个是狐媚子，那个是妖精，专会迷惑男人，我看哪个也不如你会迷人。"平儿推着笑道："你疯啦？这都日上三竿了，万一有人走了来，可怎么好？"贾琏笑道："日上三竿便如何？又不是头一回。这会子谁又会走了来？便来了又如何，我难道还怕谁不成？"小丫头子见状，赶紧退了出去，悄悄带上门，在外头候着。

一时平儿唤小丫头进去，伺候贾琏洗漱了。贾琏叫请贾蔷过来，同他说了进城的事。贾蔷笑道："二叔不同我说，我也正要同二叔说这事呢。昨儿龄官还说了想进城逛逛去呢！"贾琏笑道："既是这样，那便通知她们娘儿们，明日早些起，进城逛一日去。"又转脸对平儿道："把那刘姥姥和王板儿也都带上，来南方一趟都还没进过金陵城呢。"

刘姥姥听说要进城，喜得什么似的，将昔日贾母给的衣裳拿了一身出来，对巧姐儿和板儿笑道："明儿我便穿这一身，这身衣裳原是留着装老用的，还是先穿了再说吧。别给我们姐儿丢了份儿。我听说这金陵城除了没皇上，比着京城里头还要热闹呢！"湘云和喜鸾却不愿同去，情愿留在家中。贾琏知她二人因为宝玉的事尚未复原，也就随她们自便。

次日早起，车马早已备妥，王板儿情愿赶车，贾琏便由着他驾了辆车，车内载着刘姥姥和巧姐儿。兴儿驾了一辆车，车上坐了平儿和一个小丫头子。贾蔷的小厮三儿亦驾了一辆车，车内坐着龄官和小丫头。贾琏、贾蔷自骑了马，隆儿骑了马在后头跟着，单留了昭儿看家。那昭儿眼巴巴看着他们进城,再三关照隆儿与兴儿:"有好吃、好玩的千万记得给我带些回来。"兴儿道:"回回二爷进城都带着你,就这一回留你看家便做出这等可怜样来。"众人皆笑。

一行人进得城来,各种繁华尽收眼底。忽见前面一群人围着在看告示,贾蔷道:"二叔且稍候,我看看去。"贾琏勒马站住。不一时贾蔷跑来,招手道:"二叔,你快下来,快下来呀!"贾琏疑虑着下了马道:"什么事?你说便是了。"贾蔷也不答言,拖了贾琏便往贴告示处走:"二叔,你快看看去。"贾琏被他连拖带拽拉进人群,举头一看,贴的乃是今科武举名单,上头第一名赫然写着"贾兰"二字。贾琏一惊,再看那后头,清清楚楚写着:京都人士,祖籍金陵,出生年月日并时辰。贾蔷道:"二叔,你细瞧瞧,可是咱们家的兰哥儿吗?"贾琏又将那行字一个一个念了一遍,低头又回想了一遍贾兰的生辰八字,拍手道:"可不正是咱们家的兰哥儿!"

二人欢天喜地回到车马跟前,将喜讯告知众人,众人无不欢欣。兴儿道:"二爷,咱家这是要东山再起了呀!"贾琏笑道:"这话为时尚早。俗话说:'朝里有人好做官。'各处候补的官员多如牛毛,还得看兰哥儿的造化才成。不管怎么说,这总是桩天大的喜事。头名,那叫状元!咱兰哥儿成了武状元了!走,咱们今天阖家下馆子去。挑最大最好的地方进。"

贾蔷挑了家名叫"绿柳居"的百年老店,要了一间天字号雅间,一家老少欢天喜地落了座。兴儿、隆儿、三儿几人在楼下坐了一桌,两个小丫头在楼上伺候。不一时菜肴上来,真正是色香味俱全,不想平儿刚吃了两口便恶心难耐。龄官、巧姐儿、刘姥姥并两个小丫头子忙扶了里间去拍了一阵子,干呕了几声,觉着好些了,复又落了座,刚吃了一口,复又恶心起来,头也有些晕。贾琏心想许是夜里自己太过轻狂,使她伤风受了些凉了亦未可知,便吩咐小丫头将兴儿叫上来,叫他去打听附近哪有生药铺子,去抓两副治伤风的药来。兴儿答应了,刚要去,刘姥姥道:"先别去。"壮着胆子转脸对贾琏道:"二爷,我瞧二奶奶的样儿不像是伤着风了,倒有几分像是害喜的意思呢!"

"什么害喜?"贾琏一时没回过神来。

"我也说不准,"刘姥姥道,"只是我在乡下见得多了。那小媳妇们害喜,十之八九都是这个样子。"

"是吗？"贾琏喜道，"你老活到这个岁数，自然是见多识广。"转脸对兴儿道："快快快，下去打听打听，看这附近可有什么妇科圣手，立马请了来。"

不一时大夫来了。酒店之内，也顾不得避嫌，平儿拿面纱遮了脸，大夫搭完脉道："不知这位夫人的官人是哪一位啊？"

"是我是我。"贾琏道，"怎么说？"

"给老爷道喜了，尊夫人有喜了。"大夫拱手笑道。

"啊呀！此话当真？"贾琏喜道。

"千真万确。"大夫笑道，"脉象平稳，诸般皆好。我这就给夫人开两剂安胎的药，回家静养即可。"

"好好好，有劳有劳！"贾琏喜得合不拢嘴，"大夫，我平时并不在这城中居住，不知您能否每月至我府中替我夫人诊上一回平安脉？诊金多少，您只管说。"大夫答应了，兴儿送下楼，跟着出去抓药去。这里贾蔷等人赶忙起身给贾琏、平儿道贺，贾蔷笑道："今儿这可真是双喜临门啊！也是巧了，可巧咱们今儿进城，连大夫都是现成的，真是事事顺心合意啊！"众人皆连声称是，重又坐下。贾琏执了平儿之手，不知如何奉承才好。

贾蔷笑道："二叔，我敬你一杯！这样大喜事，怎能不开怀畅饮？"

"是是是。"贾琏笑道，"我干了。"

一家人酒足饭饱，欢欢喜喜地打道回府。

是夜，贾琏对平儿更是极尽温存，笑道："你跟了我这些年，从未见你有个什么动静。我只道你我这辈子也就这样了，再不曾想竟有这一天。"平儿道："我若有什么动静，岂能捱到今天？"说着忍不住眼泪便在眼眶里打转。贾琏见状，忙搂住道："从前的事，咱们谁也不提了，只一心想着今后的好日子便是。"平儿贴在贾琏怀中"嗯"了一声。贾琏又道："我想进京一趟，去看看兰哥儿到底什么个状况，或能助他一臂之力。"

"你又不是什么王侯将相的，你去能有什么用？"平儿道，"当初姐儿落难，大奶奶硬是将我们交与了王仁。如今各人自过各人的日子便是，何必自己送上门去？焉知大奶奶便需得着二爷呢？"

"你懂什么？！"贾琏正色道，"兰哥儿中了武状元，大奶奶不过一介女流，她能将哥儿教成这样，已是天大的功劳了，又岂能指望她能替哥儿的仕途谋划什么？那李守中若在从前，或许能助兰哥儿一臂之力。但如今忠顺王爷已故，他们李家那两个送进去做妾的姑娘恐怕自身都难保，又怎么可能帮得上兰哥儿？"又沉思了一会儿道："兰哥儿还嫩，纵使他有真能耐也得有人抬举才行。我必须得回趟京都，何况帮他便是帮咱们自己，我与他一笔写不出两个'贾'来，从来都是一荣俱荣，一损俱损。"

平儿听他说得有理，只得点头道："既是这样，那你便去吧，只是我心下实在舍不得你走。如今我又身怀有孕，你便放心得下我？要不我同你一道回京吧。"

"好啦！瞧你那点小心眼子。"贾琏笑道，"你这好不容易怀上了，我便是在家也不敢碰你，天天还搂着摸着的，没的叫我心痒，不如我去京都办点正事。"平儿羞道："你胡说什么呢?！"贾琏笑道："我可不是胡说。我在家，你敢夜夜依着我来么？你放心，我此次进京，办的是大事，且我如今亦不同往日了，哪里有心思去流连花街柳巷？你怎么只想着我从前的孟浪，再看不见我如今对你的赤诚呢?！"平儿见他一语道破自己的心思，不由含羞笑道："你尽胡乱猜疑，我不过是不舍得与你分开罢了。"

"好好好，你的心意我全明白。"贾琏笑道，"你只安心在家养胎，替我生个大胖小子，便记你头功一件。"

次日，贾琏叫人将贾蔷请来，同他说了进京之事，叫贾蔷在家守好家小，自己的事办得无论好歹皆会差人回来报信。贾蔷答应了，帮着筹备了进京行囊。贾琏择了日子，带了隆儿和昭儿一同进京去了。途经扬州，本欲进城访一访薛蚪与宝玉，奈何心中有事，只得作罢，留待来日了。

贾琏到了京都先寻着贾芸，贾芸见了惊喜交加自不必细言。贾琏将自己此次进京的目的说与贾芸，说着话一刻也不想耽搁，便想去找裘良商议。贾芸略一沉思道："二叔，叫我看，此事还需从长计议。"

"那是自然。"贾琏道，"朝廷又不是咱们家的，若是，咱们也不致到今天这一步，自然是要慢慢图谋才是。"

"二叔，你老一心想要重整家业，这个小侄自然明白，如今兰哥儿的事也的确是个机会。只是一条，你老这念头眼下不过是自家一厢情愿罢了，尚不知兰哥儿与大奶奶是个什么想法呢！"贾芸沉吟道，"二叔你想，此事若要办成，除了时间，银子亦是少不了的。且从前兰哥儿尚小，咱们亦不知他的性情，大奶奶为人，二爷心里自然是有数的，无须我多言，咱们别到头来剃头挑子一头热，他们娘儿俩倒没这个念头，咱们又咋呼什么呢？再者，即便是咱们同他们娘儿俩大伙儿的一拍即合，这事若办成了，大奶奶那里把脸一抹，不认账了，难道咱爷们去同她个寡妇理论不成？传出去岂不丢人？"贾芸见贾琏将自己的话听了进去，便又接着说道："因此我想，咱们便是要替兰哥儿使劲，也该先去见了他同大奶奶，把咱们要出力的话说在面上。一则叫他们知道咱们的心意，二则亦探探他们的口气，三则也试试兰哥儿的心性，四则大奶奶若想兰哥儿出头，自然是要舍几个银钱的，不是咱们要图她什么。关键是这样的事，咱们亦不知道需要多少银子才能办成，咱们亦不必自己一头硬扛着，何况咱们亦未必扛得住呢？！"

"我的儿，你如今是真长成了，"贾琏叹道，"虑事竟这样周全。我方才只顾高兴，竟不曾虑到这许多。"

"二叔过奖了，侄儿要跟着你老学的地方还多着呢！"贾芸笑道。

"既是这样，咱们这就去李府寻兰哥儿去。"贾琏道。

"二叔且不急在这一时半会儿的，这会子未时已过，今日且好生歇歇。明日一早，我陪二叔再去不迟。"

贾琏闻言，摸出怀表来看看，点头应允了。

第四十八回

访故交贾琏巧运作
搏富贵叔侄赴西北

次日一早,贾琏、贾芸叔侄二人来到李府。贾兰听说贾琏来了,一路小跑迎了出来,一见贾琏纳头便拜:"二叔,你可回来了!"贾琏一把扶住,笑道:"哎哟,状元公行此大礼,我可受不住啊。"

"二叔取笑了。"贾兰起身笑道,又转身同贾芸见了礼,请二人进府说话。贾琏边走边问道:"你外祖父母并你娘都好?"

"都好,多谢二叔挂念。"贾兰道,"我宝叔他们都好?他们这一大家子人过去,给二叔添麻烦了。"

"嗨,你宝叔的家眷如今倒是都在我那里,他自己却行至扬州上岸跟着两个出家人走了,我压根儿就没见着他人。"

"是吗?"贾兰惊道,转念又一想,叹息道,

"唉！宝二叔行事从来不是我等看得懂的，兴许来日他真能修成个有道高僧亦未可知呢！他若真修成了，亦是咱们家的福气呢！"

"哥儿果然长大成人了！"贾琏笑道，"这武状元说话果然是不同凡响。"

"二叔，你老快别臊我了。"贾兰笑道，"二叔可要见见我外祖？"

"你有今日，你外祖全家功不可没，我今日便是专程来谢他的。"贾琏笑道。贾兰道："既如此，二叔同芸二哥稍候，我进去通禀一声。"贾琏、贾芸答应了，候在书房外头，二人相视一笑。

一时，贾兰出来请二人进去。李守中一见二人，忙起身相迎，贾琏、贾芸慌忙上前行礼。李守中赶忙将贾琏扶住，贾芸上前磕头行礼，几人分宾主坐下。贾琏叫昭儿、隆儿将南方带来的礼物奉上，又说了许多感谢之言，末了又说贾兰日后还请李守中多多提携之类的话语。李守中先前听他说些感谢之言尚笑着谦让不迭，及至听到后来说到提携之语，不由得长叹一声道："唉！我何尝不想提携自家亲外孙？只是力不从心哪！这要是放在从前，有府上的门楣在，哥儿如今拔了头筹，不用咱们开口,不知有多少人要争当这伯乐。可现而今,哥儿便是个武状元又如何?不过是赐个出身罢了!我请托了多少人,也只在兵部谋了个候补的位置而已。或是忠顺王爷健在,亦可请托一二。唉!如今朝中兵权,内有裘良,外有冯紫英,若非他二人发话,便是兵部尚书袁凡,亦不过是个摆设罢了。"

贾琏闻言大喜,面上却不动声色道:"亲家所说的裘良,可是五城兵马司裘良?"

"正是此人。"李守中道,"此人如今乃是当今圣上第一心腹之人,从来不与朝中任何官员过多往来。也正因如此,圣上才越发信任于他。怎么,二爷同他相熟?"

"那倒谈不上。"贾琏笑道,"不过是从前略有些交情罢了。亲家说的那冯紫英可是神武将军公子?"

"正是。不过神武老将军早已为国捐了躯了,如今他家公子袭了神武之名,圣上亲封为神武大将军,加封一等公,镇守西北。"

贾琏听了,频频点头。李守中又道:"二爷此番回京是长住啊,还是办事?倘是办事,若不嫌弃便在我这里暂住。我这里虽不能与府上从前相提并论,但诸事却也方便，兰哥儿早晚也能得些训教。"贾琏笑道："亲家说笑了！亲家乃是当世大儒，哥儿得你老栽培足矣，哪用得着我？！我现住在芸哥儿处，亦十分便利，多谢亲家美意了。"李守中摆手道："二爷不必过谦，哥儿跟我只能学些迂腐的书面文章，况哥儿并不十分喜好这些，跟着二爷却能学些人情世故。有道是：'世事洞明皆学问，人情练达即文章。'"

"外祖，这却不似你老从前的口吻啊。"贾兰笑道。

"唉！我亦是活至今日方才悟出这其中的道理来。"李守中苦笑道。

"亲家，"贾琏道，"实不相瞒亲家，此次进京，一来多谢你老这些年对我们兰哥儿的教养之恩，二来是想为兰哥儿谋个好前程。"

"啊呀，好啊！若得二爷相助自然是最好不过了。"李守中喜道，"从前府上同北静王相交甚深，我因同忠顺王府结了亲，如今亦不便前去相求。若得他老人家相助，何愁兰哥儿没有锦绣前程？"

"咱们家的事情，老亲家尽知，也不必瞒着掖着的。"贾琏听了李守中之语，心中已有主张，笑道，"虽说我们老爷早已被赦免，到底曾是犯官，哥儿如今纵使圣上赐了个出身,却不足以以此进阶,便咱们去求北静王,亦须自家过得硬,叫王爷在万岁爷跟前有话可说才行。平白便去相求,自家没脸不说,王爷亦为难,此事必须徐徐图之。"

"二爷言之有理。"李守中道,"想必二爷已成竹在胸?"

"成竹在胸却也未必,只是我此次进京,为的便是此事,自是要搏上一搏方才死心。尽人事,听天命吧。"

"兰哥儿,还不快与你二叔跪下磕头,多谢他为你筹谋。"李守中对贾兰道,"便是你亲老子在世亦不过如是。"

贾兰忙跪下行礼。贾琏扶起道:"傻孩子,咱们是至亲骨肉,何需如此?也是你自己争气,若你不中了这个武状元,我又焉敢起这样的意?"几人坐着又说了会子话,贾琏起身告辞,说要过去问候一下李纨,贾兰便领了他们去见李纨。那李纨正病着,听贾兰进来大致说了贾琏来意,心中又羞又愧,忙叫请进来。

贾琏、贾芸进来隔帘问了安,李纨谢过,问了贾琏等人在南方情形。贾琏一一答了,说到宝玉,不禁又叹息了几句。末了，李纨道："我一介女流，兰哥儿的事全仗着二爷帮忙运筹帷幄了。有需要上下打点的，只管叫哥儿家来说。我因陪伴哥儿读书，早早移至娘家，逃过一劫，倒还剩了些头面在手头，平时省吃俭用，亦不过是为了他今日。你们眼下的情形，我心里清楚得很，自家骨肉，二爷千万不必与我客气。"

"大奶奶这话我记下了，若真是我同芸儿皆束手无策了，我定叫兰哥儿家来寻你。"贾琏道，"哥儿能有今日，皆是大奶奶教子有方，但愿咱们别白忙一场。"

几人又聊了几句，李纨留饭，贾琏坚辞，道："我这就要去寻五城兵马司裘良去，先探探他的口风再说。"李纨道："既是这样，我便不留二爷了。二爷去看裘大人可要带些礼物？"贾琏笑道："这个不劳大奶奶操心，我早已预备好了，从南方带来的。"李纨再三谢了，贾琏告退出来。贾兰送他二人出去，边走边道："二叔，你看我要不要同你一道去呢？"贾琏想了想道："你还是先别去，你若跟了去，显见得我是为你的事而来，他岂能开心？"贾兰想想也是，只得作罢，将他二人送出大门，看着他们上马走远了方回。

贾琏同贾芸来到裘良府上，裘良叫人请了进来，互相见了礼,分宾主坐下。贾琏叫昭儿、隆儿将礼物送上,笑道:"都是些不值钱的土特产,有金陵的,也有沿途路上见着好的,便也买了些带来。"裘良叫人收下,吩咐厨下备酒备菜,要与贾琏一醉方休。贾琏也不推辞,与裘良互诉别情。一时酒宴备齐,家人来请。三人入席,裘良叫左右皆退下,对贾琏笑道:"咱们自在喝酒说话。"

"正要如此。"贾琏笑道。

裘良道:"来来来,这一杯我先与你接风洗尘。"说罢一饮而尽。贾琏亦不停顿,说声"多谢"便也干了。贾芸亦相陪一杯。贾琏举杯道:"这一杯,该我敬兄长。我一回来便听芸哥儿说了老薛之事,多谢兄长周旋。"贾芸亦笑道:"那这一杯,我是必陪的了。"

"嗨,小事一桩,不值一提。"裘良笑道,"忠顺老王一倒,孙绍祖亦完蛋了,连那贾化昨日朝堂亦被参了。"

"哦?"贾琏拿起酒壶欲替裘良斟酒,贾芸忙伸手欲抢过酒壶,被贾琏拿手挡开了。贾琏端了酒壶,慢慢往裘良杯中倒酒:"他可是个闲不住的,这回又该转投北静王爷麾下了?!"

"哼！"裘良冷笑道，"漫说是北静王爷，便是我这样的莽夫亦瞧不上他这等朝秦暮楚的小人！"裘良说罢随手干了面前的酒，将空杯示意给贾琏看。贾琏忙干了自己面前的酒，贾芸忙替二人续上。

"忠顺王爷虽倒，但根基尚在，从来朝堂之上无世仇，只有利益。"贾琏说着一仰脖喝了杯中酒，亦将空杯与裘良看。裘良笑道："好，老二你还是那么爽快。"说罢一仰脖亦干了杯中酒。贾芸忙将酒续满。贾琏接着道："王爷如今正是用人之际，又岂会在乎他从前那点子小事？"

"这你就不懂了。老二，你虽机敏，却到底没正经上过朝堂，你哪里知道有些事可容，有些事不可容？某人能容甲事却不一定能容乙事，某事能容甲却未必能容乙，这里头奥妙无穷，亦变化无穷。"裘良摇头笑道。

贾琏点头道："兄长教训得是。来，我敬兄长一杯，多谢指点。"说罢干了杯中酒。裘良听了高兴，亦一饮而尽。贾琏放下酒杯，叹息道："可恨我自己无能，我若有兄长这身本领之万一，亦可为国家效力，为王爷效些犬马之劳。"又"噗嗤"笑道："哎，我现在练可还来得及？"裘良闻言哈哈大笑道："这国家等你练成了前去效力，还不早被番国瓜分啦！"裘良忽然想起一事："对了，你家不是出了个能打会射的吗？"

"你是说我们兰哥儿吧？"贾琏笑道。

"不对，你故意拿话诓我的吧？"裘良斜睨着贾琏微微笑道，"你今儿到底是为什么来的？"

"不敢欺瞒兄长，实是为着听说我女婿家中为饥民所扰，只她小夫妻并女婿的姥姥三人逃出，亲家夫妇生死未卜，他家又别无亲故，她一家三口只得哀告于我。到底是亲戚一场，我亦不忍袖手旁观，无奈俗务缠身，延至今日方才回京来探个究竟。因思念兄长，所以这一路上便想着务要来与兄长一聚，不料兄长竟误会我了！我在南边，住在乡下，消息闭塞得很，兰哥儿的事我是到了这里才听芸哥儿说起的。"

"大人，实是我昨儿晚间无事，与二叔闲聊提及的。"贾芸忙笑道，"二叔昨儿刚到，到了便说要来拜见大人，是我拦着说先歇一晚上，明儿傍晚再去不迟，去早了恐大人不得空呢。"

"你听听，兄长可是冤枉小弟了？"贾琏故作委屈道，"兄长与小弟相识这些年，小弟为人难道兄长不知？我岂是那等唯利是图、趋炎附势的小人？兄弟们一处合得来，便耍；合不来，亦不强求。兄长若觉着如今小弟高攀不上了，小弟这就告辞便是，没的拿这话来臊我，负了我一番情谊。"说着话，作势便要起身告辞。裘良一把按住笑道："怎么，老二，哥哥不过随口说句玩笑话，你便使起性子来了？要与我绝交不成？那也得喝了这顿酒我才放你走。"说着举起杯："哥哥方才言语不当，我干了，只当是与你赔个不是了。"说罢一饮而尽，将空杯翻过来让贾琏看。贾琏忙端起酒杯笑道："兄长言重了，实在是这几年各种势利小人见多了，难得兄长始终未曾见弃，至今尚与我交好，感激之情难以言表，私心里却又唯恐叫兄长看轻了，说我只因慕着兄长权势才刻意前来邀好。这心里一急，便口不择言了，还望兄长海涵。"说罢亦一饮而尽，照样将杯底朝天叫裘良看了。裘良见他说得恳切，又有几杯酒下肚，不禁亦有些热血上涌，感慨道："这人，患难之中方显出品性来。你我兄弟，从此再不许说这等相互猜忌之语。来，干了。"二人又干了一杯，裘良道："不过难得你家兰哥儿这回拔了头筹，我却有心帮他，只是一时不好开口，难道老二你就不想好好利用这个机会么？这俗话说'一人得道，鸡犬升天'，这兰哥儿是你至亲侄儿，他又只一个寡母，你此刻若能助他一臂之力，他岂有不将你奉若生父的？"

贾琏闻言站起身来，整了整衣衫，郑重其事地给裘良行了个礼道："真正生我者父母，知我者兄长也。"裘良招手道："你快坐下说话。"

"兄长所言极是，我亦明白这个道理，只是无从下手啊！"贾琏坐下道，"兄长有何良策，还望指点小弟一二。"

"我倒是也没什么良策。"裘良沉吟道，"如今国家虽是用人之际，只是朝中无人，亦难出头。况哥儿乃是个武状元，演武场上拔了头筹尚不足以在朝堂之上安身立命，唯有豁出命去到战场上混个军功回来，才能站稳脚跟。到那时莫说是我，便是北静王爷出言相帮底气亦足。"说着摇摇头道："却不知你家那寡嫂可豁得出去？你又是否舍得？据我所知，这兰哥儿眼下可是你这一支上的独苗了。"

"嗨，我有什么舍不下的，我只恨自己如今身无所长，悔之晚矣！祖宗们当初又何尝不是拿命搏来的富贵？！"贾琏道，"兄长若有好办法，但说无妨。我家大奶奶那儿，我自去同她说去。如今家中论资排辈我说了算,她若应允最好不过,她若不允,由不得她一内宅妇人做主。"

"这话说得是。自古道:'富贵险中求。'"裘良点头道,"如今西北军中冯紫英一人说了算,我倒与他有些交情,府上当年应该同他亦有些往来的。"

"从前我珍大哥同他交好,不过那时大伙儿皆少年孟浪之时,成天飞鹰走狗,呼朋引伴,不过是些酒肉之交,不足道哉。"

"既如此,我便修书一封,荐你家哥儿前去投他,请他寻个机会,叫哥儿立个大功,到那时咱们皆有话可说了。"

"如此多谢兄长了!"贾琏作揖道,"我明儿便带了哥儿登门拜谢兄长提携之恩。"

"不必客气。"裘良笑道。

次日,贾琏携了贾兰带着厚礼前去拜谢裘良。裘良免不了对贾兰说了一番勉励之语,贾兰一一应下。裘良将书信交与贾琏,贾琏叔侄拜别回家,又备了一份厚礼,顾不得年关将至,贾琏亲送贾兰前往冯紫英军中。

叔侄二人并昭儿、隆儿,一行四人晓行夜宿,恰大年三十晚上赶到了冯紫英帐中。冯紫英本与贾琏相识,又见有裘良亲笔书信，再加上大年三十，他叔侄不畏严寒奔了来，自然是越加亲热。

那贾兰又在校场之上陪冯紫英演练了一回，冯紫英大为赏识，捻须笑道："果然是后生可畏啊！"又对贾琏笑道："有此虎子，府上有望矣！"

"全靠将军抬举！"贾琏作揖道。

冯紫英笑道："你我兄弟，何需如此？便叫这小子先做了我的帐前校卫如何？"贾琏忙叫贾兰叩拜谢恩，贾兰跪下道："多谢将军栽培。"

军中生涯别无他乐，除了吃喝便唯有演武。贾琏在军中日日陪着贾兰与冯紫英到校场上演练，眼看着贾兰纵横校场、英姿勃发，心下甚慰。每日晚间，无事便陪冯紫英小酌两杯，闲话数语，直滞留至二月末方才告辞。冯紫英道："眼见着便要春暖花开，恐军中有事，我一时顾不过来，你再有个闪失，我便不留你了，来日京都再会。"

"我在京中恭候将军！"贾琏拱手道别。

贾兰送出军营好几里地，方才打马回营。

第四十九回

贾琏献簪取悦太妃
水溶寄书助功贾兰

贾琏回到京城,不敢回南,留在贾芸处等候消息。林之孝早听了贾芸说了事情原委,悄悄置下一处宅院,又配了两个小丫头、两个厨娘,备好酒宴,这才将贾琏请了来。吃饱喝足,同贾芸两个请贾琏前前后后转了一圈,又领到卧房、书房皆看了一遍,这才笑道:"二爷瞧着可还行?"

贾琏笑道:"行与不行与我何干?"林之孝道:"这是小的孝敬二爷的。二爷如今滞留京中等兰哥儿的消息,住在芸哥儿那里终究不大方便。先在这小院中将就些,等咱们兰哥儿出息了,何愁没有大宅院?"贾琏想了想笑道:"你一片孝心,我也不便推却,且我如今也的确用得着。只一条,兰哥儿若成了,咱们自然皆跟着沾光;若不成,你可就跟着白忙活了。"林之孝道:

"爷这叫什么话？爷是小的旧主，便是没有兰哥儿这事，爷回京来，也是我该孝敬的。"

"难得你这样赤胆忠心。"贾琏道，"往后说话也不必'小的''小的'的。亲家，咱们不是亲家嘛！芸哥儿是你实实在在的亲女婿，你在我跟前'小的''小的'的，也不像话。"

"话不能这样说。他是他，我是我，我在他跟前自然也是称大当爹的，可在二爷跟前该怎样还怎样，规矩不能坏了。"

"是，岳父说得对。"贾芸笑道，"二叔您便由着他吧。"

贾琏只得作罢，进屋坐下道："唉！但愿祖宗在天有灵，保佑兰哥儿早日功成。若事不成，我等上一年半载的便依旧回南方去了。唉！从前日日盼太平，如今我这心里啊，竟日日盼着边关起狼烟呢。"

"二叔，这事可性急不得。"贾芸道，"这边关的事，哪有个准头？当年卫公子亦是急于求成，却不料事与愿违。这成与不成，皆由天定。二叔不如将二婶婶他们都接了来，在京中住上个三两年，想必总该有个消息了。"

"平儿如今身怀有孕,再过两个月怕是就该生了,此时不宜劳动。"

"啊呀,这样大喜事,二叔怎地一声不吭?"

"小的给二爷道喜了。"林之孝亦喜道,"恭喜二爷,贺喜二爷!"

"这也没腾出空来说家常啊!还不知是男是女呢!"贾琏笑道。

"无论男女皆是喜事啊!"林之孝笑道。

"我有心回去看看他们,又怕误了京中事务。"贾琏沉吟道,"这两日我须去一趟北静王府。"贾芸、林之孝皆点头称"是"。

贾琏于是去寻李纨,问她有没有拿得出手的首饰,不必多,但务要稀罕方好,打算拿去送与北静太妃。李纨想了想,取出一支通体碧绿的翡翠凤头簪子。若只是那簪子尚且平常,难得的是那凤嘴处衔着两个小小的翠环,环下坠着一颗蚕豆大小的珍珠。贾琏接过来细看,那簪体晶莹通透、苍翠欲滴,那小环精雕细刻,粗细均匀,再看那颗珠子,月白色,滴溜圆,通体莹润,周身散着晕彩,毫无瑕疵,拿铂金丝一头做成个彩云追月的造型包镶于那翡翠环上,那云头下坠处一头有铂金丝连着翠环,一头以铂金丝通入珍珠,那铂金丝又以两个比绣花针针鼻还小的小环相扣,将那珍珠同翠环勾连成一体。"难得这样的工艺,果然稀罕!"贾琏赞道,"大奶奶倒真有些好东西呢!"

"嗨,我能有什么好东西?!"李纨笑道,"这不过是当年我生了兰儿时,老祖宗说这是头一个嫡重长孙,赏我的。"

"原来是老祖宗的东西,这就难怪了。"贾琏笑道,"如今到底还是给兰哥儿派上正用了。对了,这簪子可有原配的匣子?"

"有。"李纨叫素云拿了匣子递给贾琏。

贾琏将簪子收好,特挑了北静王爷快散朝的时候到了北静王府,请门上进去通禀太妃。一时,太妃叫人出来请贾琏进去。贾琏见了太妃,行了礼。太妃道:"我听说你带着一家老小回南边老家去了,怎么今儿又回京来了?是京中有事吗?"贾琏答道:"南边虽是祖籍,但我辈皆生于斯长于斯,竟是将京中当成故土一般,无时无刻不想念。"

"这说的倒是实情。"太妃叹息道,又问了些贾琏等人在南方的情形并南边的风土人情。贾琏一一恭敬应答了，末了笑道："要说这南方亦自有南方的好处，它那里盛产珍珠，我得了一枝簪子，特拿来孝敬太妃。"说着取出簪子，递与旁边的丫鬟："太妃瞧瞧，若是喜欢便戴着玩玩，若是不喜欢便赏了丫头们吧。"太妃笑道："你来便来了，还带什么东西来？！"说着话，丫头将簪子递与太妃。太妃拿起来瞧了，点头道："倒是个稀罕物件。"

"我也是瞧着它这造型别致，难得这匠人用心奇巧。"贾琏笑道，"我想着除了太妃这样高雅之人，旁人戴了，凭她是谁皆配不上。"

"你这孩子，一张巧嘴，同我们溶哥儿一式一样。"太妃笑道，"这样好东西，你不留着却拿来孝敬我？"

"可惜我们太太、老太太一个也不在了，除了太妃，叫我去孝敬哪一个呢？"贾琏叹息道，"太妃能容我孝敬便是疼我了。从前我们老太太常说，同太妃如何地无话不说，如今我孝敬太妃，在我心里头便同孝敬我们老祖宗是一样的。"

"好吧，你既这么说，我便收下了，难为你这么千里迢迢地带了来。"

"太妃不妨戴上试试？"贾琏趁势道，说着告了罪近前,"我来替太妃插上。"丫鬟赶紧递过镜子来,太妃照着左右看了看。贾琏拍手道:"我就说只你老人家配戴这东西,旁人再不相称。"旁边丫鬟们谁不趁势奉承,皆道"好看""显着人都年轻了好几岁",哄得太妃越发高兴。几人正说笑着,有丫头进来禀道:"王爷回府了,来给太妃请安来了。"太妃道:"快请进来。"贾琏见水溶进来,忙上前请安问好。水溶先给太妃问了安,这才回身扶起贾琏笑道:"二舅兄,别来无恙?"

"多谢王爷惦记,一切都好。"

"快请坐下说话吧。"水溶转脸对太妃道,"老远便听见太妃笑声,什么事情如此开心?"

"琏二爷送了我个小玩意儿,她们都说我戴着好看呢!你瞧瞧。"太妃侧了脸笑道。水溶一看,见她头上横着一枝碧绿的簪子,笑道:"好看,太妃戴什么不好看哪?!这翠绿的好,更显得年轻。"

太妃笑道:"尽说瞎话哄我开心呢。"转脸对贾琏道:"琏二爷今日用了晚膳再回吧。"

"不敢叨扰,我也该告辞了,改日再来陪太妃闲话,只怕太妃嫌烦。"

"不烦不烦,我一个人闷着才烦。"太妃道,"只怕琏二爷有正事，瞎耽误工夫陪我这老婆子说话。"

"我哪有什么正事？"贾琏笑道，"只是求太妃别再二爷二爷的了，没的折煞了我。太妃若不嫌弃，便如我祖母在日一般，叫我琏儿吧。"

"好，便依你，叫琏儿。"太妃笑道。

贾琏起身告辞，水溶道："你且莫急着走，我还有话同你说。"贾琏便重又坐下。水溶笑道："近日可真是喜事接踵而至，今日宫中大喜，圣上又得一龙子。"太妃道："哟，这可是大喜事，那咱们得预备下进宫朝贺的礼物了。"

"那倒不急。"水溶道，"只是你们再想不到这位诞下龙子的贵人是谁？"

"听你这话茬，我们皆认识？"太妃道。

"太妃倒未必认识，但说出来肯定知道。"水溶笑道，"琏二爷却必定认识，竟是你亲将她送入宫去的。"

"我？"贾琏惊道，"我何尝送过人入宫？"

"莫急，且听我细细道来。"水溶呵呵笑道，"当今圣上乃是个念旧之人，一日偶然经过凤藻宫，想起当日贤德妃娘娘，便叫众人在外候着，独自信步走了进去。机缘巧合，有一旧时宫女留守凤藻宫。也不知怎地圣上便一眼瞧中了,当晚便留宿凤藻宫。那宫女奇就奇在凭空得了这天大的恩泽,竟不惊不恐,不喜不狂,沉着机敏,那一份从容,一般嫔妃尚不及她,更莫说寻常宫女了。圣上奇之,由此喜爱,后又去了几回。回回她皆如此,不卑不亢,及至太医说她怀了龙种,仍未见半点张狂,圣上以为如此贤女十分难得。如今诞下龙子,圣心大悦,因她喜爱荼蘼花,故加封为蘼贵人。圣上近日因她分娩在即,时常去与她闲话几句,聊起从前旧事,她说是琏二爷亲送她入的宫,今日圣上将本王唤去,询问这琏二爷如今身在何处,说他送蘼贵人进宫,乃有功之臣。我便答道:'这琏二爷如今身在南方祖籍,若要寻他,尚需派人前去查访。'恭贺琏二爷,喜从天降啊!"贾琏早已听得呆了,听见水溶道贺这才惊醒。太妃忍不住道:"那这蘼贵人究竟是谁啊?"

"是啊,这蘼贵人却是哪一位啊?"贾琏亦疑惑道。

"便是当年府上送进宫伺候贤德妃的丫鬟,闺名麝月的。"水溶道,"可是你送她入宫的?"

"啊呀,原来是她!"贾琏一拍脑袋,"这才是富贵从来由天赐,谁能想到她竟有今日?!"贾琏暗自回想麝月的模样,却是一丝一毫亦想不起来了。太妃听了亦"啧啧"称奇。

水溶笑道:"所以我说这好事成双,接踵而至。年前府上兰哥儿刚中了武状元,这紧跟着蘖贵人又视你为娘家人。这蘖贵人果然是个聪明人,前朝、后宫从来一样,孤立无援者皆难以生存。"太妃道:"是啊,年前我听说你家哥儿中了武状元了,这可真是将门虎子啊!这要说起来,咱们几家祖上皆是武将出身,这天下太平,后世子孙啊大多弃武从文了,如今倒常受这些累世的文官们的窝囊气,但愿咱们哥儿能替咱们武将一脉扬眉吐气。"水溶和贾琏听了太妃的话,皆忍不住笑了起来。水溶调侃道:"依着太妃的性子,咱们该叫哥儿干吗去呢?守在散朝的路上,凡太妃瞧不上的便叫他吃哥儿一拳?"太妃闻言亦不禁笑了起来。

水溶道:"太妃歇会吧,我同琏二爷前头还有话说。"贾琏闻言起身告退,同水溶来至书房,告了罪坐下。

"本王知你已将兰哥儿送入军营,此举甚妥。"水溶道,"咱们须得稳打稳扎,莫将一手好牌打烂了。所以今日圣上问我你在何方,我只说去寻你,却未说你已来京。朝中若无兰哥儿,只你一人,怕是不行。再者,忠顺余党尚未肃清，我前几日刚举荐了贾化负责查抄忠顺王府。"

"王爷为何举荐他？难道王爷不知他是个反复无常的小人么？"贾琏不解道。

"这么些年了，他的为人本王岂能不知？！"水溶微微一笑，"他如今恨不得将自己洗刷得同忠顺王府没有一丝关联才好，自然比旁人更加奋勇。正要他去方能查抄彻底。"贾琏听了连连点头道："是是是，还是王爷有大将风度，运筹帷幄，决胜千里。"水溶淡淡一笑道："此话言之尚早。我有一句话，你与我亲口去传与冯紫英。若天亦从人愿，兰哥儿可早日功成。"说罢对贾琏招招手，贾琏赶紧起身附耳过来。水溶低语暗授机宜，贾琏连连点头作揖，深谢不已，次日一早便带了随从快马加鞭赶赴西北。

有日，悄悄到了冯紫英帐中，将水溶之言一字不差转告冯紫英。冯紫英点头笑道："回去转告王爷，必不负所托。"贾琏道："可有书信带回？"冯紫英哈哈大笑道："你只同王爷说四个字便足矣——不负所托。"贾琏心领神会，又悄悄告辞而去。

贾兰此时已是冯紫英帐前校卫队长，叔侄二人见面并无一句言语，对视一眼而已。贾琏走时，贾兰深施一礼，并未多言。冯紫英看在眼里，心中暗暗叹道："这叔侄二人如今如此勤勉谨慎，若从前得此万一，亦不至一败涂地若此！且看他二人造化了。"

第五十回

紫薇舍人世事循环
镇海将军功成名就

贾琏回京不久，便听说西北番国扰我边境，冯大将军派敢死队深入敌境，鞭指番国王廷，扬我国威，先锋贾兰舍生忘死，杀敌无数，使敌闻风丧胆，俘获财物、人口无数，不日将奉旨解押番国降王并所获财物班师凯旋。

消息传至京中，朝野上下无不欢欣。圣上于金殿之上受了番国降表，金口赞道："自古英雄出少年！"又着户部详查贾兰的籍贯、家世。北静王水溶出班奏道："皇上，不必劳烦户部详查，臣只说几个人名，皇上便知他是谁了。"圣上笑道："哦？是谁这等有名？"

"他乃是当日荣国公嫡亲玄长孙，从前贤德妃贾氏娘娘的嫡亲侄儿，前工部员外郎贾存周的嫡长孙。"水溶笑道，"当今十七皇子生母蘩贵人的娘家侄儿。"水溶话音一落，朝堂之上便窃窃私语，议论纷纷，大多是说"将门虎子"之类的，自然亦有提及宁荣二府皆被查抄的，亦有暗自纳闷贾兰与蘩贵人关系者，纵使心中不服，此时此刻岂敢显露？那水溶深知圣上心意，特于此时将蘩贵人出身提了一下，免了日后皇子因生母卑贱受人诟病。圣上自然明白水溶之意，当下笑道："我道是谁，原来是'八公'后人，果然是将门虎子。"见贾兰仪表堂堂，举止不凡，又考校了些治国经略，那贾兰有备而来，当下侃侃而谈，圣心大悦，笑道："这样的少年英才，留在朕身边待些日子，学些经纬之道，再去边疆效力不迟。裘良，便叫他跟着你先学学内城防务。"

裘良出班奏道："臣手下副督统之位空缺至今，尚无合适人选。"圣上道："那便叫他在副督统的位置上历练，负责皇宫禁卫。"贾兰跪拜领旨谢恩，众人亦三呼万岁，无事散朝。

北静王水溶趁着入宫陪王伴驾之际，趁热打铁，禀告说已将贾琏召至京中，皇上便传贾琏入宫觐见。贾琏接旨，沐浴更衣，入宫见驾，见了圣驾，拜伏于地。圣上叫起来说话，那贾琏卖弄精神，举止潇洒，言谈得体，进退有度。圣上见他人品风流，口齿伶俐，颇有汉唐之风，甚是欢喜，当即便赐为紫薇舍人，领内帑钱粮，采办杂料。贾琏闻言心内不免有几分诧异，那薛家的先祖便曾也叫作紫薇舍人，面上哪敢流露出半分？慌忙跪地，叩谢圣恩，感激涕零。

贾琏谢恩出宫。贾芸、林之孝等人守在宫外，听得消息，众人无不欢喜，簇拥了贾琏回到家中。一时贾兰、李守中皆至，众人欢聚一堂。林之孝便张罗要替贾琏置办新居，贾琏止道："不忙这个，我自有道理。"众人不知贾琏心意，亦不敢胡乱做主。

贾芸道："二叔，几时将二婶婶他们接来京中团聚啊？"贾琏笑道："这倒是件正事，也是时候了。只是我此刻却不能离京，兰哥儿的事不过才开了个头。"贾芸笑道："二叔只管留在京中忙你的军国大事，我同昭儿回趟南方，替二叔接了他们来便是。"贾琏想了想道："也行，便辛苦你走一趟。"

"辛苦什么？"贾芸笑道，"我也趁便到南方逛一趟呢！"

林之孝道："可是要我说，得换个大点儿的宅院。这二奶奶他们一回来，哪还腾挪得开？"贾琏摆手道："挤便挤些，不碍事，切莫太过招摇，咱们家从前便是太过招摇惹的祸。况亦不到时候。"林之孝只得作罢。

"对了,"贾琏想起一事,"芸儿,你去南边之前抽空去趟那王狗儿家中。到了南边,巧姐儿夫妇若问起也有话回。"

贾芸答应了,第二日便去城外王家。谁知王狗儿夫妇当日不知怎地同饥民起了争执,夫妻二人已死了许久了,还是村里人帮着埋了。贾芸回来告知贾琏,贾琏懊恼道:"啊呀,我若早些叫你去看看,兴许不至于此。"贾芸劝慰道:"二叔不必自责。二叔回来这两年尽忙大事了,哪里顾得上这等小事?何况便是咱们去了,那些饥民密密麻麻,蝗虫一般,朝廷尚且没辙,咱们又能如何?"贾琏见事已至此,只得叹息道:"改日我去给他们上上坟、烧点纸吧,好歹也是亲家一场。"

贾芸同昭儿辞了贾琏,快马赶至金陵,才知龄官竟已病逝。贾蔷见贾芸来接,悲喜交加,听贾芸说了诸般事宜,赞叹道:"不料二叔竟真做成了此事!"贾芸笑道:"二叔的心野着呢,就这犹说时候未到呢。"贾蔷道:"我如今在此地了无牵挂,恨不得插翅与你飞回京都去。"平儿等人更是欢喜雀跃,忙着收拾行李。

巧姐儿夫妇听说王狗儿夫妇皆亡故了,哭了一场,不愿回京,情愿留在南边看守贾氏祖茔。那刘姥姥女儿、女婿皆没了,只有一心跟着巧姐儿夫妇了,自然也是不肯回京了。

湘云更是早已心灰意冷,情愿同巧姐儿等人一处,反觉亲近自在,故亦留了下来。喜鸾娘家都在京中,如今她孤身一人待在南方有何意趣?因此亦忙着收拾行李准备回京。

平儿见湘云心意已决,又想有巧姐儿等人在,料亦无碍,便不再强求,留了个小丫头子伺候她,留了些金银与巧姐儿傍身,又给巧姐儿他们留了一驾马车,好叫他们日后进城方便。两个本地买来的厨娘亦留了下来。

众人收拾妥当,平儿同孩子并奶妈子一辆车,昭儿驾车。两个小丫头一辆车,兴儿驾车,三儿在边上斜坐着。贾芸、贾蔷骑了马前后护着。一行人路上说说笑笑,途经扬州,少不了进城去逛逛,顺便同薛蚪见了一面。如今薛蚪诸般皆好,只是梅公子身体孱弱,不过捱日子罢了,众人不禁唏嘘不已。平儿同岫烟、宝琴虽是旧相识,然彼时身份各异并无深交,只是经了这许多事情,人人皆感慨万千,见了面倒是也有说不完的话题。停了几日,众人方才洒泪而别。

一路之上，赏花观景，不知不觉便到了京中。贾琏一见，高兴万分。平儿领着儿子，让叫爹。那孩子吓得直往后躲，众人皆笑。贾琏笑道："快过来，让爹好好瞧瞧。"说着一把抱起那孩子。孩子吓得哇哇大哭，贾琏只得让平儿将他抱回。平儿笑道："傻孩子，他是你爹呀！"

贾蔷等人皆笑道："过两日，熟了便好了。"

贾琏点头笑道："叫什么名字呀？"

平儿道："还没名字呢，等着二爷给取呢！"

贾琏想了想道："便叫贾薇吧，万岁爷金口封的紫薇舍人，他便叫贾薇吧。"众人听了皆说好。

平儿见众人皆围着贾薇逗乐，便说回房去收拾收拾。贾琏在外头聊了几句便亦抽空溜回房，见平儿铺了一炕的冬衣，奇道："这样热天，你将这些衣裳取出来做什么？"

平儿道："哦，我想拿出去晒晒，免得捂着再生了虫了。"贾琏看了看外面的天，看着平儿道："打从早上起就没见着一丝太阳光呢，你上哪晒去？"

"透透气也是好的。"平儿支吾道，边说边又将衣裳重又叠上。贾琏后头一把抱住笑道："你就给我胡扯吧！快仔细看看，可多出什么没有？我自打进了京，直至今日，这颗心便始终悬在这嗓子眼，一时一刻亦不曾落下来过。你来了不说先慰问慰问自家爷们儿，反倒像个提刑官似的，明察暗访起来了。你这女人当真是要不得了。"说着话，早已褪下平儿的中衣来。平儿见他这等猴急，知他所言非虚，笑道："快关了门去，芸哥儿、蔷哥儿可都在外头呢。"一语未了，小丫头早在外头掩了门。贾琏笑道："他们爱谁谁，他们谁又不知道我呢？！我如今修行得离得道的高僧也差不了几分了！"

……

平儿回来歇了两日便抱着孩子、带了礼物去看尤老娘。尤老娘、尤氏见了平儿等人回来亦十分高兴，送了贾薇一堆见面礼，平儿皆一一领谢。过了几日，又去看李纨。李纨卧病在床，瘦得皮包骨头，见了平儿泪流不止。偏偏东南海患，贾琏得了北静王水溶密旨，叫贾兰请缨平叛，早立功勋，因此贾兰不得于病榻前尽孝。

平儿从李府回来，晚上同贾琏说起李纨病况，不禁唏嘘道："唉！想起当日合府遭殃，只她一人带了兰哥儿躲在娘家毫发无损。我与巧姐儿那等苦苦哀求于她，她竟狠心将我们交与王仁，说她母子寄人篱下，凑不出一千两银子,那会子我心里恨得只愿她守着她那堆钱不得善终,可这会子看见她这般光景,我却又盼着她快点好起来。"

贾琏亦叹息道:"从前的事便揭过吧,世人谁能保自己这一生无过?"

平儿点点头叹了口气道:"唉,也不知兰哥儿几时才能回来呢!"

贾琏闻言亦叹了口气,起身在屋内来回踱步,想了想道:"看他造化吧!只求祖宗在天有灵,能有所庇佑。这一场东南海患恰如是天赐良机,否则他便是战死在西北沙场,功劳也难盖过冯紫英去。"

那贾兰在军中毫无根基,又是初次领兵,虽说王子腾、史鼎在军中亦有些旧部,然如今皆非居要职,且连遭打击,人人胆寒,谁敢出头?因此军中众人并不十分服他,但见他年纪虽轻,行事却老成持重,因此面上倒皆听命于他,只是暗地里却皆冷眼旁观,看他这一仗如何打。

贾兰孤身一人,日思夜虑,寝食难安,又不知李纨身体如何,夜深人静时不免萌生思乡之情,家中诸人,一一想起。蓦然间,想起三姑贾探春来,心中一动,忙唤小校进来研墨，当即手写一封家书交与小校，叫他连夜驾舟前往探春处。所幸那小校不辱使命，将信送至探春手中。

那贾探春自从外嫁这海外番国，无日不思念故土，奈何一帆风雨路三千，唯有"清明涕送江边望，千里东风一梦遥"，骨肉家园只得梦中相见。如今见了贾兰家书，禁不住悲喜交加，忙让人将番王请入后堂来，将贾兰求助之意说与番王，又再三恳求番王出兵相助。那番王暗自盘算，自己娶的虽是假郡主，可探春的人品、才貌皆是上上之选，迄今为止自己对她亦是恩宠有加，如今她娘家侄儿领兵平患，自己此时若出兵相助，一则可邀功于朝廷，二则亦是替自己扫除了一个隐患，三则可取悦于王妃，况自己不过是作为侧翼打个偷袭而已，何乐而不为？当下双手扶起探春，说了一番夫妻情深之语，又当面回信一封叫那小校带回。探春亦有家书一封带与贾兰。

总算是苍天不负有心人，贾兰凯旋而归。圣心大悦，又细看了贾兰奏本，难得他巧用外援。原本贾探春代嫁一事乃是件心照不宣的秘事，经此一事，圣上闭口不提代嫁之事，却于朝堂之上对南安王之义女、贾兰姑母锦云郡主贾探春大加赞许，又赏了那粤东国无数珍宝。粤东王遣使入朝，叩谢天恩，南安王爷亦喜出望外，忙设家宴邀贾兰与贾琏相聚。

本来军中只冯紫英一枝独秀，圣上难免有所顾虑，如今难得涌现出贾兰这等少年英才，那贾家几年前又被连根拔起，所剩族人无不畏惧天威，等闲不敢轻举妄动，圣上便有心栽培贾兰，刻意要叫他来日好与冯紫英分庭抗礼，然心中多少有些忌惮王子腾、史鼎昔日军中旧部，唯恐星星之火再招致死灰复燃，因此心下踌躇。当下召集文武群臣，要听听众臣对于贾兰封赏所持意见。众臣子各抒己见，有说要加官进爵，大加封赏的，有说平患虽有功但毕竟资历尚浅，且到底不是什么盖世奇功，酌情提升即可。

圣上瞥了一眼北静王水溶，见他气定神闲，置身事外。圣上微微一笑，于金殿之上未做决断，退朝后叫内侍将北静王水溶召进御花园内下棋。水溶奉旨前来伴驾，君臣二人临水对弈。

从来水溶通常皆先输个一子半子，让圣上先赢一两局，然后再下个一两盘平局，偶尔赢个一子半子，若偶有赢时圣上则皆有赏赐，当日那鹡鸰香念珠串以及送与琪官的茜香国汗巾子皆系赢棋所得,可是今日水溶开头第一局便赢了圣上一子。圣上笑道:"有些日子未同你下棋了,棋艺精进啊!"

"哪里是什么棋艺精进,不过是于东南角上伏了只小老虎,一时侥幸罢了。这伏虎之计还是微臣上回输了,回去仔细琢磨方才略有所悟。"水溶笑道,"这还是臣开天劈地头一回旗开得胜呢,可见这东南伏虎果然是高招啊。"

"怕只怕养虎为患,将来尾大不掉啊!"圣上微微笑道。

"皇上多虑了。"水溶眼睛盯着棋盘笑道,"从来一山不容二虎,二虎相逢必然相争,相争则必有所伤,可是这二虎几时相逢?争至何种地步,还不是执棋者说了算?!"水溶抬眼看了看皇上,见皇上正低头沉思,便接着道:"从来林中之王乃是狮子,并非老虎,但山中无虎,则猴子皆欲称王,因此这老虎少不得啊。"

圣上微微点了点头,笑道:"难得你今日赢了朕,有赏。"

"谢皇上隆恩!"

次日朝堂,圣上亲封贾兰为三品镇海将军,又将之前查抄的忠顺王府，亦即从前的宁国府赐予贾兰，其母李氏忠孝节烈亦封了诰命夫人。

贾兰三呼万岁，叩谢圣恩。

那贾兰回到家中，先请李纨上座，将凤冠霞帔奉上。李纨颤颤巍巍地穿戴了，素云、碧月捧了镜子与她前后照看。李纨见镜中自己韶华早逝，形同槁木，命不久矣，禁不住泪如雨下。

李母、李婶等人皆劝慰道："姑娘且哭什么？姑娘这是苦尽甘来了呀！"……

外头多少趋炎附势之徒登门拜访，种种细节不必一一细表。那贾兰将诸般琐事皆推与李守中应付，自己亲自骑马到了贾琏家中，见了贾琏，纳头便拜。贾琏赶忙双手扶起，叔侄二人执手相看了一会儿，竟相拥而泣。

镇海将军府的整修事宜自然便由贾琏负责，不过贾琏如今亦不必事必躬之了，贾芸、贾蔷皆可独当一面。贾芸将香料铺子交与林之孝打理，自己与贾蔷一心一意做贾琏的左膀右臂。

不久，将军府便整饬一新。众人欢天喜地地预备着乔迁新居，可惜李纨却油尽灯枯，一命呜呼，没来得及迁入新居。贾琏等人赶紧将原先预备下的大红绸花尽皆撤下，全换了素白帐幔，在镇海将军府内替李纨设了灵堂。

贾琏、贾兰、贾芸、贾蔷叔侄几人立于大门前的台阶上，悲喜交加。贾琏抬头看了看门楣两侧悬着的写着大大的"贾"字的灯笼，又扭头看了看贾兰等人，感慨道："这才是咱爷们该住的地方！"贾兰等人皆点头称是，林之孝等人更是随声附和不尽。

众人正簇拥着贾琏等人往里走，忽有内官飞马来至府门前，高声宣道："圣旨到！镇海将军贾兰接旨！"众人慌忙跪倒一片，贾兰跪下，高声应道："贾兰接旨。"

原来东南海患又起，圣上有谕，着贾兰以国事为重，夺情起复，暂缓丁忧，军情如火，即刻点兵南征。贾兰领旨谢恩，与贾琏等人话别不提。

且说那贾雨村这回又被罢了官，再无颜面重投贾府，索性着人又将家小送回原籍，自己乘了舟，顺流而下。这日，行至瓜洲渡口，船家靠岸，贾雨村上了岸，信步来至一处林茂竹盛之处，隐隐有座庙宇，门巷倾颓，墙垣折败。雨村不禁有些恍惚，此处似曾相识，上前两步，抬头见门上有额，题着"智通寺"三字，门旁又有一副破旧对联，曰：

  身后有余忘缩手

  眼前无路想回头

（完）

（二〇一九年五月二日成书于米科诺斯岛）

后 记

关于贾琏的故事，暂且说到这里。书中内容皆系一家之言，别处犹可，独其中涉及甄、贾宝玉之处，思之再三，还是在此处加赘几笔予以说明，毕竟拙作《漫品红楼》对这个问题只字未提。

我知道，一定有许多红迷朋友不赞成我对于"二玉"的观点，正所谓仁者见仁，智者见智，但本书情节却绝非一时兴起，信口开河所致，实是在下研读红楼的心得之一。以下是为什么在本书中如此安排"二玉"的具体依据。

首先，书中第五回乃是那一干"痴男怨女"的命运总纲，其中的《终身误》分明提道："都道是金玉良缘，俺只念木石前盟。""金玉良缘"自然是指宝玉、宝钗，而这"木石前盟"四字则需细细推敲了。林黛玉是"木"，这个应该没有争议，而"石"指代的是谁呢？林黛玉的还泪之人理应是神瑛侍者，当然有人说神瑛侍者所住的赤瑕宫隐有"玉"意：石之美者谓之玉，玉有不美者谓之瑕。且不论这样的解释是否牵强，只是神瑛侍者何尝与那绛珠草有过什么盟约？"还泪"一说，根本就是绛珠草自说自话。且那绛珠草长于三生石畔，焉知这颗草籽不是某年某月某日由青埂峰下飘荡至西方灵河岸边来的呢？"俺只念木石前盟"，本就是贾宝玉的口气，而并非是林黛玉。是"石头"忘不了"前盟"，至于那颗草籽是否在木石同处之时便已有了灵性，则未可知了。书中交代，她是到了灵河岸边得神瑛侍者照拂"始得久延岁月"，后来又"受天地精华""雨露滋养"才脱了草胎木质，修成个女体。

其次，单只《枉凝眉》这个曲牌名，曹公便已分明告诉读者：贾宝玉、林黛玉这"眉"呀，都是"枉凝"了，自以为前生有缘，实则心事皆虚化了。"一个枉自嗟呀，一个空劳牵挂。一个是水中月，一个是镜中花。"字字句句皆在表达"凝"错了对象。且《红楼梦》第五十六回贾宝玉在梦中与甄宝玉相见，那甄宝玉亦正因他的"妹妹"病了，在那里"胡愁乱恨"呢。神瑛侍者为什么下凡？他是为了来"造历幻缘"的，而不是冲着那棵绛珠草而来的。而贾宝玉醒来时正对着一面大镜子，试问：究竟谁是"镜中花"呢？那"风月宝鉴"里也并不一定仅仅只有王熙凤呀！镜内镜外，谁知有几人"胡梦颠倒"呢？

再次，贾宝玉梦游太虚幻境，有几名仙子误以为是林黛玉生魂来了，出来迎接，却见是贾宝玉，便责怪警幻仙子说："我们不知系何'贵客'，忙的接了出来！……何故反引这浊物来，污染这清净女儿之境？"试想，连那个刚修成女体的绛珠草她们都以姐妹相称，贾宝玉若真是神瑛侍者，不知要比她们高出几个级别了，怎么敢说他是"浊物"？

最后，《红楼梦》曾名《石头记》，倘若真如某些专家所说，那块大石头实则是贾宝玉所佩之玉，在人间便如同战地记者一般实时报道，试问：哪个记者会将别人的传记冠上自己的名头？而且在书第一回分明写着："诗后便是此石坠落之乡，投胎之处，亲自经历的一段陈迹故事。"从石头到石头，叫什么"投胎"？如果石头仅仅只是宝黛之恋等诸般情节的旁观者，如何能叫作"亲历"？所以与其说通灵宝玉是无稽崖下的那块石头，莫不如说它只是那块石头的表象，而贾宝玉才是石之灵。最终他们归与天界时，不是石归石、人归神，而是灵与肉的结合——贾宝玉同石头融为一体，继续于大荒山无稽崖看沧海桑田、风流云散。这才符合曹公历经沧桑后大觉大悟的情怀。

至于我为什么要将贾宝玉安排到"智通寺"出家，则是从小说创作者的角度考虑。曹公绝对不会平白于开篇处设这么一个"龙钟老僧"，守在贾雨村这样一个全书引子般的人物深有感触的古庙之内的。要知道整部《红楼梦》的创作宗旨便是"真事隐（甄士隐），假语存（贾雨村）"。且贾雨村看了门外的对联曾有句内心独白："其中想必有个翻过筋斗来的，也未可知。"这"翻过筋斗来的"应该是佛教所指"觉悟得道"之意。书中第二十二回，贾宝玉曾填过一支《寄生草》："无我原非你，从他不解伊。肆行无碍凭来去。茫茫着甚悲愁喜，纷纷说甚亲疏密。从前碌碌却何因，到如今，回头试想真无趣！"这老僧不是贾宝玉却是何人？这《红楼梦》中的人和事，本就是真真假假、虚虚实实、时幻时实，镜内镜外、过去未来、几界纵横，因此也只有这样看着"既聋且昏，齿落舌钝，答非所问"的老僧写出一本《情僧录》来，方不辜负了曹公在行文布局上所耗费的一番心思。

以上所述纯属个人一点粗浅的认识,欢迎批评指正。

2019年中秋于巴黎